欢乐场

◎ 边笛　著

中国友谊出版公司

图书在版编目（ＣＩＰ）数据

欢乐场 / 边筱著 . -- 北京：中国友谊出版公司，
2017.6
ISBN 978-7-5057-4081-5

Ⅰ．①欢… Ⅱ．①边… Ⅲ．①长篇小说－中国－当代
Ⅳ．① I247.5

中国版本图书馆 CIP 数据核字 (2017) 第 152775 号

书名	欢乐场
著者	边筱
出版	中国友谊出版公司
发行	中国友谊出版公司
经销	新华书店
印刷	北京鹏润伟业印刷有限公司
规格	880×1230 毫米　32 开
	7.5 印张　140 千字
版次	2017 年 10 月第 1 版
印次	2017 年 10 月第 1 次印刷
书号	ISBN 978-7-5057-4081-5
定价	36.00 元
地址	北京市朝阳区西坝河南里 17 号楼
邮编	100028
电话	(010) 64668676

Contents

第一章　一抹蓝

❶

是旧书报里穿旗袍的中国女人身上那一种统老实得任它多少娇媚都能罩得住的阴丹士蓝；是景德镇的细瓷、一笔一画精雕细刻刻出的玲珑清秀蓝；是山中寥寥升起的炊烟、燃着了傍晚的远山，染出一片黛蓝；是侈口丰肩的珐琅瓶上团花云纹镀金花案底下承接着的一袭宝石蓝；是家家户户嫁人娶妻时都要备着的和八〇年代描了红双喜游着金鱼的搪瓷盆一样常见的青花厚瓷碗，蓝线边滚一道，就叫那再脆弱易碎些的小玩意儿也好摔摔打打的滚入寻常百姓家。

是不是那样的一抹蓝呢？当法国记者对杨鸣柳说，你是中国人，可眼睛带点蓝色，杨鸣柳眼里的火跟着心脏蹦跳起来，加了柴的炉膛一样烧得明亮。到底是浪漫可爱的法国人。杨鸣柳按捺着，脸上只微微带笑，心里则说着法国话，他比羊[1]，真好。

然而从对方话语里听出一丝丝的挑衅意味，杨鸣柳又不能容忍了，笑道："蓝眼睛，蓝眼睛带出的还是一股中国风。"杨鸣柳对人对事从不习惯默认，而她的顶嘴属于不显山露水的那一种，让人对她执拗强调的内容，只得柔软地接收。这时答记者问，杨鸣柳也不忘宣传新片，答话和主演的电影《古典爱情》这样切题，让坐在一旁的雷浦导演频频点头，叹服于她的聪明真挚。

而记者最擅长总结，回答："对，China Blue，中国蓝。"

《古典爱情》是杨鸣柳做艺人之后的第一份工作，第一部电影就当上主演，没有人不艳羡杨鸣柳的好运气。只有她自己觉得这不是运气，这是理所当然。她可是靠着自己的聪明和努力争得了宝丽电视台华裔选美比赛的冠军。

戛纳影展之旅是《古典爱情》上映后一连串华丽旅程里的最后一站，第一部电影参加了5个电影节，有这样的收益，杨鸣柳倒也没有想到。她只当被天上掉的馅饼砸中了，开始时当然会狂喜一番，

---

1 法语音译，意为"很好"

狂喜之后发现任何事情也不过如此。想三年前刚刚到欧洲看三大电影节的时候，她不过是留学欧洲的年轻学生，小影迷一样站在红毯边，虽然没有不理智到举手高呼偶像的名字，但那时对未来的憧憬显得那样不切实际。现在她依旧是学生，还没毕业呢，可是决定先出校门闯荡，就真的按自己的目标一步一步踏上去了，像小时候踩着斑斓粉笔印儿跳房子，跳到头，返身回来，却发现其实世事都是，神往的感觉最好，待一把抓在手里就觉得不过如此。

　　不过该享受的还是要享受，比如这趟欧洲之旅。杨鸣柳所在的戛纳，整座城摇摇晃晃，晃的不只是海上的鲜亮油轮，还有广场上搭了阳篷的露天咖啡座，灰白教堂的钟声和阳伞折射的滚烫阳光。这里将法国浓烈炙热的温度、水汽、色彩播散得漫天漫地，然而又融合得最是自然。杨鸣柳便像一日三餐都饮了酒的旅人，每每举杯，杯中似乎都盛着一轮别样的太阳，让微醉的人熏染着晴好的酒意，想着自己有多幸运，既不是生在这座城市可能会被海水淹没的几百年后，也不是生活在人们被局促在方圆百里的几百年前。杨鸣柳所在的这个时代，人们尽管不住地憎恶它的脏和乱，它到底给了有能力的人自由，从最浅薄的意义上理解，明星们自是无从享有，不过杨鸣柳还可以。她远远没走红到被人四处围观、追访、跟拍的程度。她要抓住这片刻自由，好好享受一番。

　　抵达戛纳没几天，这晚在卡尔敦官酒店举办亚洲电影人酒会，导演雷浦带着杨鸣柳和两位男主演一同前往。这间华丽的酒店知名度一点也不输给欧美大牌明星，一向以优良细致的服务蜚声国际。盛会当前，酒店前的街道都热闹非凡。杨鸣柳跟导演坐同一辆车，她向街边瞧，林妹妹初进贾府似的，即使到处张望也要懂得故作低调。不过她心里装的可不是郁郁的忐忑，而是兴奋和欣喜。明媚的初夏黄昏她乘着马车一路嘚嘚行来，斗篷一撩下了车，抬眼看见满目的璀璨繁华，心怦怦直跳。

　　在休息室里补妆，随行的化妆师 Even 给杨鸣柳理了理高高拢起的发髻，维持眉眼的简洁清淡，只在嘴唇上添了一抹这一季最流行的石榴红，又往额角肩头扫一层柔珠色蜜粉，妆容就算是好了。

"到底是年轻底子好。"Evan 轻轻夸赞了一句，看杨鸣柳透过镜子冲自己感恩地甜甜一笑。她颧骨本来就高，笑起来双颊更显得饱满，五官从一张白脸上活脱脱跃出来，真是杰作。

Evan 忙着男生们的发型去了，杨鸣柳索性起身来照镜子，她穿一套薄缎料子的紫色连身裙，前襟的立领荷叶边一直延伸到腰际，无袖设计把双肩和背部适当地裸露出来，这样的设计对穿衣的人挑剔得很。还好杨鸣柳一双平展展的肩膀生得匀润，那种饱和度最高的紫色，包裹着她苦练练出来的身段。杨鸣柳看着镜子里的自己，不由嘴角微扬。她觉得比起五官长相，自己的匀长骨架还有通身的气派才最耀眼。当然也有那对生来就与众不同的眼瞳，它们微微带点浪漫的蓝色。

捋了捋头顶新烫的小卷发，老照镜子也没意思了。杨鸣柳闲闲地逛到窗户边，揭起窗帘发现西方层层落霞正照着后庭的林木、喷泉、草坪，裁剪规整的院子被涂上了温软的情韵，真迷人。杨鸣柳整颗心扑出窗子，涌出一股非出去走走不可的冲动。

杨鸣柳把赴宴携带的方形手袋往助理手里一交，兀自提出自己随身背的军绿色帆布软背包，往肩上一拎，扛着一袋子宝贝似的下楼朝草坪走去。此时夕阳西下，周遭景物都在光影的过渡中静下来，只有几个孩子围着喷泉玩笑嬉闹。这一处园林原是讲求规整的，可是落霞之下，一切树影人影都换作澄金色，杨鸣柳看着这欧洲的黄昏和中国一个样，一派伦勃朗的画中景，饱含感情，招人喜欢。

杨鸣柳踏上草坪，就地脱了高跟鞋拎在手上，越往绿色深处越自由，她干脆找一处放下东西打开背囊，里面果然有她的宝贝。她寻出一本小画册，手里攥着炭笔一条条一圈圈勾起来，美中不足的是这时候不能用油彩添颜色。

她哪知道在她顾着把草木斜阳收进画里的时候，有的人却把她收进眼里。在冷清的后院深处，总还是有预备参加酒会的人零零星星散步过来，只不过并非所有人都为了看看黄昏。雷浦这时就和《古典爱情》的制片人吴延非伴着一个戴黑框眼镜的年轻男子沿着碎石路说说笑笑。三个人远远都看到草坪深处一个女孩子扳着速写本勾勾画画，浓得呛人的紫色身影在碧绿丛中明显极了。

"那不是你的女主角吗？"吴延非倒是先认出杨鸣柳，玩味似的向雷浦笑着说。

"你这话，难道就不是你的了？"乐了一阵，雷浦才回头跟眼镜男解释，"这是我们《古典爱情》的主演，你看过吧？"这句介绍终于说得一脸正色。

"抱歉我没看过。"电影前两天举行首映，显然他没赏光，而且也不怕扫了雷浦的好兴致。

雷浦想挥手叫杨鸣柳过来，唤了一声，杨鸣柳没听见，正准备大喊，声音刚起头，却被眼镜男按住了。"别叫她，打扰到人家。"

雷浦看他这么为杨鸣柳着想，偏过脑袋妄想从他眼中查探出些所以然，不过看到眼镜男只管眼光冷静地望向杨鸣柳，隔这么远，也看不清女孩子的身形体貌，说是一见倾心似乎有点牵强，于是雷浦也不便多说什么。

三个人目光流连正慢慢挪开步子。这时候大概已经到了六点钟，庭院里突然扬起乐声，维瓦尔第的小提琴协奏曲那种回环的调子在空气里腾云驾雾，草地上蓦地一片云雾升腾，设在树丛中的小喷水头暗暗地、细细的洒起水来。

杨鸣柳站在草地中央，冷不丁被水雾浇了一头水汽，先是一愣，紧接着弯腰捞起地上的鞋和包，光着双脚跳着跑开去，左转右转，一时又不知道该往哪个方向跑。好容易跳出洒水区，她急得皱眉又跺脚，把鞋子和背包往边上一搁，两手忙着扑一扑脸颊又抚弄头发，就担心突如其来的水雾破坏了妆容。她拂着额前的一缕刘海，想想因为自己的不老实，总是闹得满脸窘相，真该反省反省。她气不过，但还得想法子弥补，于是掏出一柄镜子，照一照，瞧一瞧。

远远看着的人倒是笑开了，幸灾乐祸原是人类的天性。眼镜男笑得尤其开心，笑一笑又抿住嘴，像是自律的孩子凡事学着收敛，最终在嘴边旋开悠悠然的弧线。"这个杨鸣柳，冒冒失失。"雷浦感到自己最有资格说她，他的演员。吴延非则调侃道："本身就是一出好戏，都不用再去演。"只有眼镜男不说话，只是笑，笑到心坎上了。

这些对话杨鸣柳自然不知道，不过她一下子全没了看风景的心情，一门心思上楼补妆。看了看备用的衣服，是长裙，她不想穿，于是还穿了紫色晚装。幸好那并不是吸水的布料，水珠又细小，擦擦便干透了。只是她浑身带了一股子潮气，尤其头发，但已经没什么时间处理。她原本希望光鲜亮丽地登场，这下子不出丑便要庆祝了。

杨鸣柳坐下补妆，这时候两位男主演都站在背后取笑她。杨鸣柳边照镜子，边没好气地应和着。Even 把她的发髻散开，喷了些润发素，把头发抓得蓬蓬松松，不盘髻，重新用蜜粉定了妆。杨鸣柳忍不住自己也伸手去拢头发，看到镜子里男孩子们围着她，亮度极高的镜前灯在双肩、在脸上洒满光华，突然想到《乱世佳人》里即将赴会的斯佳丽，绿眼睛，绿缎带，绿衣衫，活脱脱一身宝石绿，此刻自己则是睁着一双柔亮的蓝眼睛，心里装了最自由的海蓝。环绕着她的男子们，充其量是左一个、右一个的小点缀、小配饰，而她是浑身上下明亮闪耀着的，中国蓝。

❷

到了时间就入席，雷浦导演嘱咐几位演员，不做最早的那一拨，也不做最晚的那一拨。杨鸣柳到了熙熙攘攘的大厅，看看但凡来到戛纳的华语电影人几乎都到了，席间也不乏外国影人和记者，她突然有点人来疯，心里慢慢激昂起来，也挑些爱吃的甜点悠然自得地填肚子，和两位男主演一起说说笑笑。

这时候宴会厅北面的小舞台上有人一批批做起宣传，介绍此次入围或参展的华语电影。杨鸣柳原以为没有自己的份，因雷浦导演总说要低调，比如越是知道许多眼光朝她看，她就越发要装作不在乎才好。所以她一直放心地倚在一根柱子边上不经意地看热闹，没想到雷浦导演不知什么时候抓着吴延非上了台，清了清嗓子，抱着话筒，准备发言。

杨鸣柳纳闷，雷浦到底要讲些什么？连她这个女主角看完电影成片后都不再幻想能站上国际领奖台，只企盼着能来海外溜一圈，难道来电影节前雷浦跟本地媒体夸的海口还不够大，一定要夸到法国来？她看着这位年过不惑、头顶一片地中海的导演，心里有点轻佻地跳出自己的处境，觉得他这么多年拍的戏都完完全全被华美的镜头捆住了。繁复的捆绑，平面的电影，没有灵魂。她为他惋惜。

杨鸣柳这么想着，不料雷浦却在华人堆里讲起了英文，大意是叫《古典爱情》的主创全部上台，杨鸣柳只得放下橙汁跟着两位男主角往台上走。服务生这时推出一个大蛋糕，原来这天是吴延非的生日。

吴延非在圈中混迹多年，他的电影公司保证一年三五部电影的收成，大制作也敢投，小制作也愿意试；偶尔把大赚一把的制作捞到手，风光一时是一时，在电影圈算是个人物，让人不敢小觑。这天恰好吴总的生日，知情者自然要祝贺一番。

切蛋糕，吹蜡烛，经典庆祝流程滚了一遍之后，雷浦推出了新礼物，把杨鸣柳喊到身边，非将她拱到吴延非的左侧，道："来来来，鸣柳准备怎么给吴总庆祝生日？"

他也许希望杨鸣柳能知趣些，谁知杨鸣柳摆出一副不谙世事的样子，只甜而浓地笑得露出嘴边的梨窝，继而说了声"生日快乐"，清脆响亮。

"呃，这样就算了？"雷浦听了一脸不满，显然不愿意放过杨鸣柳，仿佛整个晚宴上就这点露脸扬眉的噱头，决不能让杨鸣柳就这么轻易略过去。

杨鸣柳不好跟导演对着来，她心里大概猜到导演想叫她怎样，满心的不乐意，只希望装作不知道草草了事，可雷导演就是不肯放过她。她心里暗暗恨了一下，皱眉的表情一闪而过，傻笑着打退堂鼓。雷浦却拿手支了支她的腰背，向着大家大声说："来一个生日吻啊！"用英文说这话原本很随意，不过对着满室中国人，不管在没在开放得不讲尺度的演艺圈，杨鸣柳都觉得难堪。

窘窘地站在原地，时间慢下来，周遭的起哄声微弱了，杨鸣柳觉得自己身体渐渐僵硬，精神头渐渐低落。这样下去会变成雕塑，她想。她站在众人目光的交会处，却没了平日镁光灯下被注视的快感。她觉得如果有尊严，此刻它们便像薄片的衣衫正被层层剥落，失掉得那么轻易，粉碎得格外轻盈。她双手握拳，身子隐秘地转动了一下，摆脱掉雷浦那只扶着她腰背的右手，依旧是笑，笑得红了鼻头。她感到泪水都要往外涌，连忙笑眯了眼，好让人看不出来，随后，心一横，凑向吴延非的脸颊碰了一下。

这种场合必然有人拍照，媒体不会放过这种好时机，闪光灯闪个不停，还有记者大喊："保持保持，等一等。"杨鸣柳乖乖保持着脸上的甜美笑容，也不碰吴延非，只做出亲吻的姿势，眼神活络地捎到眼角，顺着眼尾的深长弧线飞出去，看镜头。反正豁出去了，与其羞涩着，不如大大方方多捞几个媒体的头条。

左、中、右在扫着摄像机镜头，她眼前仿佛顺开一条暖光铺就的长河。杨鸣柳突然看到一张熟悉又陌生的脸，一个邪邪的笑容，在眼前晃了一下，像瓦数太大的镁光灯罩过眼睛，让她浑身狠狠抖了一下，大夏天打了个寒战，不自主地缩回脖子。

文异？杨鸣柳身在台上，却向人群中一张张脸寻去，再也瞧不见刚才惊醒她的那一张脸。不可能，文异这个人即使化成灰，她也可以把他拼回原状的。

然而转念一想，非亲非故，自己又凭什么费劲找他？杨鸣柳低头莞尔，乐吟吟地跟导演一干人下了台，左右逢源地小声和周边的人聊天，心里拴在哪个地方，却只有自己知道。

"小柳，我来给你引荐。"雷浦和吴延非对杨鸣柳的表现显然很满意，又忙不迭地给杨鸣柳介绍开了。

"这是 LT 通讯的二公子郑诺章，我们的女主角，杨鸣柳。"雷浦接着又凑近杨鸣柳小声说："LT 也刚打算成立影业公司，快来认识认识。"

谁都知道香港通讯公司 LT 的管理者，全家都常常占据娱乐报刊的版面。杨鸣柳想了想，回忆起关于此人的背景介绍。他父亲、他哥哥常年居于香港，不论是商场还是情场上，貌似都不是省油的灯。他刚从美国回到香港不到一年，料想这类人物一定是假洋鬼子、矫情又西化，若他靠过来，自己也不介意和他来一个清淡的法式拥吻。然而并没有，郑诺章只是礼节性地伸手和她握了一下，这只手格外冰凉，可男士正装明明比女生的晚装暖和得多呢，杨鸣柳心下诧异。

"又见面了。"郑诺章说。

杨鸣柳眼睛一闪，心想：何曾见过？她冲口而出："谁说见过？没见过。"

"见过的，我见过你，只是你没见我。"本来两人有些生分，这几句话说得太无聊，反而让杨鸣柳一下子觉得郑诺章亲切起来，她酣然的态度马上冒出头，于是冲着郑诺章仰头一笑，那不是宴会上相见的普通客套的笑，是杨鸣柳自己非官方的笑，直白透亮。

郑诺章虽然岁数不大，却略显老成，他仿佛在不同瓦数的电灯光亮里游走已久。面前这个女孩子却像一捧烛火，淡薄炙白而灼人眼球，一笑，晃得郑诺章有点迷离。欲望、利益的世界里突然来了点诗意，让人不向往也难。

看他们四目相对地站着，雷浦早就识趣地拉着吴延非远去，每每回看一眼，眼里自有深意。郑诺章也瞧见雷浦眼中那撇意思，不理旁人，眼下只决定和这位杨小姐周旋一番。

郑诺章和杨鸣柳站在亮处，又缓缓移步到大厅东侧的一面圆镜前。这里暖光柔和，服务生飘过他们身边时，他们很默契地各取一杯香槟拿在手中。

"杨小姐哪里毕业的？还在念书吧！"

"郑先生你普通话说得真好！哦对了，不是普通话，是国语。一口标准台湾腔。"杨鸣柳挑了挑眉，暗暗带点讽刺答非所问地说。"你们香港人，说普通话都崇尚台湾版呢。"

"是吗？"郑诺章看着杨鸣柳，"我是在台湾念的书。"

"原来如此。"杨鸣柳喝了口酒，"我念伦敦的大学，念到大二辍了学。"

"不好意思，真是遗憾。"郑诺章如同触到别人的伤心事一般，礼貌回复道。

"那有什么好遗憾的？中途有机会去香港工作，做做艺人，也没什么不好。"

郑诺章若有所思地点点头，向杨鸣柳说："你觉得做艺人，很好吗？"话里完全是反问的意思。

"奇怪，这么多人见不得我做艺人。"嘴里说着，杨鸣柳眼中一股子反叛劲儿，像是还没挨过十三四岁叛逆期的孩子。"至少此时此刻，还不错。"

"哦？我费心想在学校多待一阵子，你倒不愿意。下午你在草坪上画什么？"

"哦……"杨鸣柳马上明白，原来是自己下午那副囧样被他撞见。"看到漂亮的风景，忍不住想画一幅画。"

"油画？"

"可以啊，如果有颜料的话。"

"那你喜欢什么颜色？"

"蓝色！凡·高《星空》里那种，中国蓝。"蓦地，她嘴里蹦出采访时记者提到的那种色彩。

"那好啊，如果画出来，不知我能否有幸看看。"他微微笑着伸手，帮杨鸣柳把酒杯放在服务生的托盘上，又伸手说，"来，跳个舞。"他邀请她。

"我不怎么会跳舞，不骗你。"杨鸣柳机灵地转了转眼珠。

可是郑诺章执意伸着手不收回来，杨鸣柳扬眉道："这可是你说要跳的，踩肿你的脚，可不怪我。"她笑了笑，把手交到他手里，两个人朝大厅去了。

第一次跳舞的两个人，难免都有些谨慎，不要靠太近，不要离太远，手握得不紧不松，说笑也不可放肆，双手和身体触碰，尽量不注入一丝感情，总之，到了热闹紧密的舞池里，他们的关系淡得有点生涩。杨鸣柳有点后悔答应和郑诺章跳舞，还得一直注意着不踢到郑诺章的脚，心里直喊累，偏巧郑诺章跟她有一搭没一搭地问话，去过欧洲哪里，最喜欢哪里，习不习惯香港，要不要学广东话。杨鸣柳回答得不耐烦，便抬头向郑诺章认真狠狠地看一眼，可惜他似乎丝毫读不出她的埋怨来。再看一眼,那是她问:难道真的这样笨!可恨香港人就是比台湾、大陆人木讷,戴上一副黑框眼镜,就把全世界和自己隔得开开的,只管循规蹈矩,不通晓人情世故,拿他们真是没办法。

杨鸣柳急急等着这首曲子快点结束,满脸心不在焉。两个人的舞步渐渐熟练习惯起来,突然一个声音浮到耳边:鸣柳,杨鸣柳。杨鸣柳心一惊,一个圈子没绕过来,左脚在郑诺章脚踝上蹭了一下,不算重。

"对不起、对不起。"杨鸣柳这句道歉显然欠力度,她飘忽地往边上看,倚在墙边斜着脑袋的男人,不正是文异吗?她与郑诺章紧紧相握的那只手,不由松了一下,继而又握得更紧,拉郑诺章走到文异跟前。

"文异,这是郑诺章。这是我以前的同学,文异。"杨鸣柳故意不说郑诺章的来头,不是名衔不够好,是怕说了,反倒显得自己太刻意。

郑诺章和文异面对面微笑,点个头,便不再多说话。文异在一旁眯着眼默默打量杨鸣柳一阵,又瞅瞅郑诺章,看起来一副和善表情,但是那表情里藏着的轻佻和幸灾乐祸,要瞒杨鸣柳可是瞒不住。

"你来酒会有什么事?"杨鸣柳边睨眼瞧他边笑着说,"难不成,有作品?"

"没有,我书没念完,哪来的什么作品?不像你。郑先生,舞伴借我?难得见到老同学,一定得叙叙旧。"

郑诺章倒是答应得很轻易,当下松了杨鸣柳的手,不过却亲密地搂过她肩膀,轻轻拍了下,"你跟同学慢慢聊,我刚好去跟荣叔说两句。"杨鸣柳一看,香港著名武指连正荣就在不远处,于是点点头,看郑诺章走开,她心下不由得舒了口气。

而文异很快捉起杨鸣柳的手。和文异双手交握,空气都变得熟悉。如果说,杨鸣柳乍一见文异觉得惊奇,此刻则完全回归到平顺习惯的感觉中。两个人默默对视着不说话,待一曲结束,又都没有撒手的意思。

下一首是爵士曲，缓慢节奏里人们都舞得随性。文异将杨鸣柳的双手勾到自己脖子上，自己的双手则环绕在她腰际，两个人凑得这样近，这距离让人心神游离。你一步我一步地跳了半支曲子，文异突然将她从恍惚拉到现实里来。

"进步了呢。"

"啊？"

"我说你，舞跳得好多了。还是穿高跟鞋！"

"人不能总是原地踏步。"

"不过你这步子也真不是一般的大。"文异挑衅地看着杨鸣柳。

"那当然。瞧瞧，这么高的高跟鞋穿着，要还像以前跳得那么烂，你的脚也就要被踩烂了。"

"呵呵，那也得看我给不给你机会踩啊！"

"没关系，你不给机会，有的是人抢这机会。"

"哟，"文异看鸣柳一句句跟他抬杠，更加不饶人，"你看，你看，你的郑先生完全不看你，心思不在你身上呢。"

杨鸣柳顺着文异的眼光看过去，郑诺章果然背对舞池，和另两个男子侃侃而谈，杨鸣柳也没有被激怒，柔和的旋律里她轻佻地读着文异的表情，是嘲笑他幼稚的挑拨和刺激。经过一阵子历练，他文异还以为她是原来那个好骗好哄的小孩子？即使她的脸蛋还稚嫩着。

"你倒是对郑诺章有兴趣，他跟我有什么关系。"

"那你刚才跟他在那儿你侬我侬的。"

"雷导演介绍的好吗？"

"雷甫和吴延非那两只老狐狸，呵呵！"文异笑起来。"是，他们给你介绍的人也不止一两个，你得好好掂量掂量，好好比照着。又或者，全盘皆收？"

"你，这是什么话？"杨鸣柳推了文异的肩膀一把。

"不是吗？郑诺章回香港也是要投资电影的，你不是不知道吧，还不好好抓紧机会？"

"这种话，轮得着你教我？"杨鸣柳冷笑道，"是，你说得有理，我这就去笼络笼络人家。"杨鸣柳说罢抽手要走，却被文异双手紧紧箍住，走不脱。

杨鸣柳狠狠盯着文异，眨眼都不愿意，仿佛能用眼神唬住眼前这个人，文异也并不怕她。

"走！"直到两个人眼眶里都盛不住对方的目光了，文异一把拉杨鸣柳往露台上去。穿越欢悦的人群，穿越明灿灿比阳光更亮的灯光，穿过笑声耳语和玻璃器皿的清脆碰撞，到达大厅外宽阔门廊尽头，黑暗筑就的巢穴有时候让人格外安心。

可是他见了她，总受不起满心的澎湃似的，一不小心就气急败坏。

"你看你看，"文异捧起杨鸣柳的脸，仿佛她是个晚归的碰了一脸尘土的小孩，"穿紫色衣服也很好看。"他望着她，上上下下，笑了一下。"你说说，这会儿多好，刚才在台上那么不好意思，还跟吴延非 birthday kiss，你就不害臊？"

杨鸣柳不说话，本来也是为形势所迫，此刻被文异教训，心里更是委屈。鼻子一酸，然而她马上深深吸了口气。她静静看，眼前这个人都已经不能看透她了，他说的话，还有听的意义吗？然而他又来挑事儿。

"哎，果然开始糟践自己？还心甘情愿的？"

"不比你，有个好出身。"

"还是我佩服你的多，两年内，女主角也混到了，戛纳也参加了。手段不错。"

杨鸣柳听了说："我只当夸奖听了。"她轻轻一笑，笑意随嘴角溜到嘴边，她已经受够了两人之间的剑拔弩张，只管表现出一副无所谓的样子。

文异却容不得她这无所谓的样子，她深知如何激怒他，他却最受不了她激怒他，情急处，只得一低头把她圈在大理石栏杆边上，深深长长地吻下去，不管不顾。

第二章　二维时光

1

　　结束了采访、红毯秀、发布会、拍大片等等一系列电影宣传行程，整个剧组都松懈起来。接下来就等着颁奖典礼了，作品虽说入围了主竞赛单元，不过大家心里都清楚，这次电影与奖项无缘，主创们不过来电影节壮壮声势、乐乐呵呵走个过场罢了。杨鸣柳将赞助的首饰华服都整理好交给造型师，向制片人请好假。"我不参加闭幕式啰。"她只拎了自己的私人行李箱，踏上一个人的旅程——重游罗马。

　　没人随行，不计较形象，不需要时时刻刻补妆和整理头发，这才是真真切切的自由的味道啊，杨鸣柳心里感叹。这里是欧洲，熠熠发光的欧洲，也是她踏踏实实待了两年多的地方。想起上学时跟朋友们开玩笑的话，祖国是祖国，这里是故乡。傍晚时分飞机降落费米奇诺机场，每次落地费米奇诺，都像第一次来一样。

　　这一晚入住的酒店坐落在老城区，装饰华丽又充满了古典韵致，推开窗，还能看到宁静的庭院。稳稳地休息一晚，第二天九点不到杨鸣柳就梳洗完毕出门了。在罗马，一双舒服的鞋子是最好的旅伴，只要有它，仅靠步行就哪儿都能去。

　　左边还是右边？上坡还是下坡？对目的地没有计划，遇到怎样的风景全凭缘分。她仰起头选择了上坡路，十分钟后来到一个开阔的小广场，惊起一群闲庭信步的鸽子，看见石碑的介绍，原来是罗马的"人民广场"。街边小吃店的露天座椅上，两个年轻女孩正大快朵颐地享受早餐，她也坐下来点了餐，小杯 espresso、牛角包和嫩红玫瑰色帕尔玛火腿，新鲜的食物让人开心。

　　饭后接着在大街小巷游荡，一位白发老人坐在路口的花坛沿上写生。老人描摹的那条巷子极具特色，两壁都是青灰色大石砌成，蜿蜒望不到头，杨鸣柳便忘情地往里钻，偶一抬头，蓝天在头顶被挤作窄窄的一片。待走到巷子尽头，左手边是一座不知静立了多少年的小小教堂，前方是一大沓下坡的阶梯。往前走还是原路返回呢？她必须得问问旁人。这时刚好一个黑发亚洲男孩经过。她看着他迟疑了一下，他便停下脚步对她礼貌地笑了笑。

"Ciao。"她先用当地话打了个招呼，接着用英文问他附近有没有什么著名的景点。

亚洲男孩凑过来看看杨鸣柳手里的地图。我们在这儿，不远处就是许愿池。男孩再指了指地图上许愿池的位置，邀请杨鸣柳跟他一起走。"我也正好经过那儿。"他的英文发音直接、生涩，看谈吐举止，一定是日本人。

好啊，我们应该走哪边？杨鸣柳接着问。

你想走哪边？这条路近，这条路远，都很好，你想走近路还是远路？男孩说。

他的说法很稀奇。如果是中国人，一般会急匆匆地告知抄近路的方法，为了走捷径不惜翻过几个栅栏，保证时效性，活得特别现实。这个男孩却给你选择，告诉你，不那么快到达也许更好。杨鸣柳含笑说，你走哪条路，我就跟着一起吧。

就这样在异国与陌生人结伴，直到看见许愿池他们便微笑着挥手道别。分别后杨鸣柳才细细琢磨，这男孩长得很美啊，皮肤细腻，牙齿洁白，头发微卷，眼睛闪烁着年轻的光彩。如果说给香港的女朋友们知道，她们肯定会埋怨自己为什么不留帅哥的联系方式。可是现实永远比想象朴素得多啦。杨鸣柳看着许愿池的人潮，也挤到人堆里，掏出钱币投掷。闭上眼睛，许愿的时候必须虔诚一点。睁开眼睛，手中硬币划了个漂亮的弧线落入池内，人潮攒动之时，忽然看到郑诺章就站在对面不远处注视着自己。

他也在这里！杨鸣柳纳闷。最近总发生些莫名其妙的事。不过两个人也并不算很熟。她眼光赶紧掠过去，并不定睛看他，一头扎到人堆里离开这个人多的景点。

杨鸣柳转头去西班牙广场，看到这精巧的广场自然联想起奥黛丽·赫本在《罗马假日》里的形象，短发、蓬蓬裙、白衬衫的下摆束出纤细腰身，她那一边吃着圆筒冰激凌一边拾级而上的模样美不胜收。想必是这两年效法赫本的姑娘太多，广场正中新立了块牌：禁止在此食用冰激凌。真是又直白又好笑。不能吃冰激凌也得爬到广场顶上去。杨鸣柳一鼓作气奔赴最高处，吹着凉风，再看下面密密匝匝的人流，心旷神怡。广场顶上平台不小，一个画匠摆了摊给游人画肖像，旁边稀疏几人正在围观，嘿，这里头又有郑诺章。怎么又是他？都怪这座城市太小，可挖掘的名胜又这么聚集。"总不会是他一直跟着我吧！"杨鸣柳脑袋里突然冒出这样古怪的想法，不过又立马打消了这想法。

　　西班牙广场附近街道四通八达，每条街上都布满商铺。逛街扫货好几个小时，杨鸣柳才坐下吃点东西。她填饱肚子后继续逛，相中一双皮质精良大小合适的短靴，正想刷卡，却发现包里的钱包没了。

　　这下真是着了慌，她窘迫地把手提包里的杂物都倒了出来，又翻遍了几个购物袋，钱包不翼而飞。她满头大汗地跟店员说声对不起，走出店门，手足无措地愣在街边。

　　难道要去向中国大使馆求助？吃饭刷卡的时候钱包还在的。她还没想好下一步该怎么办，脑海里一片茫然，这时候，又看到了对街的"熟人"。郑诺章正在吃一只薄荷色冰激凌，阳光快把杨鸣柳晒化了，他却站在阴凉处。

　　和前两次撞见他后避之不及的心态相比，这次可就大不一样。杨鸣柳盯着郑诺章，如同抓到一棵救命稻草，满脸委屈地跑过去。"郑先生，我的包不见了。"

　　"你的包？"郑诺章看了看她肩上背的果绿色皮包。

　　"哎，是钱包！"

　　"啊哈？"郑诺章费解地看着她，"难道你不知道意大利什么最多？"

　　"嗯？"

　　"小偷啊，偷钱的也好，偷心的也好；还好你只撞见一样。"

　　听了这奚落的话杨鸣柳立即瞪了他一眼，自己已经焦头烂额了，这个人还有工夫来调侃自己？调侃人的表情还这么不动声色，一点也不好笑。想想自己换的600欧现金，还剩400多在钱包里没花完，便宜了小偷，真是心疼不已。足够买条漂亮的项链了。不过看到郑诺章她好歹安心些，马上拨通国内朋友的电话。"鹰子，我的钱包丢了，快给我查几个电话，恒生银行、中信银行……什么电话？挂失的呀！"

她一抬眼，郑诺章已经晃晃悠悠离自己一百多米远，走在前面。她一跺脚，大包小包往前跟，"喂，等我啊！"

喘着粗气追上去，也不敢太发脾气，因为杨鸣柳心虚，谁叫自己好几次都对对方视而不见，这次算是栽在他眼皮子底下了，总不能为了点儿不值钱的尊严露宿街头吧。好歹大家都是沦落天涯的华人，他不至于不管她。

郑诺章自顾自大步朝前走，杨鸣柳就在后面一边打电话一边跟。这时候她突然恨起罗马来，真是一座仅凭步行就能去任何角落的城市啊！她手里提着购物袋，脖子上挂着相机，背着随身的挎包，又要跟着郑诺章，只觉得整个身子千斤重，不到半小时就已经满身大汗。好容易郑诺章进了一家五彩斑斓的玩具小店，杨鸣柳长舒一口气，一屁股坐在店前的油绿色漆椅上，仰脖喝光了剩下的气泡矿泉水。

过了十分钟，郑诺章拎着一个木偶人儿走出来。"好不好看？"他摆着一张严肃脸，认真地问。

"好看，好看。"杨鸣柳碰了碰木偶人活动的胳膊腿儿，谄媚地仰脸笑。

"你钱全丢了？"

"嗯，是啊！我的钱包！"想到钱包的事，她马上变了脸。

"给你。"郑诺章递给她一张卡片，"明天来这里找我，这家酒店6019号房间。"

"啊？"杨鸣柳不解地望着他，心想："这是几个意思？"

郑诺章想了想，又掏出100欧塞到杨鸣柳手里，"晚上吃饭的钱，也拿着，我现金不多了，等会儿还要去见朋友。"

"……"

郑诺章往前走，杨鸣柳一时语塞，但还是默默跟在后面，100欧，够吃晚饭，可是要用于这一晚的住宿，是断断不够的。

"你怎么还跟着？"

"我，今晚的酒店住不了了。本来，打算搬到另一家新的，这不还没搬过去付账呢。"她的脸上只剩下一个大写的"囧"字。

轮到郑诺章无言以对，不过他总把情绪低低压在心里。普通人碰到这情形大都会开个玩笑或埋怨一句，他只是木木地说了声"好吧"，接着便在阳光里拨了一通电话，"Steven，我们的约会延迟一下。"接着就拦了一辆出租车。"走吧，去你昨天住的店，拿行李去。"

去酒店领了漂亮的银色行李箱，郑诺章和杨鸣柳走出酒店大堂，又叫了辆出租车。"到纳沃那广场。"

"我们去哪里？那是哪儿？"杨鸣柳犹犹豫豫地低声问。

"把你卖了！"他平静地说。明明是玩笑话，郑诺章的口气总不像是开玩笑。他天生带着一股冷峻气质，一点也不像个善良温柔的人，仿佛说什么都能做得出。

"放心吧，去吃饭！我见朋友，你吃。"看到杨鸣柳疑虑的眼神，郑诺章补充说。

说到这里，杨鸣柳的眼睛马上就亮了起来。来回奔波，虽然只是暮色初降，但她的肚子早就饿得咕咕叫。大概是太没安全感闹的。

到了纳沃那广场附近的街边，郑诺章熟门熟路地请司机绕到广场南面。小广场上孩子的嬉闹声和艺人的弹唱快乐交织，杨鸣柳正想驻足，郑诺章却不由分说地走进一条背街小巷。铺满石头的路并不好走，郑诺章看了看杨鸣柳笨拙的样子，一伸手把箱子拉过来，举得高高的往巷子深处走。华灯初上，街道两边的小餐馆、杯盘碗盏叮叮咣咣喧闹起来，餐桌一直铺到街道中间，杨鸣柳跟着郑诺章上了一家小酒馆的三层天台。

"Hi, Steven！"一个蓄须的年轻中国男人坐在天台的一张桌边，郑诺章走过去两人便简单拥抱了一下。那男人看看郑诺章，又看看杨鸣柳，一挤眼对好兄弟说："Good taste, 波西米亚姑娘哦！"

"哈哈，是吧。"郑诺章也顺势瞅了瞅杨鸣柳，满眼含笑，帮她放好行李，甚至拉好座椅。突然这么绅士了，莫名其妙！杨鸣柳心里直嘀咕。她偷偷透过玻璃隔断打量自己，一双浅米色运动鞋被一只贵宾犬踩了几个极明显的爪印，拼花色块长裙坐过楼梯，坐过街边的长椅，坐过路中央的石凳，早已沾染了污印，谈不上整洁漂亮，针织上衣白天已经汗透过一次，头发也凌乱了，又是满脸忙碌相，的确有点丢郑诺章的脸，被说波西米亚也算是客气了。

　　哥们儿见面，自然没有女孩子什么事儿，在一旁安安静静享用美食即可。她开始点餐，心想反正郑诺章这个公子哥儿不缺钱，也不用为他省，便毫不犹豫地选了一款上等牛排做主菜，从开胃酒到餐后甜点毫不马虎地点了一溜儿。

　　"喜欢喝起泡酒？"Steven 见杨鸣柳点了一杯意大利起泡酒，转头问她。杨鸣柳点点头。心里盘算，就算是中国的高度白酒，她都可以喝上几两，但是入乡随俗，加上跟两个不熟悉的陌生男子一起用餐，绝不能早早放纵自己醉了。喝起泡酒对她来说，简直就像喝饮料。

　　"干脆来支路易王妃吧，美酒才好配美人嘛！"Steven 倒真是豪爽，一点也不为朋友省钱。如果是不错的年份，这种北法产的贵族香槟，价格真的让人不敢小觑。

　　"好啊，难得见面，就开瓶好酒！除了香槟我们再来几大杯啤酒，喝起来才畅快。"郑诺章说。

　　顶楼白色的帐篷下，主菜上桌，大家都开怀举杯，杨鸣柳也耐心拿餐刀切起厚厚的牛排，小块小块地放入口中，这牛排肉质鲜嫩，入口即溶，纹理间的血水微微渗出。她吃得很开心，两个男人的聊天也是有一搭没一搭地听。原来，他们都在美国波士顿读书，是大学时期的校友。Steven 是十几岁从内地移居美国的"香蕉人"，郑诺章大学才考入美国，两人的交情有十年了。

　　"Cheers！"席间 Steven 提议干杯，杨鸣柳端起精巧的水晶香槟杯，和两只粗犷的啤酒杯碰在一起。

　　"女生喝香槟真是恰到好处，香槟杯的设计天然透着优雅。"Steven 笑道。

　　"确实是艺术品，笛形杯子像身材瘦长的女孩子。"郑诺章接着补充。

　　"要这么比？红酒杯就是美艳少妇啰，还有你们的啤酒杯，像个粗线条的庄稼汉。"杨鸣柳联想到各种杯具，逗笑了大家。

"说正经的，Steven，你必须来香港帮我。"郑诺章吃了一会儿，忽然放下刀叉，另起话题认真地说。

"我自由自在惯了的。你这一向被家里抓去做经营，是不是上了瘾？好像是在做通信运营方面？"

"上瘾倒不会，但是既然去了，就不想半途而废。你不知道，多少人虎视眈眈地盯着我们集团我手上的业务，这块肉太肥美。"他皱着鼻子。杨鸣柳抬眼看着他，这么热闹惬意的傍晚，他却是个一秒便可切换到工作模式的冰冻人。

"集团二公子怕什么？那些小兵小卒敢怎样？"

"你不了解情况。我这个人，不参与也就罢了，既然答应回到香港，又开始亲手抓业务，那就必须负责到底。事情做大做稳之后，分给别人那叫分享，可是事成之前，分给别人，那叫被抢。"

郑诺章说得正严肃，杨鸣柳却忍不住"扑哧"一下笑出声来。

"你笑什么？"郑依旧板着脸说。

"没，没什么，我只是想，被抢……就被抢呗！"她小声地笑着说，"对不起，你们聊。"低下头，还是好好拆解这盘牛排吧。

"杨小姐性格真好。"Steven 说，"不过诺章，真的想要我过去吗？"

郑诺章点点头。"我在那边虽然有助手，底下的部门经理也处得还不错，但毕竟没一个是自己人，集团的关系又错综复杂。爸爸和哥哥就不说了，伯父和堂哥也在集团位居要职。"

"听起来情势复杂，你确定我不会拖你后腿？"

"你怎么可能！"郑诺章拍拍 Steven 的肩膀，"就需要你这样高 IQ 的脑袋。放心，薪酬方面、股权方面，肯定亏待不了你。就当帮兄弟一个忙。"

郑诺章这番晓之以理、动之以情的，Steven 答应办完手头的事就飞香港报到。饭后大家在街头分手。坐上计程车，杨鸣柳问郑诺章："我们去哪儿？"

郑诺章口气淡淡地说："当然回酒店啦。"

❷

"你住……住这里？"

又是一条不宽的街道，酒店的招牌圈着闪烁的紫红色光，一个不足 20 平方米的"大"堂里，业余选手般的前台姑娘笑吟吟自顾自地打电话，长得倒很美，却懒到压根儿不抬眼看来客。

"你可真行！这里根本，完全一派小镇违规旅馆的风味嘛！"

"谁叫你一个人旅行连钱包也丢掉，要不，还可以继续住着五星吃米其林。"郑诺章拖着行李箱径直往狭小的电梯口走。

"我也不想的！喂，喂，郑诺章，我们还得再来间房啊！你看这里，一间才 205 欧。"

"你知道今天请你吃饭花了多少吗？还有，一个人一间，这里你敢住？"电梯到了一层停稳，郑诺章拉开那种古老的铁闸门，示意让杨鸣柳进去。

杨鸣柳站在电梯边有点迟疑，心想这回真是为五斗米折腰，要不是沦落异国，她哪会受这种摆布。要委曲求全住下还是要跟郑诺章借钱离开呢？他又不是没钱。

正在踌躇，大堂内一对男女跌跌撞撞挤进窄小的电梯，大概是喝了酒，男人醉醺醺地搂住那女人的肩，说话声和笑声也都格外放肆，不小心撞到杨鸣柳，转脸大声凑近她喊了一句意大利话，吓得她整个人往后躲。郑诺章见状，一把将杨鸣柳拉进电梯的角落。他也不说话，为杨鸣柳挡住另两个陌生人，直到到六层下电梯。

见到这阵势杨鸣柳紧张不安起来。

"别怕，这里不会不安全。"穿梭于仄仄的楼道，郑诺章说，"我每次来都住这里，因为第一次来就是在这家店。很有意大利特色的，在大酒店你可感受不到。因为所有的星级酒店都一个样。"

"我才不怕。"跟在后面的杨鸣柳翻了个白眼，"怕什么，怕坏人？"

"或者，怕我？"郑诺章掏出钥匙，打开房门。他在讲冷笑话，不过还是面部表情全无。

房间不大，也许是期待值不高，杨鸣柳觉得这里小虽小，但有特色，浓墨重彩的蓝黄相间凤尾古典壁纸铺就了墙面，一张窄床靠墙，更窄小的一席沙发椅靠窗，电视高高吊在墙角，设施相当老旧了，床单却还干净整洁。

"打算让我睡沙发吗？"

"随你，我睡地板就好。"郑诺章说。

"为什么睡地板？你睡沙发还能舒服些。"杨鸣柳指指窗边的沙发。

"没事，我习惯了，爱睡地板。"

"大少爷，您是异次元吗？吃在小酒馆，住在小旅馆，还要睡地板？体验生活？"杨鸣柳心里不解，"这里应该不简单吧？是什么文艺复兴时期作家住过的店？乔治·桑或者缪赛？"她脑海里一下子浮现那些黄金时代的作家们披着睡袍不修边幅坐在书桌前的模样。

"你想多了。趁着月光照得进来，慢慢想，我得先去洗个澡。"

"等等，我先洗！"杨鸣柳抢着打开行李箱拿衣物毛巾。"这一天累得我啊，你就让让我吧，真的很不喜欢浴室被人用过后那种感觉，满室的水腥味儿。"

洗完澡，头发湿答答，杨鸣柳觉得自己在浴室里就已经半睡半醒。也难怪，精神紧张了大半天，之前又喝了好几杯好喝的香槟，这下终于可以休息。她倒在床上拉好被子，头发还湿答答的呢，人却不消一秒便沉沉睡去。

座椅疏落的教室里，笔尖在白纸上沙沙作响。貌似是阴天或小雨天，语文考卷上，选择题和填空题都已写完，只剩下好几篇阅读理解，却怎么也不能落笔……杨鸣柳从前从不做考试的梦，她做过最不安的梦也只是满地疯跑、追逐同伴的单车。自从离开学校、移居香港，竟总梦起考试，还是自己颇为拿手的语文大考。一睁眼满头汗，朦胧中天还黑着，离天亮还早呢。

　　她边揉眼睛边下床，不知踩到什么东西，膝盖一软跌坐在地，窗帘未拉，路灯的微光映射到室内，杨鸣柳吓了一跳叫出声来，自己是准准地趴在另一个人身上！回回神才想起，郑诺章睡在地板上。她赶紧爬到一边坐在地上。

　　"你吓死我了！"她压着半梦半醒的嗓子说。

　　"你才是。睡得好好的，都把我踩醒了。"

　　"郑先生！你，你怎么睡在我床脚，床边上？"

　　"……你没说不可以呀？"

　　"那是因为我不知道，我睡着了！"

　　"那你睡前也没告诉我。"

　　"哼！"

　　这一下，杨鸣柳彻底从难受的梦魇中醒透了，一直憋着想上洗手间，她气呼呼地进了厕所，出来后见郑诺章还安然在床边，貌似又入睡了，自己便端起被褥，远远躺到窗边的沙发椅上去，满腹委屈。郑诺章这个人，在人前道貌岸然谦谦君子，私底下一肚子坏水，一副冷冰冰的表情却爱揶揄取笑旁人，取笑的时候还特别认真。杨鸣柳即使心里生着气，不消一会儿还是睡着了。

　　一觉睡到自然醒，与其说是被太阳叫醒，不如说是被清晨街道上纷纷扰扰的声音：车声、商贩与行人的交涉声，早餐店杯盘的碰撞声，慢慢叠化在耳边。杨鸣柳一睁开眼，外面的热闹引她趴在窗户边朝外看。楼下，一个小小的集市已经在街上铺展开来，小商贩推车出来做生意，卖果蔬、卖瓷器、卖挂毯，还有各色琳琅满目的小玩意儿。这让她想起小时候跟着奶奶逛早集的情境，家常的市井之声永远最让人心安。

　　"知道我为什么喜欢这里了吧！"郑诺章冷不丁在后面说，"热闹，有安全感。"

　　"你能不能不吓人？我刚醒！能不能不要在我刚起床的时候惹我？起床气欸！"杨鸣柳扭头嚷到。

　　"好吧，我闭嘴，你还没有适应好环境。"

"是你还没有适应我！"杨鸣柳小声吼道。

扭头的时候，她才看清，郑诺章是铺了两条酒店备用的毛毯在地毯上，人已经坐起来，身上只盖了一层薄被单，她心中不禁萌生出一种奇怪的感觉：哪儿来的这么可怜的小孩呢。

郑诺章接下来的行程是希腊，距离意大利不远，又有漂亮的海岸和海滨小镇，杨鸣柳热切要求一起前行。她的机票是四天后的，说什么也不想早早改签机票回去。

从罗马前往雅典、圣托里尼，五月正值这个蓝白相间的国家最爽朗的初夏。在杨鸣柳的强烈要求下，郑诺章给她单独的房间。两个人有时候分开游览，有时候一起用餐。圣托里尼那一晚，两人在小酒吧的露天座椅上欣赏广场的露天音乐，喝威士忌喝到半醉，郑诺章贴心地送杨鸣柳回房间，还愉快地相约第二天早晨要早起，到海边拍日出。

清晨，空气里寒意还重，杨鸣柳裹着大披巾和郑诺章出来看海。海平面上，从最轻微的妃色、桃花粉、胭脂色、檀红到海棠红、石榴红、银红、丹砂红、茜草红，天空的每一秒变化都壮阔怡人。清晨和黄昏美得相似，一个在冷冽清净里开场，烦琐忙碌的人生在后面，另一个在舒适热闹中收场，接近黑夜，接近沉睡。站在海边观望的人也容易想起年轻和暮年，落入一种沉甸甸的情怀，两个人分别举起相机，用照片记录每一瞬间。

而手机铃声在世界完美静止的那一刻突然响起，实在太不识趣了。杨鸣柳接起电话，原来是经纪人 Rainy 的远程遥控。"小柳，还好吗？身体怎么样在？一个人在外没着凉吧？后天回来马上有工作，一定要顾好身体！"

Rainy 的中文名是谢润怡，杨鸣柳一入行就遇到这位经纪人不知是幸运还是不幸。在她普通港女的名字和甜美长相下，住着最强大的小宇宙，要不然她不会在 22 岁就选择辛苦熬年头的娱乐行业，不会在 38 岁就位居香港历史最久规模最大的传媒公司——英视集团的副总裁，不会在经营监管电视播出业务、操纵公司大项目之余还继续带艺人，更不会在百忙之中还保持女神一般的好气色、好身材。无论是在管理艺人还是资本运作方面，她都盛名在外。几乎全公司的人都知道，CEO 乔东华只是个金字招牌，Rainy 姐才是公司的主心骨。在杨鸣柳这一届的华人小姐选美前十名里，Rainy 偏偏将她一人招至自己麾下。用 Rainy 的话说，名次不重要，最重要的就是合眼缘。此次出差恰逢 Rainy 到内地谈合作，否则自己也偷不出一星期假期。

这一通电话催着杨鸣柳直奔米诺克斯。最初听郑诺章说起这座小岛，她马上想起绍兴乌镇同里这些中国水乡小镇，要说有什么特别想看的也说不上来，只是沿着流水灵性的房屋人家，总那么惹人向往。

"Sun，sea，sand，sex，据说这里是恋人才会来的小岛。"下船的时候，郑诺章这样说。杨鸣柳白了他一眼。

不过一上岛就心情大好，三角梅、木槿、蓝栏杆、白墙壁，衬以明艳的阳光，色彩饱和得瞬间征服双眼。

看到一间蓝墙滚白边、依山而建的小酒店，每间房都带着小露台、看得到好风景，老板开价 160 欧一间，杨鸣柳觉得性价比超好，大声笑着说"OK"。然而话音未落，郑诺章跟对方砍起价来，"60欧！"他一板一眼地说，"我们钱不够花，而且已经筹划旅行太久。"几个来回，还真的砍到每间房 90 欧。

"真服了！"杨鸣柳心里嘀咕，在理财方面郑诺章活活像个家庭主妇。

而郑诺章还在冷静地炫耀，"他要价的水分果然很大。"

"可是这么美的房间，主人家又是位老爷爷，何必压价这么狠呢？我们也只住一晚而已，是不是有点欺负人了？"

"别担心，开小客栈饿不死的。"郑诺章冷不丁拍拍杨鸣柳的后脑勺，"我家也开一间小客栈。"

"哈,小客栈?你家开的那叫大酒店!朗青 Hotel——最繁华地段的五星级,在香港那地段可是寸土寸金。"

"你这个小女生,在香港倒是学会看八卦杂志了?那是我爸爸的,不是我家。我家在花莲,开一个非常美的小客栈。还有电影拍摄队来取过景。"

"怎么可能?杂志上明明写你在美国长大的,学商科,你哥哥在香港和日本,你在美国。难道这里有故事?"杨鸣柳好奇地凑过脑袋问。

"念到大学,才去美国。我哥的妈妈早逝,父亲就把他带在身边。我在我母亲身边长大。你看杂志,难道没看到这些吗?"

"我……我也是为了写新闻稿,必须要查查资料做功课。因为你哥的花边新闻太多了,还有……"杨鸣柳本来想说"你爸也是",觉得不礼貌便收住了话。

"你想说我爸爸也一样,有过之而无不及。这就是我最不喜欢香港的地方。"

"是啊,香港这点事儿,都够写成长篇连载小说。"看自己此行的债主微微有些不高兴,杨鸣柳赶紧掩饰地说。

郑诺章给杨鸣柳展示钱夹里的照片,他穿着小学生制服头戴圆帽,身后是一幢三层日式带院落的小楼,一个秀丽清瘦的女子站在他身边,不施粉黛的脸不带一丝笑容。这正是经营小客栈的他的母亲许熠。27 岁前她在美国某名校物理研究所潜心钻研,遇到郑诺章的父亲郑庭源后,不顾父母反对成了这个比自己年长 11 岁的商人的情人。虽然她没熬几年便嫁进郑家,举行了一场轰动港岛的浪漫婚礼,却不料丈夫始终改不了朝三暮四的脾性。作为一个"一根筋"的理科博士,她像当初放弃一切来他身边一样,义无反顾地带了不满三岁的儿子离开,回到台湾老家。

这是个富商圈传诵已久的故事,经常上"富豪婚史"娱乐盘点榜单,也是八卦记者的必修课。不过这个故事还有另一个诡异的版本:据说郑庭源与许熠早就没了感情,反而是公公郑希青一直将儿媳留在香港。公公车祸去世后，许熠和儿子就立即被郑庭源遣回台湾。

"我母亲庆幸我是个男孩。男孩，受任何挫折和打击都是理所应当，都应该立即复原，重新开始；事业也好，爱情也好，男人最务实也最有资本务实。"郑诺章说。

"要说务实，人人都务实呢。"杨鸣柳说。谁会做对自己无益的事呢？

"你不懂，不了解她的性格，不了解那种极端到骨子里的相处方式。有一年她生日，我攒钱攒了好久，买了一个精美的青瓷挂盘送她，她打开包装盒，二话没说把挂盘扔到我家院子里，在院中碎了一地。她生气地骂我浪费钱，净花闲心思，买些华而不实的物件。"

"这……"杨鸣柳不知说什么好。

"然后让我把院子里的碎片捡干净，不捡干净不许进门吃饭。要知道，院中铺的是鹅卵石。我真的埋头在路灯下捡到半夜，手割了好几道口子。"

"……也是有这样的教育方式的，因为你是男生。"杨鸣柳听了他的话瞠目结舌，但还是安慰道，"如果你是女孩她会更怜爱。只是她为什么不离婚？另找一个爱人？"

"我父亲要离便离，不离，我妈也当没这个人存在。这个人只会让我们蒙羞。"

"女人一旦经历坏爱情，自尊和自信就都崩塌了，离婚还是结婚也都无所谓。总之是分手了。"杨鸣柳撇撇嘴，突然想起文昊，心里一冷，鼻子一酸，差点落泪。可这微小的神色，郑诺章已经敏锐地察觉。

"怎么？你也不开心？"

"没什么的。"

"你是不是也该说个秘密？我都跟你说了。"郑诺章突然孩子气地说。

"我家最完整最和谐了，普通人家，哪像那些大户人家——是非多！"杨鸣柳耸耸肩。

"那我就问问你，和电影节聚会时见面的文异，什么关系？"

"嘿，你还记得他名字？"杨鸣柳斜眼看看郑，"他是我前男友，不过现在已无关系。"说完这话，杨鸣柳才发现自己竟说得如此坦然。

初识文异的时候，正是杨柳三月时。杨鸣柳十八岁，远赴伦敦经济学院学金融，学校留学生会派了个中国男孩接机，文异是那男孩的发小，当天担任司机。由于每个女生都有一段爱好文史哲学的时光，当文异说起自己的专业——戏剧学院导演系时，杨鸣柳就应邀每周去看彩排，起初是不经意的约定，看戏看到最后，偶尔也帮文异对上了戏词。什么时候开始相爱？不得而知。许是圣诞过后、繁华落地的某一天，文异一句"我很知道你在想些什么，如我知道西山樱树为什么抽芽"，那句台词和之后的对视，让两个年轻的孩子动了心。

"不过最变态莫过于他和我分手的方式！"杨鸣柳嘟嘴不忿地说，"突然有一天我去找他，他就闭门不见。都不说缘由的！电话里他说，分手吧，不再联系了；冷冰冰的语态特别反常……我不知道我做错什么。"

"那你怎么说呢？"

"我只说'好'。不联系就不联系。"

"你就没问原因？"

"我当时气坏了，把自己憋在房间里整整两天，而且没有听任何人电话。"

"两天？才两天。"

"对我来说已经是极限了，好吗？我为什么要求他？要见他？当然偶尔在街上还能碰到，国外的 Downtown 实在太小了！看见他，挽着漂亮小演员，真可笑。"年轻的时候，自尊往往比什么都来的重要。

说起文异来杨鸣柳的语气透着十足的蔑视和不经意，仿佛一切"随便说说不打紧"的样子。可是她眼神里忽闪忽闪的光晕和湿润，还是让郑诺章窥见了：这个女孩原来在假装轻松呢。

4

郑诺章和杨鸣柳在海岛上走走逛逛、四处驻足，吃吃喝喝，不知不觉便又是一天。不知是因为这小岛太简单雅致，还是因为和郑诺章有共同话题，杨鸣柳感到十分温暖。郑诺章这个人表面上看起来很冷峻，不是那种咧嘴一笑就阳光灿烂的男孩，但想象着和他在一起听音乐、看电影的情景，哪怕只是就着冷饮坐在海边望一下天空，都无比惬意。可能是因为两个人之间没有爱与被爱的压力吧。

"回香港我们还能经常见面吗？我能随时联系你吗？"一天在海边，杨鸣柳问出这句话。

"当然。"郑诺章吃了一惊，却掩不住丝丝笑意，"你是要当我女朋友吗？"

"那倒不会。现在不考虑恋爱。"

"也是！我目前也不考虑跟你交往。"

"嗯？"杨鸣柳纳闷地哼了一声，觉得郑诺章太狡猾。她明明感到他是喜欢自己的，但自己已经拒绝了，就不好开口问为什么。

夜色里的海面海浪翻滚，并不平静，沉默了一会儿，郑诺章说："也许会想见你，但我只能少见你一些，跟你在一起怕会误事。"

"听起来，你是在夸我红颜祸水？"杨鸣柳瞅了他一眼，眼神冷冷的，但又从鼻子里哼出笑意。

"哈哈，我说真的！"他看看她，认真的样子让她笑意更浓。"你可知道，我一旦养成一个习惯，就不会再改变，比如依赖上睡地板那样，赖上你怎么办？"

"说什么呢？我是地板吗？"杨鸣柳觉得这人真是不会讲话，不过也憨直得可爱，这样想着，进而推了郑诺章一把。他顺势仰卧在沙滩上，也把杨鸣柳拉倒在沙砾里，两人仰着脸，眼前立刻呈现一整片熠熠闪耀的星空。

"奇怪，你为什么只能睡地板呢？像我，虽然也不是不能在地板上睡着，不过有床就一定睡在床上。最好是那种矮矮的床，上面铺着软软的褥子。”空气透明，天上的星星像是随时要坠落在海面，杨鸣柳对郑诺章说话时边说边想象。她总是敞开心思想到哪里说到哪里。对大多数人她都这样，一旦卸掉最初薄弱的防备就立即畅所欲言。

可是郑诺章的语调却缓慢凝重起来。“妈妈让我睡地板。她觉得睡在硬板上人会变得更坚硬。”他无心欣赏美景而是沉湎在回忆里，“而且家里是偏日式的房子，铺的褥子非常薄，下雨天，就觉得肩膀骨头生疼。久而久之，依赖上这种感觉了。不睡在地上，根本睡不着的。”

“原来是这样。你小时候应该跟你妈妈撒撒娇的，不该养成这习惯。像我，在哪里都睡得好！”

“我知道。”郑诺章转脸看看她，“你大概沾上枕头后一秒钟就入睡了，而且睡觉呼吸均匀，睡得沉。”

“你怎么知道？”杨鸣柳噘嘴问。

“我很难入睡，你的呼吸声，我听了很久。一旦睡着你就一动不动，像狗一样都懒得改换姿态吧！睡得太香了。”

“哈哈，是的。”被比作狗，杨鸣柳倒也不恼火，反而想起小狗趴在前爪上歪着脑袋流口水的样子，真是逗趣。

两个人本来开开心心地聊天，可气氛就是会在某一刹那急转直下，当杨鸣柳口没遮拦地说：“你妈妈对你这么严苛，是因为报章上总诋毁你们的缘故吗？”话说出口她才发现自己拿出与姐妹们聊八卦的随意态度，也许触碰到身边这位当事人的大忌了。果然郑诺章坐起身来。

“你说什么？”他低沉地说。

“啊……没什么，不好意思。”她心里感到很愧疚，怪自己随口说出这么不经过大脑的话。因为报章网络上，一年前还翻出郑家十几年前的陈芝麻烂谷子，说郑家二少爷被流放海外多年，因为他可能——是爷爷的儿子。报道篇章大肆渲染，简直让人汗颜。

郑诺章瞪着眼半天不作声，气愤又不安地说：“我真的不懂，这些有什么可好奇。人们怎么总关注些跟自己毫不相关的事。”

　　"作为家常闲话吧！"杨鸣柳小声说，"谁叫富人占有更好的社会资源呢。"

　　"可是能不能因人而异，我和我母亲明明是弱势群体！只知道踩我们，谁来帮过忙？"郑诺章说话都开始结结巴巴，眼圈发红，看来是真生气了。杨鸣柳接触过的有钱人家的富贵公子全都是玩世不恭，对一切留言不屑一顾的，郑诺章过激的反应着实让人惊讶。他喘着粗气，显然已气得心跳加速，低吼着："我还想有人告诉我当年是怎么一回事！"

　　郑诺章说完这话，空洞地望向海面。海域黑黝黝，灯塔照不到远方。杨鸣柳注视他的背影，觉得这个背影孤零零落寞得冒着寒光，突然又联想起他睡在地上裹着单薄被单的样子。他似乎背负着一种难以治愈的悲伤。

　　两人一直沉默着不发一言，直到郑诺章说："回去吧。"他站起身，杨鸣柳也紧接着匆匆爬起来，拍拍自己后背的沙，也拍拍郑诺章后背的沙，深一脚浅一脚地跟在他身后。不远不近，像影子一样跟住他，这样这个男人应该会觉得暖和一点，就当是自己道歉了。她在心里念叨说。

第二章　香港岛

❶

离地三尺，是幻境。

纽约旅游的必经地——黄石公园，火山频繁爆发，在黄石地下构成了犹如迷宫般的水系。山谷里，温热的泉水喷涌而出，时疾时徐，姿态各异。为了保护游客和公园的自然地貌，所有泉水区都铺设了离地约二尺高的木板路桥供游人行走。当人们行走在温热泉水的木板路桥上时，一股浓烈的硫黄味直刺你的嗅觉，有一种快窒息的感觉，有时候还会听见木板下面有滋滋的响声，那是下面微小的孔在冒水汽，又焦灼，又新奇。

世界追着赶着叫你朝前跑，可你不知道要往哪里去。目的地不明。这就是香港给人最深切的体会。如同在黄石公园被炙烤着，不管是本地人，还是外地人，大家都加快脚步，四顾茫然。也许因为如此，大街上时不时能看到游来荡去，自言自语的流浪汉。也许他们才是清醒的那群，时刻对自己有说不完的嘱托。

杨鸣柳回香港的第一个饭局就是金巴利道的"老四川"。回家放下行李，换身行头，她顾不上倒时差就和姐妹们享用美食去了。白芸芸、江欣照、鹰子和她在公司安排下租住着常青公寓门对门的两套房。给艺人栖息的地方必须是豪宅，这所谓的港式"豪宅"，就是一套 60 平方米、带阳台的两室一厅，站在 26 层的阳台上，看得到一湾小小的海景。

四个人总是一起行动，这天鹰子却不在。"人怎么不见了？"杨鸣柳很好奇。而江欣照嘴里念叨着"也许正忙着谈恋爱"，她最爱往这方面揣测，对小道消息总是灵通。

"别听欣照瞎说，鹰子是说有事出去，我没多问。已经电话她了，待会儿到。"白芸芸是安安静静的混血美女，一桌子红彤彤的辣椒里间或夹杂一两个绿叶菜，就是她的口粮。她本人也活脱脱一颗开阳白菜，怎么化浓妆都罩不住一份超然。

"小柳，去欧洲可有什么艳遇没有？"江欣照边在一盘辣椒中挑辣子鸡边问。

"你想多了！"

"买了什么好东西，回去我们要好好看看！"白芸芸歪着头道。

"你以为是购物之旅？在掉钱包那一刻之前，还能勉强算得上……"

"对了，你碰见哪个熟人了，跟着人家一起玩儿？"

"哦，是个剧组的同事。人还算好，就是旅程艰苦些，他也太节俭了！"杨鸣柳不想说郑诺章的事儿，经纪人叮嘱过，暂时不要和圈内外男明星、商界人士交往甚密，更何况她是个懒人，懒得解释，多一事不如少一事。

"真羡慕你，放个长假！"杨鸣柳和江欣照说了好一会儿，芸芸才插上话。

"对了对了，你的 Rainy 姐上周和张彬逸大吵一架！这要被报道了，可又是大新闻！"

"哦？ Rainy 姐？不至于啊，她平时都不会跟人大小声，何况是吵架？"

"是，为人处世她很和气，可是光是和她对视就让人觉得不寒而栗。这次是张彬逸找碴儿，Rainy 一回香港，他就在 Rainy 姐办公室外边吼，上下层都能听见，因为《乐赏味道》那部剧的事情。听人总结的，是说他带来 70% 的投资，可是女主角，Rainy 姐却让监制找了新一期新人。死活不肯用彬逸总的人。"

"是吗？这点小事也值得大吵大闹，还嫌不够丢脸！不过又有新片开拍，你们参不参加？"

"哪儿有我们的份啊！"江欣照撇撇嘴，"我们四个啊，还是你和鹰子运气好，你跟着 Rainy 姐就不说了，鹰子跟着彬逸总，也能有电影拍。主要鹰子这个戏路咱学不来！你们俩，摊上好经纪。我们就只能靠走秀活动挣点置装费！"

"欣照，别这么想，咱们做主持也挺好，多轻松！鹰子有个性，气场强，镇得住张彬逸，如果是我们，还不知道天天怎么陪酒局呢！"

"就算跟着他我也不去外面喝酒！"欣照一挑眉，不屑地说。

"那是当然。"芸芸给大家盛酒酿，同时轻轻地说。

吃了辣椒必须要甜味来中和。鹰子在女孩们的甜点时间才出现，那时候她们已经在看得到维多利亚湾的 Rose Way 品尝栗子蛋糕和玫瑰花茶。鹰子说是高中同学来港不得不陪，耽误了时间。她梳男装短发，五官精致，眉眼间天生留存一段英气，此刻又因来的匆忙面色红润，大家都说她更漂亮了。

"谢谢啊！"她开怀一笑。

"鹰子，你经纪人这两天有没有拿你们出气？"欣照问。

"我理他那些破事儿？"鹰子说。

"反正我也不求角色，有的演就演，没的演更好，我只想唱歌。"鹰子是歌唱大赛选拔的选手。她入行前在香港理工大学读书，高考分数高得惊人，是名副其实的优等生，名校抢着录取。那时她最恨的就是自己的名字——沈碧英，这个软绵绵落英缤纷的名字，让她觉得又俗气、又老气、又好笑。

杨鸣柳常常揣测，鹰子就是为了改个帅气的艺名，才破天荒去参加歌唱比赛。在几个女孩当中，她和杨鸣柳最对脾气，对室友芸芸相当照顾，却有点看不惯欣照那副活泼八卦、市井气重的样子。还好个体之间的吹毛求疵，从来不影响小团体的和谐兴旺。毕竟又是南国的夏天啦！女孩们要做的事，就是短裙人字拖、伸胳膊露腿儿地裸露不长的青春，虚度又一个挥霍年华的好季节。

❷

　　电影节后回港三个月，频繁的公益慈善活动占据了杨鸣柳工作中的一大块。在香港，这些公益组织多数依靠商界财团支撑运转。杨鸣柳向来觉得公益团体做慈善如中国写意画一般，半实半虚，没有一个项目能做到百分百对公众透明。她佩服的是自己的一位中学老师，在汶川地震后，只身背了一个大背囊前往灾区，不为别的，就为把整个背包的百元钞票送出，逢人便送，实打实把自己的辛苦钱交到最需要的人手中，也不扣上什么慈善的帽子。

　　而郑诺章和杨鸣柳回港后就一直未联系。一天，杨鸣柳和江欣照一起参加慈善酒会，艺人们亲自展示着琳琅满目的珠宝华服，最后这些珠宝也纷纷被售出。酒会结束已是晚上十点多，几个企业家提议在附近的 KTV 练练歌，喝几杯再回家，杨鸣柳不想去，可是欣照说想唱唱歌。"我们 Rainy 姐带队，没事的，再说也不好折了经纪人的面子。"杨鸣柳看时间也不早了，如果不等公司的车接送，自己搭车也是麻烦，就跟欣照同去。

　　乐意去 KTV 的人通常都不为听别人唱歌，而是听自己唱，企业家们更是自信爆棚地一通嘶吼，仿佛能赚到钱便是能做好世间的一切事情。杨鸣柳坐在角落，还好在场的女孩比男士多，一个萝卜一个坑地陪着，她就是在一旁喝点柠檬水，也不会被点名骚扰。看欣照坐在那个房地产企业太子爷 Ronnie 的身边，毫不逾矩却甜甜微笑略显陶醉的样子，她突然觉得自己的室友有些陌生。那些男人身边有女孩子倒酒陪聊，眼光间或扫过她，她觉得周身不自在，只得挺直了脖子，看也不看他们一眼。

　　杨鸣柳趁大家聊天喝酒的时候唱了几首歌。转眼凌晨一点，酒局终于要散场。此时男人们都已喝得醉醺醺满嘴胡话，Ronnie178左右的个子，搂着身形娇小的欣照，活像《红楼梦》白描绘本中薛蟠大醉搂着瘦小婢女的现实版。而欣照不好意思地向杨鸣柳挤挤眼，"醉了，我扶扶他。"

　　七月，似乎夜里刚落了点雨，空气里蒸腾着密集的潮味。杨鸣柳好端端低头走路，突然 Ronnie 转身把手重重地搭在杨鸣柳肩膀上。"你啊！我说你！"醉汉疯癫癫地自说自话，"一整晚了，一句话都不跟大家讲！好！就中意这样冷冰冰的女仔！"

　　杨鸣柳个子高，手长腿长力气不小，先是一愣，赶紧掰开 Ronnie 的胳膊。心想邪门了，这家伙什么时候扑过来的！越是这样，Ronnie 反而越是扣住她的右肩不放。

　　对街突然蹿过来一个人，从杨鸣柳身边把 Ronnie 掀开。

　　郑诺章怎么突然出现了，杨鸣柳吃了一惊。

　　而郑诺章的诧异也不在她之下。"杨鸣柳，你怎么到这种场合来？"

　　"哈哈，原来你们认识啊！郑诺章，你女朋友？早说啊！"Ronnie 瞥了杨鸣柳一眼，突然十分不屑地说，"你要的人我可不要。反正你有的我从来都没有，也不稀罕！"

　　郑诺章气不打一处来，不跟他多说，就把杨鸣柳拉到一边。"你怎么回事？你！"

　　杨鸣柳也生气起来。被一个陌生男人那么粗鲁地对待，又在最难堪的时候碰到郑诺章。"你才是，怎么在这儿？跟踪我？"

　　杨鸣柳很大声说话，郑诺章没闻到她嘴里的酒精味儿，又看个个男人都有伴儿，微微安心了些，直言道："别误会，我是来接我哥哥的，我那个混账哥哥。"说着拉上杨鸣柳横穿过窄窄的街道，坐上一辆黄色保时捷飞驰而去。

　　郑诺章车速虽快，却开得很稳，正是向杨鸣柳家的方向行驶。

　　"他竟然调查过我家住哪里？"杨鸣柳心中暗暗气恼，又一想，"开车稳稳地，倒让人很放心。"两人不言语，终于等到郑诺章开口说："要不要喝点糖水再回去？"果然车子路过一间小小的糖水铺，大半夜还未打烊。

享用生磨黑芝麻汤圆的时候，杨鸣柳眯着眼问起来："Ronnie 是你哥哥？我都没注意。"

"不是吧，陪着他们一晚上了。不知道？"

"真的不知道，没留心，没注意！是他突然跑过来，这些人我根本不想理好吗？"气氛刚刚缓和一会儿，两人又开始剑拔弩张。

"好吧。"郑诺章见她生气，想必并没有骗人，"我哥哥一向对我这样，已经都习惯了。"

"是因为工作吗？他负责远盛地产，你负责 LT 通讯，你们没交集吧。"

"LT 也属于远盛集团，而我只是执行层的经理人。不像哥哥、爸爸和伯父他们，是大股东。"

"他跟你，很不一样。"

"他也不容易。你想想，跟着我爸爸长大，其实挺苦的。"虽然这么说，可是郑诺章表情十分冷漠。

"苦什么苦？有钱，可以过得多任性，你爸爸应该很疼他，还让你专门来接他！"

"这下子，变成接你了！他四岁丧母，爸爸肯定疼他，从小把他带在身边。不过被我爸爸带在身边，能学什么好？你又不是不知道。"

"好吧。"杨鸣柳悻悻地答道。

她许诺以后不再来这种场合，回过头来又想，自己凭什么答应郑诺章这些？而郑诺章一句话让她心头一热，临分别时，他说："记得，以后不管什么事，随时给我打电话，不管在哪儿我马上到。"

纵使知道孤独是常态，世界得靠自己摸黑往下走，但每个人心里总抱有幻想：有一个人能真正知道你，真正在你需要的时候陪伴左右。当这个人切切实实出现的时候，他对你竟一无所求，他甚至从没张口说过爱。

❸

　　郑诺章在公司就像一个外来入侵生物。空降的二公子成了 LT 通讯公司总经理，之前却没有任何工作经验。

　　"念到高学历的一介书生而已" "来自台湾，在香港难免水土不服" "论集团股份是完全没有的，Ronnie 至少还有一些"。老员工们私下这样念叨。

　　更何况，郑诺章的广东话还处在蹩脚的阶段，在香港这片土地上，说不出道地的广东话，就得有 "活该被排斥" 的自知。

　　好在郑诺章头脑好，在经营方面能做出正确超前的决策。例如 LT 的网络升级，就走在同业竞争的几家公司之前。同时，郑诺章看准移动视频的机会，打造了几款免费的视听产品，在用户推广方面舍得花大力气，也卓有成效。

　　下一步，他瞄准影视行业，要收购香港宝丽影业公司。向影视公司采购版权还不够，他想成立 LT 影业集团打造影视作品，构建集团自身的内容价值。

　　郑诺章和父亲说过自己的布局规划，也呈递过项目报告书。父亲虽不显得十分热心，但也点头默许。可是从送完杨鸣柳回家这天开始，他的梦想在父亲眼里就不那么纯粹了。驾车回到深水湾大宅，停好车沿石阶走到门前，大厅壁灯亮着，爸爸和哥哥正坐在客厅沙发上，他不得不说声 "我回来了"。

　　"回来啦，送人回家送很久嘛！那位小姐好像演过电影哦！"

　　平日里，父亲和哥哥不会对郑诺章过问太多。他在家自然也少言寡语，来来去去像个外人。这天例外，哥哥竟主动跟自己搭起话来。

　　"……嗯，之前认识的朋友。哥，你在外面也太随便了。"

　　"随便的人才去的场合，不随便一点怎么行？你不是去接我的吗？"

"看到你那副样子了。Ronnie，对别人起码的尊重还得有。"

"爸爸，你看看他！自己也开始玩小艺人，却只许州官放火，不许百姓点灯。我原以为我们家至少有一个清白人。"Ronnie 说着揉了揉鼻子，笑了。

"Ronnie，你是要注点意。诺章，还是要把心思放在工作上。"郑源启声如洪钟，目光炯炯。在他这个年纪和地位，已经活得足够通透明白，年轻时和父亲一起抓住楼市契机，生意越做越大，感情上则像很多香港男人一样不加约束，好几位演艺圈的顶级美女，都曾是他麾下的情人。对他来说，女人是衣服，生意场上的胜利永远是第一位的。可家业大了就会面临各式各样的挑战，譬如上一年股东大会之前，又有人恶意在八卦报刊上炒郑家的丑闻：郑希青的车祸不是意外，他的去世和许熠的离港是郑源启一手谋划的。否则二十多年来，他怎么会丝毫不关心太太和小儿子的死活！

媒体这番炒作逼得郑源启不得不把远在波士顿的儿子接回来，放在身边当个摆设也好。公开面对媒体的时候他亲切地搂着小儿子的肩说："能把书读好，干其他的事情也不会太差。"他眯起眼睛笑得像只招财猫，十几年来第一次见到二儿子，他亦可做到不动声色。

而郑诺章来到这个家，从第一天起就如履薄冰。当初父亲的助理来波士顿找他，他也思索良久：香港如今是什么样？到底要不要回去，投身钱、权旋涡中？他只在报章上见过郑源启的照片，怎能把 Daddy 叫出口？可是惯于沉默的母亲却发了话："香港那一切，都是属于我的东西，你必须把它拿回来。"

于是他一个人拎一只箱子来到香港。他想，这应该是自己为母亲做的最后一件事。

此刻被 Ronnie 冷一句热一句地指责，郑诺章想起母亲瘦削的背影，唯有一个忍字当头。

他乖乖对郑源启说，"工作没问题，爸爸您放心。研发小组升级 4G 网络的业务，我一直亲自在盯。"

"嗯。这是重中之重。"郑源启点点头，"对你我放心，你看我何时过问 LT 项目组细节事项？不过私生活方面，还是注意为好。你知道香港那些八卦杂志！我跟你哥哥，都是为你的口碑着想。"

"我是正常交朋友，不怕的。"

"不怕吗？刚才没被拍到吧？别怪我没提醒，车震之类的被拍真的超囧。"Ronnie 是过来人，撇撇嘴说。

"Ronnie 你说什么？我们去喝糖水聊几句，难道也有错？"

"哈哈，你怎么玩都好，不影响形象就好。我们家只有你能配得上林逸小姐，我反正是废了，就算人家姑娘非要嫁，两家也得闹掰。就靠你啰！"

"哥，你怎么又提起这事？我只见过她几面。"

"诺章，"郑源启发话了，"你哥哥这话不中听，但却说的是正经事。游戏这块我们布局晚，游戏大王的独生女，又是我看着长大的，多好的女孩子。明星嘛，尝尝新鲜可以，久了你就知道多无聊。还是知识女性、大家闺秀靠得住。"

"爸爸您真是操心了。"郑诺章冷冷地说。每每听郑源启说联姻这类不着调的话他就恨不能摔门而出。本来郑源启一门心思想要促成 Ronnie 和林逸的婚事，谁料林家觉得 Ronnie 太靠不住，就是不愿意把女儿许配给他，反而看上了郑诺章。要说香港真是亦旧亦新，老传统老理念常常被莫名其妙地发挥到极致。郑诺章面对庞大的腐旧世界，偏偏打定主意绝不遵从，但又并没有跟眼前这两位亲人熟悉到能大吵大闹的程度。心意既然坚定，那就没什么可废话的，郑诺章打了个哈欠说太困，上楼赶紧洗漱睡觉。

4

南方最适合熬夜，炎热潮湿的空气令人感到时间永远不迟不晚，再怎么夜深也还不到睡觉的时候呢！所以睡到太阳晒屁股的大中午是常有的事。电视台的录影工作常常是下午三点以后，开工前，恰有空闲梳洗打扮，去吃个最丰盛的 Brunch，慰藉饿太久的五脏庙。这也正是姑娘们专属的欢聚时光。

回想两年前，江欣照、杨鸣柳、白芸芸和鹰子刚进公司的时候，早中餐时间她们必定没心没肺地大吃大喝，热闹地聊起穿衣经和恋爱史。那时大家参加的选美或选秀节目刚刚落幕，大家也都欣欣然和公司签了约，兴高采烈在同一起跑线出发，丝毫感觉不到这座城市和工作带来的压力，只随心所欲地想象光明的未来。

殊不知光鲜的演艺世界如一潭温软芳香的泥沼，一旦踏足就让人深深恋慕其中衍生的幻象：我能做变化多端的美人，也能做万众瞩目的焦点，周身是数不尽的金钱和道不尽的美誉，还能拥有极富权力的人的爱恋，抬抬手指，我便能撼动世界。可实质上呢？泥沼带着一股陈腐冷冽的气味将人往深处拉扯。一切都只是"看上去很美"。

比如住房，公司为艺人们租的房，租金由艺人自理。一个月 7000 元底薪也有工作量的考核，如果当月不足这价值的工时，下月工时多了必须补上，即便工作量饱和，一两万元的薪水也仅能维持基本生活。平日上镜的服装倒是能免费借穿，却和女孩们想象的 Dior，Ellie Saab 等一线时装品牌天差地别。用导演的话说，"摄像机会过滤所有服装的质感"，劣等的服装质地长期如针刺皮肤。只有为数不多的几场年度庆典、颁奖红毯，服装师才会去借价值高昂的锦衣华服。不过普通艺人想融入这样的场合，又是想都不能想的事。

所以女孩们也通过两年的摸爬滚打认清了现实，如果不是运气奇佳，就必须一步一步熬年头、往上爬。如今的 Brunch Time，大家一口口品尝盘中精美的食物，空气里却似乎砌起透明壁垒，尤其江欣照和杨鸣柳，她们因为昨夜的事情一言不发。

白芸芸似乎什么异样都没感觉到，第一个开口："今天的炒蛋真好吃，最喜欢吃这个啦！"

"这个你每天早上都要重申一遍！"鹰子笑笑得像面对一个自

己喜欢的小孩，不过她已然察觉气氛诡异。

"欣照，我们今天应该是晚上 10 点那拨录节目，出外景到梁山饭店的莫斯科餐厅。那么晚录美食节目，又要长肥了。"白芸芸说。

"嗯，到时候少吃两口，不过还得装出好吃的样子，真累。"

"小柳，你今天去公司应该没什么可忙吧？"白芸芸接着问。

"我没什么，去点个卯。"

"难得啊，大忙人会没安排。"江欣照酸酸地补了一句，"怎么不借这时间出去约个会？"

白芸芸和鹰子都愕然了。杨鸣柳脸一红，心里多少有些尴尬。"欣照，你是在怪我没跟你一起回家吗？昨天是事发突然，以后不会这样啦。"

"不会！我怎么会那么不知趣。又不是没有车。"

"他是我以前偶然认识的一个朋友。"杨鸣柳态度柔和，低声讲话。可是欣照就是过不去这个坎儿，找碴似的："没问题。偶然认识一个就是远盛二公子，也蛮好的，走上层路线是对的。站在云端，才能看到最好的嘛。"

杨鸣柳是个直肠子，就像面擦得透亮的镜子，本来她想好好说话，但对方一旦带有挑衅意思，她的脾气也立马上来了："我搞不懂，你在不开心什么？你不是一晚陪 Ronnie 聊得很 high 吗？"

"你！"江欣照嘴皮子素来厉害，不过自己前几日才叫嚣着不陪酒，却被室友一语戳穿，搞得自己在姐妹们面前丢了脸。她一时语塞，满心尴尬和不快，只好喊道："我……我在不开心什么？我跟你住在同一屋檐下，那么多秘密有意思吗？"

"很多事，我有的不想说，有的懒得说。"杨鸣柳觉得女孩的世界真是太麻烦了。"你不可能知道我的所有朋友，而且知道又有什么意义？我们还是把有限的时间花在重要的人和事上面吧。"

"这样就没劲了。是说各人管好自己的一亩三分田，你的精彩生活我们没必要了解？我们可是无话不说的朋友啊。"江欣照端出朋友情分当枷锁锁住周围的人，这时旁边的鹰子和白芸芸，已经看傻眼。

杨鸣柳不吃江欣照这一套，她低头吃自己的早餐，不言不语。心想，你觉得不爽看不惯，那又怎样！如果不关你事，我就没有对你解释的义务和责任。

没想到江欣照竟红了眼圈，落下泪来。杨鸣柳感到无语，她这个状况，在朋友面前是要将自己置于什么境地呢？

"欣照，不是吧，没什么啦！"白芸芸赶紧搂搂她。这一哭，分明是博取大家的同情。

"小柳，我们都是外地来的，鹰子从沈阳考过来，我从深圳，芸芸来自加拿大，你又是伦敦。但归根结底，在外漂着，都不容易啊。如果不是跟你们走得近，我在这里根本待不下去！"

杨鸣柳只好对欣照说："你想多了，我真的只是偶然认识一个普通朋友，如果是重要的，肯定不会故意不跟你说。"杨鸣柳懒得纠结，于是跟大家说起郑诺章，只说是电影节上见过的，白芸芸为了岔开刚才的尴尬，问了好些 Ronnie 和远盛集团的话题，杨鸣柳则给她解释远盛和 LT 的关系，以及未来远盛的电影布局。末了芸芸也是糊涂："嗨，反正我是搞不懂，这些集团啦，公司啦，天天就是并购、扩张，大鱼吃小鱼。光是听着就觉得复杂！我只能做点简单的事。不过我们大家早就说好了，谁要是有能力有机会，肯定会推一把身边的好朋友，这是一定的。"

姑娘们互相玩笑着说，"靠你啦！""我就指望你啦！"女生的脸真是依样画出南国的天气，阴得快，晴的更快。

❺

杨鸣柳到公司，坐在工位上看了会儿书，实在无事，又将《古典爱情》的旧剧本拿出来翻阅。看过许多次，她仍然觉得唯美有余，力道不足。如果无法引起共鸣，应该就不算是好剧本吧，几次美景里的相遇，几次命运交错，就擦出惊天地泣鬼神的爱情火花？编得有点太假大空了。不过这看不见摸不着的感情应当如何表现呢？如今的新新人类嘴里塞着快餐、享用各种快消品，从筷子到内裤，什么都是一次性的；他们的爱情也像快餐，同样不是什么重大的事。而剧本里表现的却是几十年前的一份沉重的感情。如果要对这古典时期的爱情做一个诠释，到底该是怎样？杨鸣柳不由自主想起了文异。

　　她还记得两人头一次见面，他看她的眼神，和他穿的浅蓝色T恤。那时她还是个土得掉渣得姑娘吧，看到他，心脏居然不老实不受控，开始紧张起自己的着装打扮，坐了十几个小时的飞机，她的绿色风衣大概已经揉得皱巴巴，头发也不那么整洁了吧！与其说那种感觉是见到生人时的羞涩，不如说是一见钟情。

　　等来他的表白已经是冬天了。伦敦的冬天潮湿阴寒，落雨比下雪还要糟糕，只要走上街，自己就冷得没处躲没处藏。一天她撑着伞步行前往学校的图书馆，文异突然从后面追上来，跑进她伞下，握伞的时候顺势握了握她拿伞的拳头。"他是什么时候看见我的？大冬天的我走路是否太过瑟缩难看？"这些忧虑在文异向她粲然一笑露出牙齿的时候，全部消失殆尽。他陪她一起到图书馆，馆内很安静，念书时读着读着就睡着了，醒来时文异紧挨她坐着，目不转睛地看着她。他不知从哪来捞来一本聂鲁达的诗集，翻开其中一页，正是一首来自这位用一生写情诗的诗人的十四行诗：

I do not love you as if you were salt-rose, or topaz,

or the arrow of carnations the fire shoots off.

I love you as certain dark things are to be loved,

in secret, between the shadow and the soul.

I love you as the plant that never blooms

but carries in itself the light of hidden flowers;

thanks to your love a certain solid fragrance,

risen from the earth, lives darkly in my body.

I love you without knowing how, or when, or from where.

I love you straight forwardly, without complexities or pride;

so I love you because I know no other way

than this: where I does not exist, nor you,

so close that your hand on my chest is my hand,

so close that your eyes close as I fall asleep.

　我爱你，但不会像爱刺激的玫瑰、黄玉

或者康乃馨火舌般的花蕊那样。

我爱你，像爱某些隐秘可爱的东西那样，

在阴影与灵魂之间，偷偷地爱你。

我爱你，就像爱从不开花，身上却透着

看不见的花的光芒的植物那样；

由于你的爱，某种纯真的香味

自大地升起，隐隐活在我体内。

我爱你，对爱的方式，时间，起点概不知晓。

我爱你，爱得直截了当，既不复杂也不骄傲；

我爱你，因为除了爱你，我不知道

别的办法：你我形影相随，唇齿相依，

亲密得我胸口上你与我的手莫辨彼此，

亲密得我进入梦乡，你也会双眼紧闭。

　　午后的图书馆很安静，窗外不知何时，已经由落雨变成落雪。自始至终文异都没出声，他只是张大嘴用唇语说：I Love U。为什么表达爱的句子是 I Love U？因为这样大开大合的嘴形甚为简单明了，让人一看便能猜中。杨鸣柳立马红了脸。

这番文艺感十足的表白在几年后仍然印刻在她的脑袋里，那时候，两人的举动土气又笨拙。不过谁也不能否认恋爱初始阶段的动人之处，如果像电脑开机般每天将恋爱重启一遍，就会遇到感情最大的天敌——厌倦。最初的诚挚将荡然无存。

喝点茶翻翻杂志，不录影也不外拍，就是一个难得的下午。一看离下班还有两小时，杨鸣柳便决定上楼去 Rainy 姐的办公室坐坐，这个时间，她应该不怎么忙。在内地，下级找上级说话被称作汇报工作，香港人不讲这一套，他们也不需要时去和上级沟通，可杨鸣柳却是打心眼里敬佩 Rainy，虽然她平素待人冷冰冰，但是对她所关心的人和事却释放出一种亲近暖意。几天不见，杨鸣柳就想跟她聊聊天。

敲敲门，Rainy 官方的应声 "Come in"，本来锁着眉头看电脑，一见杨鸣柳就抬眼笑了。

"知道你今天来公司，现在才来报到。"

"Raniy 姐，我这不是怕打扰您嘛！"杨鸣柳说着，将一杯从西餐厅买上来的咖啡端给 Rainy。"来，您的 Espresso。"

"还是小柳贴心，知道我喜欢喝这个。最近是不是还比较闲？"

"活动多，正经事儿少。"杨鸣柳点点头，"不过这样也好，我有时间看看书，看看剧。"

"你知道公司又要开新剧吗？想参与吗？"Rainy 喝口咖啡问她。

"看您安排啦！我知道想演的人多，毕竟每年都新进那么多新人。"杨鸣柳笑眯眯地说。

"哈哈，知道你想拍戏，做艺人的谁不想？不过我不给你安排这个。"Rainy 晃了晃咖啡杯。

杨鸣柳此刻不知道该说什么，也就憨厚笑笑。

Rainy 接着语重心长地说："你也知道的，除了曼妮，我带的艺人里最想培养的是你。曼妮适合电视，她是香港人，更 local，表演也夸张些，你读书多，文化高，我还是希望你走大银幕。"

"嗯，曼妮姐人漂亮，人气又高，我初出茅庐，还在学习阶段！"

"曼妮也不让人省心，今天网站、杂志、报纸，娱乐版都是她的头条，传绯闻啦！热度倒是高了，可是问题多多啊。"Rainy 叹口气，"有时候我在想，你是不是也需要传个绯闻带带人气！不过单说演技，你就和她们不一样。"Rainy 说，"你要着力细腻一些的表演，情绪一些的东西，一定要走心。先让自己动心，看戏的人才会动情。声台形表，专业知识我不建议你多看，我也不懂啦！但我觉得，先做人，再做戏。懂得人性，才能拿捏好人物。"

Rainy 这番话听来粗浅，但也是她这么多年摸爬滚打的经验之谈。杨鸣柳正想跟 Rainy 聊聊这阵子看的好片子，突然门被推开了，不敲门就开门的，原来是集团总裁乔东华。

乔东华 46 岁，二十年前从父辈手上接过公司的时候，英视传媒正处于岌岌可危的颓势。现在公司重新占领香港 70% 以上的有线电视份额，又是最大的电视剧生产机构、艺人输出机构，重振家业的他，理当是个了不起的人物。不过不知为什么，杨鸣柳总觉得他有几分"不着调"。比如在年会上不考虑场合、话痨似的发言一小时，内容还极其无聊，又比如他"特立独行"的穿衣风格。看看，今天脚蹬蓝色鳄鱼皮皮鞋，领口打一条 Kenzo 花领巾，虽说都是新一季潮流名品，可这一头一尾，直接把一身挺括的深色西装毁了个干净。啧啧，真是"鹤立鸡群"，杨鸣柳心里说。她对这位 CEO 一直有些嫌弃，觉得他又好笑又不聪明。相较之下，Rainy 简直是睿智得体的女神。

乔先生径直闯进来，目不斜视，似乎很熟悉 Rainy 办公室的环境，直接朝 Rainy 右手边的长沙发一坐，伸手将眼镜一摘，放松地闭上双眼揉起眼睛来。说来奇怪，他竟摘了眼镜。这位老板在公开场合、在大庭广众之下，从未裸脸示人，一副有框眼镜就跟长在脸上一样，已然成为他的标志。这会儿他揉揉眼睛，长舒一口气，才发现杨鸣柳也在。

"鸣柳也在啊！"他轻松地笑笑。

"乔总好。"杨鸣柳礼貌性地说。

"鸣柳戏演得不错哦。"乔先生点了点头。

"乔总也看了我们的电影啊，那是我的荣幸！"

"我……我没看完，不过 Rainy 说演得好，喜欢你的表演，总提起你！"乔东华兴冲冲地看了看 Rainy，突然发现她桌子上有咖啡，起身端了就喝。咖啡杯小小的饮水口，还留着 Rainy 的口红印记。

"Espresso 啊，就知道我爱喝这个。"乔东华开心得像个小孩子，面朝 Rainy 说。

杨鸣柳心里直打鼓，想着我是不是看到太多？这位大 Boss 虽然不很聪明，但平时还是一副肃穆的领导风范，今天怎么如此随便？是因为 Rainy 姐吗？还是因为今天遇到什么喜事兴奋了？平日里可看不出他俩是共用一只水杯的关系呢，真够微妙的。她很知趣，赶紧找由头逃开。

"乔总，Rainy 姐，我先下去了，欣照她们录影，还让我过去帮她们看看今天怎么装扮呢。"

"好啊，去吧。"Rainy 笑盈盈地对她说。乔东华也在一旁点头。

下楼后跟欣照、芸芸打了招呼就去搭班车回家，杨鸣柳还是不由自主地回想起乔总和 Rainy 交错的眼神。不是暧昧，也不是公事公办的官方态度，竟有种情人相见般的欢愉气氛呢！有意思。不过这个小小的发现她肯定不能和他人说起，快到家的时候，她打算找鹰子吃个晚饭。今天只有她在家。

杨鸣柳也不回自己屋了，直接上鹰子的公寓门口按铃。接连按了两次，都还没人应门。奇怪，鹰子今天明明应该在家啊。杨鸣柳踌躇着又按了一次门铃，已经打算打道回府，这时候听到鹰子的声音。

"哪位？"

"我，杨鸣柳。"她放开嗓子说。

"来了。"一串杂乱的拖鞋声响之后，门开了，鹰子一身半袖长裤的家居服站在门口。

"你睡着了吗？我按了好几下呢。"杨鸣柳笑着走进屋，没仔细看鹰子那张尴尬的脸，先看见了窝在沙发上只穿底裤内衣、手捧酸奶的苏紫。没想到第一次见到这位歌坛实力红星，不是在红馆，不是在小巨蛋，是在好友的沙发上。

鹰子尴尬劲儿还没过，不过也给两人介绍，"Sukie，这是住我们隔壁的好朋友杨鸣柳，小柳，这位，就不用我多介绍了吧。"

"你好，苏小姐，我本来来找鹰子晚饭的，不好意思……打扰了。"

"没事啊，小柳是吧，鹰子的朋友当然是我的朋友啦。鹰子她大概还是水土不服，总便秘，我那儿多了个酸奶机，拿过来，刚试着做了一大杯，你也来点儿？"她起身穿上一双拖鞋朝厨房走去。或许是长期坚持跑步锻炼，她体态修长匀称，连女孩子看了都觉得晃眼；到厨房熟门熟路地舀了一小杯酸奶之后，她又取果盘里切好摘好的草莓、蓝莓，撒在酸奶上递给杨鸣柳吃。

"谢谢，那我不客气了。"杨鸣柳已然心事翻腾，特别想问鹰子这是怎么回事，又无法开口。既来之，则安之，尝尝苏紫亲自制作的酸奶，恐怕这运气也只有她撞得到。她大口吃了一勺，美食马上点亮了眼睛。

"嗯！真甜！"

接二连三地遇到囧事可怎么好，管他呢，爱怎样怎样。

❻

鬼使神差，鹰子、苏紫、杨鸣柳三个人的晚餐就是在家就着鲜虾青木瓜沙律吃一碗湾仔码头的云吞，大明星倒是一点也不难伺候。饭后三人还一起搭乘苏紫的保姆车来到了兰桂坊。

不得不出门，因为苏紫晚上在 Wonderland 酒吧有表演，她一般不唱酒吧，这一天，只因为演唱会的赞助商恳请她帮忙捧个场。

苏紫披了一袭酒红色亮片复古露背裙上台。酒吧的舞台窄窄长长，离下边的舞池距离很近，舞池里，早已挤挤攘攘站满了人，大家在三两杯酒下肚之后跟着节拍摇摆，看到平日看不到的大明星，兴奋不已。

"hello, dear！"苏紫一开口，马上引起一阵尖叫。

"第一首歌，送给爱我的人，come on, Rock Lover。"她向乐队挥手示意，乐声便极富挑逗性地奏起。这一首是苏紫的经典快歌，场子里的人全都跟着唱起来，而合唱的声音也盖不住厅内巨大的音浪。

鹰子和杨鸣柳站在人群中不算靠前的位置，杨鸣柳看看台上的苏紫，和方才在客厅沙发上流连的她完全两样，瘦小的身躯隐含着宇宙的能量，每个舞步都准准踩在节奏上，她一定爱疯了唱歌。杨鸣柳又看看身边的好朋友，她也喜欢唱歌，但尚未成名；平时她看起来酷酷的，此时此刻眼里却火光闪耀。

一首结束，大家高声欢呼，苏紫回身喝了口水，接着唱。"第二首歌，送给我爱的你！《爱与痛的边缘》！"她将手指向台下。这是娴熟漂亮的表演方式，也是个暗藏深意的手势。

熟悉的旋律直逼人心，苏紫第一段广东话，第二段普通话演唱。多炽烈的感情，才能演绎好这首老歌。如果说香港人有什么最讨人喜欢的地方，那就是这份直白，爱了，不爱，他们不打马虎眼，没空逢场作戏，清空所有灰色地带；不管什么大道理，说出来也都除去迂回，浅显简单。

表演间歇鹰子在酒吧外吸烟，仄仄的老街依山而建，朝上看、朝下看，霓虹灯影都如此迷人婆娑。杨鸣柳看了看身边低着头的鹰子，什么也不用问，便什么都明白了。"她是真拿自己当朋友。"杨鸣柳心里浮出一阵暖意。

虚荣的世界有虚伪的活法，但她们活得更酷，更真实。

第四章　配角戏

❶

11 月的澳门，远盛豪庭门庭若市，入口铺就了长达 100 米的红毯，直至酒店正门；门口，藕荷色和浅粉色鲜花装饰了花棚和长匾，清新可人的压制着酒店隆重的主色调——琉璃金。这座著名的博彩、旅游城市总是游人如织，11 月 1 日这天，但凡经过远盛豪庭的人，都忍不住驻足观瞻。也许在北方的冬天，名媛、明星、富人们的顶级盛会变得稀疏黯淡，但温暖的南方从不受季节影响，奢靡如湿地的瘟疫，永远立于不死之地。远盛集团旗下电影公司星月影业的开幕典礼，就选在 11 月 1 日。

PM 7：00，天色渐暗，远处教堂的钟声凝着潮水腥气当当敲响，远盛集团的盛会也拉开帷幕。宾客们踏红毯而来，在牌匾上优雅地签名。风头正劲的明星被记者追着做访问，更受追捧的是城中名列前茅的富商，八卦的人们都在数，他们身边已经换了第几任明星。美貌会过气，财富永不过时。

杨鸣柳经过采访区时原本没打算多停留，她的知名度不算高，也不想凑这个热闹。没想到被同公司娱乐频道的记者逮住，大概是公司同事有任务，必须对本公司演员进行报道宣传。

"Marie，今天来澳门参加活动开心吗？"

"很开心。"

"听说这次也是带着角色来的，会出演星月影业投资的第一部电影。"

"是啊，非常荣幸。"

"跟张显导演合作，有没有什么期待？"

"很期待这个故事和角色，我们目前只接到梗概，并没有看到剧本细节。但张导向来有许多临场发挥，非常希望跟着他学习。"

"不管怎样，这次是演第一女主角哦！怎样得到的？"

"……"角色目前还没有正式公布，但是小道消息已经满天飞了。有传说英视电视台乔东华偏捧新人杨鸣柳，又有传是导演雷浦向张显极力推荐，张显不得不卖朋友一个面子。最真的版本，便是远盛集团的二公子猛追这个初出茅庐的小明星。杨鸣柳也知道市面上的各种说法，不过只要能参与到制作精良的影片，原因什么的对她并不重要。

"我会努力做好角色，大家呢，看到好作品就好，鸡蛋好吃，又何必管下蛋的母鸡呢？"杨鸣柳匆匆回答几句，上楼去了。因为那些不着调的传闻，她知道自己在这个男性主导的圈子里已经被异化，仿佛不和男人扯上关系，她便没法正常工作。

电梯从1楼抵达36楼宴会大厅，远盛豪庭的宴会厅建在大楼的顶层，高处不胜寒，却也收纳了最棒的视野。杨鸣柳喝着柠檬茶看风景，可巧澳门的夜也是泡了柠檬的啡色。过了一会儿，经纪人Rainy也到场了。

"你不在我真无聊。"杨鸣柳凑到经纪人身边说。

"哦，这里你不是有熟人吗？"Rainy笑着问，"我可是听说了，远盛的二公子对你兴趣浓厚哦！"

"什么熟人，完全没现身！"杨鸣柳瘪瘪嘴。

乐队演奏着古典室内乐，嘉宾们陆续到场。叶曼妮没和公司同事一道，原来是挽着Ronnie老板娘一般地现身了。两个人先是传绯闻，后来索性在媒体面前确立了恋爱关系，甜甜蜜蜜也不避讳。她穿一身黑色水晶纱斜肩合身长裙，半透明质地愈发显出婀娜摇曳的身段，如一朵开到最鼎盛的玫瑰。渴了，Ronnie就帮她取饮料，脖颈上梵克雅宝珠花链的后缀别住披肩卷发，Ronnie也仔细为她解开。曼妮跟Ronnie的朋友们见面，大概大家一直在讲笑话，她笑到伏在Ronnie的肩上直不起来。"真美，是半杯红酒在酒杯里晃来晃去的美法儿。"杨鸣柳观摩了半晌，半开玩笑地和Rainy说。

"其实她这个女朋友也当得很辛苦。谁都在背后拿她前一段婚姻说事儿。"曼妮32岁，已经结过一次又离婚，前夫是位低调的富商。媒体在大肆渲染她和 Ronnie 的恋情之后，也绝不忘记猛踩一脚：失婚女子与豪门浪子相恋，男方还小她 2 岁，最终不可能有好结果。

港澳富商林林总总几十家，风头最劲的五大财团这天都赏光出席，足见郑源启的好人缘。运输大王司马曜的耀远集团承包了港澳主流航空公司和船舶运输、公路建设，地产大亨程运青的太太团走到哪里都是一大风景，百货巨头常越昆管控几大商圈、同时也投资博彩业、娱乐业，传媒界翘楚乔东华不必多说，游戏大王林述这对模范夫妻也携手而来。

这些财团之间貌似不相干，只是场面上的谈笑应和，内里却少不了千丝万缕的联系。每个集团都如同一艘航母，承载各种穿插串联的业务流。股份的渗透、人脉的叠加、资本的运作，甚至已有或潜在的姻亲关系，都决定着这些庞大机构该朝哪边调头，未来能走多远。

世界无限大，女人往往只关心自己的方寸之地。杨鸣柳跟着 Rainy、乔东华喝着聊着，心里却一直等郑诺章来，她知道这次的角色选择，郑诺章一定为她说了话，想当面谢他。不料等来的却是郑诺章和大名鼎鼎的豪门千金——林逸。

一起来到大厅时，林逸没有挽着郑诺章的胳膊，也没有与他牵手，只是默默尾随，两个人就像画中走出来的。尤其这女孩，一身白色浮雕质感的蓬蓬连身裙勾出纤细腰身，一袭白狐皮草绕肩围住，衬得她一张圆脸尤为稚嫩。这位小公主不上相，真人可比八卦杂志上的肖像照好看七八分，一双微微浮肿的大圆眼睛伶俐又乖巧。

见到林逸来，Ronnie 首先迎上去，"林林来了，真漂亮！饿不饿？"他殷勤地端起身边的一小份酸奶蓝莓糕点，"我们订的是你最爱的那家糕饼店的点心！"

"真的，太棒了，这个品牌只有来澳门有的吃，谢谢 Ronnie 哥哥。"跟在郑诺章身后，她明显还有些羞怯，一见到 Ronnie 就呵呵笑开了。

"你呀！"Ronnie 一扫平时酷酷的神色，拍拍林逸的脑袋，"曼妮，给你介绍，这是我的小妹妹，我唯一的妹妹。"

"曼妮姐姐好！"

"初次见面！你好啊。"曼妮笑盈盈地应对着。

Ronnie 接着说："我跟林林认识得有，二十年了吧！林林你穿开裆裤的时候就跟在我后面跑啦！"

"Ronnie 哥！"林逸急了。

"哈哈哈，开玩笑，我们林林最淑女了。总之我们两家常常聚会啦！好好跟着诺章吃点喝点，他要欺负你，告诉我哦。"

林述和郑源启看着儿女们频频微笑。林家就一个独生女儿，从小学法语、学日语，在欧洲练芭蕾，养在深闺没经一点风雨。眼看着二十多了，父母亲只盼给女儿找个好归宿。林氏集团掌控着最热门的游戏版权，又拥有一流的研发团队，在软件开发和推广方面的实力无人能及，郑源启多年来在基础网络建设上下功夫，当移动互联网时代来临，又不得不规划游戏版图的业务。明眼人一看便知，林氏对远盛集团而言，有多重要。

林述和郑源启也聚拢到孩子们那边去。

"源启兄，效率够高哦，电影方面说启动就启动。"林述挑了挑眉祝贺老友。

"最主要孩子们喜欢，诺章才来帮我一年多，最近这半年，营业额就比上半年提高了12%。他想把宝丽收了，也随他。"郑源启拍了拍郑诺章的肩膀，"我也是看好文化产业，现在华语电影的市场大好，很好赚哪！除了吃饭睡觉，谁还不看看电影，娱乐娱乐？"

"电影这块，主要是诺章负责？"

"我和诺章一起做，林叔叔。"Ronnie接了话，"我弟弟监管项目和制作，我负责艺人调配、演员经纪。"

"Ronnie就爱凑热闹。诺章提这个项目的时候，你还一直叫停，现在开张了，倒是一下子提起兴趣啦！"郑源启说。

"哎，打虎亲兄弟，上阵父子兵嘛！看来这一年多你们俩磨合得不错！源启兄有福！我们家这个大小姐，生意上是半点指望不上。"

林逸听了父亲这话，嘟嘟嘴不作声。她学的是音乐，平日里弹钢琴，跳芭蕾，和软件、管理不沾边，不过也被爸爸安排到公司学习，学了快两年，基本业务渐渐熟悉，要独当一面却有些困难。

"林逸还小，慢慢来，从小就聪明，又有父辈的基因，前途无量。"郑源启没有女儿，总十分稀罕林述家这个可爱贴心的姑娘。Ronnie和林逸小时候还定过娃娃亲。都怪Ronnie不长进，不念书，作风不好。现在，只能靠郑诺章把林家的姑娘娶进门。

郑诺章知道父亲在想些什么，他和林逸同来，就不好意思不陪在林逸左右。带着林逸四处与人寒暄，也是避不开乔东华和Rainy的。两队人马打招呼时，杨鸣柳站在老板身边点头微笑。她看起来没有一丝别扭，似乎一点也不因郑诺章和林逸在一起而不开心。这种坦荡的表情，让郑诺章脑海里充满不确定：这女孩真的没把他当回事。

进入晚宴正式环节，郑源启手执话筒侃侃而谈，他天生有种渲染力，从小细节里讲出不少道理，绕了一大圈，说明白今天的正题。末了，突然点名请林逸弹奏一曲。

林逸面露红晕走到钢琴那边，钢琴是她在英国念书时的主修课，这类表演对她来说并不怎么为难。"弹什么呢？"她轻声问身边人，Ronnie也站在不远处，生怕冷场地接话道："NO. 3In E Major，可以吗？"林逸点点头，拨了拨裙摆端正坐下，渐起的乐声如溪水流淌，如水花迸溅。

杨鸣柳正听得入神，不知什么时候郑诺章便站到她身边。"好听吗？”他低声问。

“真不错。你这位女伴相当公主范儿。”杨鸣柳回答。

“没不高兴吧？”

“不高兴？为什么？这一曲我也会啊。”

“这么厉害？”

“嗯。她会的我都会，她不会的我也会。”杨鸣柳半开玩笑地抬了抬下颚，郑诺章顿时被这挑衅的小表情逗乐了。“那你也弹一曲来听。”

杨鸣柳凑在郑诺章耳边，“呵，我才不屑弹琴给这些无聊之辈听，但可以弹琴给你听，如果心情好的话。”

这话一说，郑诺章仿佛在寒冷的街头饮了一口山楂汁，冰透的酸甜瞬间绽开。他立刻问她：“此时此刻心情好吗？”

“有点憋闷呢。”流光溢彩的场景里穿梭过往的人们说着客套话，看久了就是没劲。反正这场合，自己就是大配角。

“那我们走吧，离开一会儿也没关系。”郑诺章拢了拢杨鸣柳后肩，他们恰好离出口不远。

❸

“我喜欢双脚踩在地面，而不是悬在半空中。”

“以后要亲自造一座两层的小楼，房间不用多，院子用来养狗、种树。”

遇到同类，聊天时总能顺畅过度，无痕对接。一如杨鸣柳和郑诺章。他们能同步变身社会人，也能同时退化为小孩子。

他们像偷偷溜出课堂的学生，翻墙翘课一般逃出宴会厅，进了电梯，跑出酒店大堂，一直穿到酒店的后巷去。后巷通往海边，凉风习习，郑诺章除下外套披在杨鸣柳身上，她还穿着那身室内穿的翡翠绿吊带曳地长裙，上面缀着水晶和穗子，复古款式如穿越回20

世纪初的巴黎文艺沙龙。两人沿着热闹的巷子走了一段，回头看高楼的繁茂灯火，什么雪滚花飞、缭绕歌楼，如同另一空间的幻境一般。

"找点像样的食物填填肚子吧。"郑诺章和杨鸣柳掀开门帘进了一家热闹但不吵闹的小酒馆，人们都注目这对男女，尤其是杨鸣柳，她搁在人堆里总那么显眼，人们自然好奇这姑娘有个怎样的男朋友。坐下点了葡挞和意大利面，杨鸣柳吃了几口就饱了，郑诺章调侃她"容易饱也容易饿，是最难伺候的类型"，杨鸣柳白了他一眼，也不还嘴，总之享用了美食就格外满足，她看看小舞台上有架钢琴，于是起身跟老板要求弹首曲子。

提起裙角做到钢琴边，她抬眼看了看郑诺章，双手缓缓地放在黑白琴键间，明朗的琴音开始起落跌宕，一小段前奏后，杨鸣柳还张嘴唱了起来：

> I pray you'll be our eyes
>
> And watch us where we go
>
> And help us to be wise
>
> In times when we don't know
>
> Let this be our prayer
>
> As we go our way
>
> Lead us to a place
>
> Guide us with your Grace
>
> To a place where we'll be safe

杨鸣柳选的是一首意大利文改编的英文歌。虽说爵士的慵懒曲调或柔肠百转的情歌她也喜欢，但要论最喜欢的，还是这类气韵宏大的调子，不是刻意的挑逗、不使出浑身解数撩动旁人的音乐细胞，也丝毫没有小可爱式地讨好献媚，这种歌的意境，是磊磊落落牵手朋友、爱人，向阳光的沙滩、月下的海面径直奔跑。

琴音一落，一片掌声。杨鸣柳得意地走下台看看郑诺章，"不错吧？"

"相当不错啊！你这曲，应了一句话，声中无字，字中有声。"

"必须的！"

"什么歌？调子好像在哪里听过，但又不那么耳熟。"

"*The Prayer*，从初中听到现在的一首老歌，有点宗教意味。"她甜甜的回答。

"嗯，不错，真爱都带点信仰和敬畏的味道。"他略带调侃地说。

宴会厅里，吹不到海风，看不到星光，不过两个人终究还要回去。一进大厅，Ronnie便第一个冲过来，"诺章，你闪人闪这么久？怎么就这样把林逸丢下了？"他不像是平日故意找碴，这次是真的恼火了。

"怎么？我刚才出去走走。"

"跟这位小姐？我就知道你，魂儿早就不见了。"Ronnie冷笑了一声，转过头来又朝杨鸣柳说，"富二代，阔少，你也知道，都是逢场作戏罢了，杨小姐，认真你就输了哦。"

杨鸣柳横了Ronnie一眼刚打算回话，曼妮、林逸和郑源启走了过来。

"诺章，这不是我们新电影的女主角吗？看起来，也是你的老朋友了？也不给我引荐引荐！"

"这是杨鸣柳，Marie，英视公司的签约艺人，也是《古典爱情》的女主角。"郑诺章说。

"幸会幸会！"郑源启伸出手和杨鸣柳握手。

"郑总，您好！久仰大名。"杨鸣柳大大方方地微笑道。

"Marie，气度不凡，诺章推荐你主演电影，也算这孩子有眼光。你的父母亲是？"

杨鸣柳纳闷，怎么突然问起父母了？"父亲是教授，也做些古玩生意，母亲是做话剧的。"

"尊姓大名啊？如果是生意圈的朋友，可能我还认识。"

听到郑源启这么问，杨鸣柳感到莫名其妙，不过还是回答："我不是本地人，家在福州，父母亲杨鉴，沈明秦，您应该不认识。"

"哦，这……确实不熟，都怪内地做古玩的太多，也不知是真是假。你母亲的名字，我倒还听说过。龙生龙，凤生凤，做演员，你也不会差的。"

杨鸣柳觉察出郑源启的敌意，他态度谦和，却字字跋扈。面对这样的长辈，她向来是礼让三分，可是一旦针对起自己的家人，就让人忍不了。她也平和地说："真的假不了，真真假假，也不必昭示天下人，品鉴者心里有数就好。就像今天的名流晚宴，又有几家几户承袭三代、经得起推敲？依我看，名流高士固然令人钦佩，但在乱世打拼的莽夫也同样值得尊重。"

郑源启听了这话，顿时皱起眉头。经营公司几十年，几乎没人敢忤逆他的意思。公司的下级自不必说，就连合作方也是笑脸相迎、说话客套。杨鸣柳这个初出茅庐的小丫头，说话却直来直往、绵里藏针，直指他们这些商贾的出身，最后还授予自己一个"不是英雄是枭雄"的评价。郑源启重重地哼了一下。"杨小姐，你知道做人最忌什么？"

杨鸣柳抬了抬眼表示疑问。

"看不清时势，太露锋芒。"他是典型的男权主义，讨厌女人有思想，甚至想法都应该被忽略掉。看到杨鸣柳这样的女孩，生气之余也有几分刮目相看，不过横竖是看不惯。他又说："你看林林好乖，跟我们诺章是不是天生一对？"

郑诺章瞪了父亲一眼，他厌恶父亲如此不礼貌的待客之道，又自知羽翼未丰，怕把场面弄得更糟，更不愿意驳林逸的面子。只得说："爸你真会开玩笑，我哪里配得上林小姐。"

杨鸣柳站在对面，看见郑源启看着自己的双眼装着嘲讽和挑衅，明摆着这话是说给自己听的。他难道真以为自己惦记他们家钱财？也怪女人们一有机会就往这些财阀公子身上贴，把他们都惯坏了。

杨鸣柳官方地笑了笑说："确实很登对，郎才女貌，我猜，应该早点道一声恭喜了。"

"你这就恭喜得太早。"郑诺章对杨鸣柳说完，又转脸对父亲说，"我的婚姻自己会考虑，爸爸您不要太操心啦。"话音一落，他就决断地抓住杨鸣柳的手腕，径直朝吧台那边走去，把大家都丢在一边。

"太不像话了。"Ronnie 气呼呼地说，"走，我们接着弹点好听的曲子去。"他一手扶住林逸的肩，推她去钢琴那边。

林逸乖乖在琴凳上落座，瞅一瞅 Ronnie 然后娇俏地一笑。

"你还能笑出来！"Ronnie 说。

"那怎么办？难道让我像你一样气呼呼才好？"她温柔地眯着眼睛看他。

"你太乖了，这样容易被人欺负的！"Ronnie 说，"爸爸也是糊涂，难道真要你嫁给那小子？"

"看样子很有可能哦。"

"这怎么行，你真的喜欢他吗？"

"Ronnie 哥哥，我妈妈说过的，喜欢不喜欢，可不是我们这些人的婚姻里应该讨论的事。"

"可你不喜欢他。你看，他跟别人在一起，你一点都不生气。"

"你跟顾曼妮在一起，我不也没生气？"她似真似假地撇了撇嘴，"关心则乱，我一点都不关心郑诺章，干吗为他生气？从小到大，我只喜欢 Ronnie 哥哥！"

林逸说这话的口吻，就像向大人讨要糖果的小女孩，骄傲而天真。她已经不是第一次这样说。从小到大，她都这样想过无数次，这样说过无数次。在她的圈子里，一起逛街旅游健身的富家女伴一点也不缺，但若论真正的朋友，一个都没有。和女孩子的聚会，永远是争奇斗艳、争风吃醋，不管人前人后，个个铆足了劲儿。她深信女人之间没有真感情，而周遭有资格一直陪她长大的男生，唯有年纪相仿的 Ronnie 一人，而他永远把自己当作他的缪斯。

她怎么可能不喜欢他呢？

听了林逸的话，Ronnie 原地愣了愣，"你是讲真的吗？"

"当然！"她边说边认真地点点头。

幸福如一场瓢泼大雨浇下来，让 Ronnie 应接不暇。"我……我也只喜欢林林！"放肆狂妄的男人竟也会害羞语塞，"那我再去跟我爸爸说，不让你随便嫁诺章！"

她小嘴一嘟，"可是我不能离开 Daddy、Mommy 生活，而且，我相信 Daddy 的投资眼光，他做生意那么成功，选合作伙伴也一定差不到哪里去。如果让我跟郑诺章结婚，一定有他的道理。"

"可你不爱他！"

"嗯，再说啰！结婚这种事反正还不着急。我还小呢。"林逸甜美又敷衍地说。她只想赶紧结束这个讨论也无益的话题。在她的世界里，爱，一直都不是婚姻的前提。

当孩子们都远去，郑源启一个人在原地时，郑源昌不知从哪里冒出来。

"源启，跟孩子闹不愉快啦？不值得的。"郑源昌是郑源启的堂哥，担任集团的副总裁，也掌握着集团 21% 的股份，远盛成立星月影业公司，他自然要来凑热闹。

"噢，没事，小孩子嘛，玩一玩也就收心啦。"郑源启脸色突然变得和煦。

"是啦！你不像我，就一个独生子。你有两个儿子，林家这个儿媳妇，绝对跑不掉啦。"郑源昌挑着眉边说边笑。

"哈哈！堂兄这是哪里话，我最提倡自由恋爱。你瞧瞧我这些年，选的女朋友哪一个是听父母之命、媒妁之言？这可不是照本子唱戏的时代啦！又怎么会强求我的两个孩子呢？"郑源启一睐眼，对这位堂兄背地里干的勾当他心如明镜，却朗声笑起来。笑声是浮在深水潭上的一层绿苔。

　　杨鸣柳被拽到吧台边，却不愿在郑诺章身边多停留一秒。她发现但凡哪个女子站在他身边，就变成了一个人肉靶子，谁都要朝你投掷几枚暗器。心里正懊恼，郑诺章在旁边低垂着眼睛。

　　"对不起。"他不明来由地道了个歉。

　　杨鸣柳看见他那副冷冰冰的落寞表情，突然觉得反胃。他难道幼稚得不了解自己的行为会给别人带来没必要的屈辱吗？反倒在这里装可怜起来。于是她不顾郑诺章的情绪说："林逸真的不错。还有，我可不喜欢你，不要误会哦。你也说了不追我的。"说完一转脸，回到经纪人身边。杨鸣柳凑在她耳边，"Rainy 姐，张显导演的新戏，我可能接不下来。您得有个心理准备了。"

　　"嗯，我会调整策略聊。"Rainy 观察着大家的情绪变化，已经猜出七八分，聪明的她，心里也开始打起另一副算盘。

❹

　　《最高机密》电影开机发布会上，杨鸣柳如期现身，不过站在舞台最中央的并不是她，而是曼妮。曼妮取代杨鸣柳成了影片的第一女主角，和一线男星陈城有大量对手戏。

　　这一天，一张张油印未干新鲜出炉的周刊头条、报纸娱乐版，各大网站娱乐版头条，纷纷聚焦于《最高机密》的女主角人选之争。从二公子的好朋友——名不见经传的艺人杨鸣柳，到大公子的正牌女友顾曼妮，角色之变，似乎也勾勒出远盛集团郑家未来的发展趋势：自小跟在郑源启身边的 Ronnie 再怎么不长进，也是远盛集团未来的正主。而港岛《豪门指南》中又多了一条：级别和知名度如同游戏经验值，若想登堂入室，请攒够再试。

　　"凭什么这么写？香港的记者就不怕人告他诽谤、污蔑？"杨鸣柳明明并没有拜托资方把主角留给自己，甚至已经跟经纪人交代说参不参演无所谓，最终角色定下来，她是看了剧本后、冲着角色和故事去的，想不到却惹出这么多是非。事到如今，只能打落牙和血吞。看八卦周刊编的有理有据，提问环节记者却只问些关于影片的问题，再正经不过，连个解释的机会都不给；自己突然冒出来解释，又太"此地无银三百两"。

记者会上突然听到有记者问，杨小姐你本来是女主角，现在换成了顾曼妮，你怎么看，她终于找到了契机。

"为曼妮姐高兴啊！有幸跟曼妮姐同一家公司，正想找机会向前辈请教的。恰好这部戏，导演觉得曼妮姐比我适合 Fiona 这角色，我又一直心仪现在的角色，何乐而不为呢？"

杨鸣柳说的是掏心窝子的话，可是听者就不以为然了。"没准还会觉得你虚伪！"下台后 Rainy 提醒杨鸣柳。"答记者问一定要慎重，如果还不习惯跟他们周旋，那就越少开口越好。"

殊不知发布会后最生气的是顾曼妮。本来她心情愉悦，认为自己无论舞会、还是发布会，都是当仁不让的女主角，好事一桩接一桩，末了被杨鸣柳一口一个"姐"，叫的她后背直冒冷汗。"生怕人家不知道她年纪小？生怕人家不知道我几岁？"曼妮回到保姆车里就忍不住嚼起舌根子。助理只得递上柠檬水安慰："那丫头跟您不在一个等级好吗？要身材没身材，要长相没长相，曼妮姐别生气，不跟她一般见识。""还叫我姐！"顾曼妮对这个措辞敏感的要命。

其实不怪杨鸣柳，顾曼妮心底也知道，自己的青春过去了，别人的青春盛世才刚刚开始。她赶紧举起黑色玫瑰手柄镜子仔细照照，眼角抹抹 sisley 滋润霜，笑一笑，直到微笑都找不出一丝细纹，又取出首饰盒里的 dior 珍珠发夹簪在鬓边，果然显得华贵又年轻。二十多岁的女人偶尔喜欢扮扮成熟，三十多岁的女人就只能走向扮嫩这条不归路。越来越没信心，也就越来越在意流言。

流言成就某人或摧毁某人都在一夕之间。而网络时代不比旧时，那不是小圈子的说说笑笑，笑罢后用盛满绯闻的报纸垫桌子、吐鱼刺；参与感变成一种不可丢弃的另类体验，人人都是媒体，都能轻易进行道德审判，每句言语都如利剑，直击靶心；而这些话语越俏皮、流传越广越好，没准成了载入史册的流行语。总之，我的意见如此富有影响力，乃至于不发表不行。

无法抑制的，杨鸣柳也看了海量的网络评论。嘲讽也好挖苦也罢，还没迎来粉丝，一大批僵尸便席卷而来。

还好她平生没做什么坏事，自觉问心无愧。活着，被人控诉也是难免的事，但自己不去怀疑自己就好。

杨鸣柳安心研读剧本，跟着武术师傅学习拳脚功夫，为打戏做准备，烦恼的时候跑步健身，练得大汗淋漓，晚上就能什么都不想，倒头睡着。

她决定不再和郑诺章联系。跟这样家庭背景的人牵扯，到头来总落得一种"自取其辱"的感觉。可是两个人的关系已经被媒体大做文章，作为男方郑诺章也愧疚得很，他无数次在简讯里问杨鸣柳，你还好吗？没被狗仔跟吗？偶尔，还会送大捧玫瑰或郁金香到公司去。对此，杨鸣柳一概不回应。

对郑诺章，她决定实行彻头彻尾的封锁和拒绝。

❺

有人的地方就有江湖。

修炼两个月，身体和心态都调整到最佳，杨鸣柳欢欢喜喜进了剧组。没想到开机后等了一天一夜，杨鸣柳愣是没拍到一个镜头。

第一部电影里杨鸣柳是主角，摄影师、造型师和男主角们天天和她在一起，加上演员们都是新人，最资深的也不过入行两三年，大家一起对戏，一起拍戏，收工一起宵夜，其乐融融。新片《最高机密》就不一样了。这次杨鸣柳虽说是第二女主角，但棚内男女主角对戏，杨鸣柳只能在棚外干等。原定她在第一天傍晚有一场群戏，却连戏服都没有人领她更换。直到第二天早晨，副导演来通知大家：

"收工啦！"

"导演，我的戏还没拍呢！"杨鸣柳上前说。

"嗯，你演秦露是吧！"副导演打着哈欠说，"曼妮姐和邱先生第一次对戏，磨合时间比较长，没办法！明天我们会重新排时间。"

杨鸣柳悻悻地回到公司车上，她还没有助理，只告知司机收工了。司机李师傅舒了口气，"终于收工了！"

"我的戏延误了。没排上。"

"呵呵，片场嘛，等是家常便饭啦。我就送你到地铁吧！接着还要接别的艺人，有行程呢。"师傅一脚油门，把她扔在地铁口，让她自己回去。

接连几天，无法按照计划拍戏，在片场的日子就是等等等。

顾曼妮带着三个助理，男主角陈诚更是美籍华人，中文还说不利索，翻译、助理足可以组成一个小分队。两人完全不似平日在镜头那么亲近随和，由两队人马隔离着，仿佛住在高墙之内，不和旁人多讲一句话。

四五个工作日后，杨鸣柳终于等来自己零星的戏份。她这次演一个身手不错的国际刑警，四肢发达，想法简单，总穿着一身黑衣打打撞撞，除了打戏和团体戏，也就和同样是新人的男配角搭档较多。

记不得是第几天，杨鸣柳演一场中环追斗的戏份。排的是下午1点开拍，她得顶着正午的烈日抓嫌疑犯，横穿马路，翻跨栏杆，一路追到海边。大中午彩排了好几次，她对线路和走位了然于心，就等着主角那边拍完，再拍自己的戏。

"快补补妆，待会儿导演和补位的摄影来了，我们就正式来。"导演大声说。可是这都已经是第几次补妆了！杨鸣柳早已汗流浃背，南方的太阳不管几月份都那么明艳猛烈，脸上的底妆都快烤化了。

到了预定的时间，副导演等得着急。恰逢那几日阴晴不定，如果一会儿落了雨，组里的计划又要延滞。果不其然一个剧务姑娘跑过来说："周导，你们再等等，可能要三点摄影师才过来这边了。"

"就差两位补充的摄影，现在不能来吗？"

"没办法，曼妮姐的助理发飙了。"

"怎么回事？"

"周导您知道的，中午本想安排曼妮姐休息两小时，再拍那场餐厅戏，刚好作为午休，前几天她不是埋怨咱们进度太紧张吗？可是今天人家说了，'我们怎么能等？曼妮紧要的活动多了，现在不拍，那我们今天就收工不候'"。姑娘捏着嗓子，愤愤不平的学曼妮的助理说话。

"见鬼了，每次都是我们让着！"副导演没好气地说，"也不怪别人，小人物对大牌，只能委曲求全。人家可不理你是不是一个公司的。"

杨鸣柳坐在阴凉处的躺椅上，她知道导演这话是冲她说的，也知道自己毫无还嘴之力。有时候她想，是有人在故意整自己吗？可剧组来来去去的人这么多，一张张脸孔多半是冷峻没表情，根本无从判断。不是当红明星，那就只能站在边缘处，往哪儿走都碍事，苦等等来自己的镜头。这戏没拍完，气倒是受够了，天天看人脸色，自己连个帮衬的都没有。杨鸣柳只能玩玩手机，手指不停地划来划去，不自觉打开微信想跟芸芸诉诉苦。拍一张无聊的图片发出去，没想到星星点点树影漏出的刺眼阳光里，她一个不小心发给了郑诺章。

"啊？"杨鸣柳倒吸一口冷气，想撤销却已经来不及。自己多久没和他联系了？真是功亏一篑。

"还好吗？"屏幕上传来一句话、一个问号。郑诺章回复速度之快，仿佛他是个一直盯着手机的大闲人。

"……不好意思发错人了。"杨鸣柳急得一头汗，为难地补上一句。

"你现在人在中环？"郑诺章没理她的解释，自顾自传话过来。

"你怎么知道？"她从椅子上坐起来，看看他是否在附近。

"我当然知道。"他说。导演每天传日程给他的。

　　杨鸣柳突然想起自己原本是打算和他断了联络的，竟还回了好几句，她一皱眉关了微信听起音乐来。趁着等拍摄的空当，好好在躺椅上闭目养神。

　　等了大概半小时，突然副导演嚷嚷着："大家快来吃冰激凌，今天制片人请客。"

　　两个公司职员打扮的男人拎了三大桶意大利品牌的冰激凌，正给大家分发。杨鸣柳凑到近处一看，太棒了，布朗尼、树莓和抹茶，都是自己喜欢的味道。郑诺章这家伙怎么知道自己最爱的口味呢？不管那么多，她取了三个冰激凌球开开心心吃起来。

　　电影前两个月在香港拍摄，由于不是主角，在片场没什么存在感，杨鸣柳反而争取到不少机会休闲放假。刚巧休息日鹰子给大家订了苏紫演唱会的门票。

　　"很好的位置，你们一定要好好捧场。"

　　"哇，这次的红馆个唱一票难求，你居然搞到这么棒的位置！"江欣照拿到票的时候就开心地哼起苏紫的最新单曲，"果然是朝中有人！"

　　苏紫最近时常来鹰子这边，她说这里比家里更轻松自在。她的公寓是湾仔一处繁华街区的单身公寓，楼层不高，总被狗仔监视偷拍。而常青公寓女艺人多，附近居民已经习以为常，她压低帽子戴上口罩出出进进，反倒没什么人在意。江欣照、白芸芸几个女孩看在眼里，威逼利诱之下，也让鹰子交代了和苏紫的关系：她们"很相爱"。

　　"以前也不知道我还可以喜欢女生，你们了解的，去年还在为和高中男朋友的关系纠结呢，偏巧遇到她，当时她是节目组请来给我参加的那个综艺节目当独家搭档。谁知道，牵手演唱的时候居然还脸红了。后来我看录影，那个蠢样子啊！简直该找个锐角撞死。"

听到鹰子的陈述时大家张大了嘴，但没有一个人觉得意外。不管怎样的恋情，在这座城市都是寻常事。"每个人都有爱上同性的基因，只不过是没碰到对的人。"杨鸣柳常常这样想。也许一次两次在地铁看见两个男孩的拥吻觉得稀奇，头一回瞧见台里的女导演娇俏地拍拍某女制片人的臀部会惊讶，时间久了就会发现，这个隐秘的地下王国，在思维开放的新潮地带，早已像跟随太阳升腾的火烧云一般，渐渐浮出地平线，滚滚艳绝一片天空。

演唱会七点半开始，四个女孩拿着荧光棒进场，走到内场离舞台很近的第七排。红馆这座音乐圣殿不以光鲜华丽取胜，新人旧人、老歌新歌常年会集于此，赋予颓败的建筑别具一格的凝聚力。

熄了灯，一束玫瑰色光影投射，照得伊人轮廓婆娑。苏紫一身荧光粉紧身装亮相，一开口声音穿透整场，全然不是穿宽松黑T走来走去、看着综艺节目往嘴里塞薯条的那个寻常人家的女孩。"她唱现场真厉害。"杨鸣柳惊叹着跟鹰子说。演唱会也等于万人大合唱，尤其鹰子，两个半小时从头站到尾，唱到尾，唱得太卖力，直到嗓子哑掉。

"奇怪，每次看完演唱会都有种马上去KTV掀翻屋顶的冲动。"散场时杨鸣柳意犹未尽地说。

"得了吧，听听鹰子这把声，嗓子都已经哑了。台上的苏紫都没她在观众席唱的卖力！"芸芸笑道。

"难得高兴，她演唱会连开三场，这是最后一场了，场内依旧是满场。我都想去后台喝两杯！"鹰子真打算不醉不归，"你们先回去吧，我给苏紫庆祝庆祝。"鹰子轻车熟路地朝绕过人潮，向隐秘的后台跑去。

她迫不及待和她的爱人分享快乐，举起香槟杯，并且给她一个大大的拥抱。

而凡尘间从不缺捕捉的双眼，只要你在做，必定有人在看。

第五章　自由爱

❶

雨横风狂三月暮，天气转暖，杨鸣柳随剧组一起北上广州，在影视基地拍摄部分外景和动作戏。

基地坐落在距离广州市区两小时车程的城东远郊，和香港一样有着 90% 相对湿度的湿答答的春季。不同的是，这里没有高楼大厦，放眼望去，大片天空和田地洗刷人们的眼睛。大家都带足了防晒防虫物品，忍受简陋的住宿条件，一律享用剧组定制的便当，偶尔收工后开车进城，吃一顿需要减肥好几天的夜宵。

拍打戏最耗体力，杨鸣柳的舞蹈功底加上一点学到皮毛的花拳绣腿，勉强能应对，可也免不了吃亏。一次绿幕前的威亚戏拍到凌晨三点，她回饭店时已经直不起腰，倒头就睡。睡到早晨也还朦朦胧胧，闹钟响起时不小心伸手按掉。直到导演助理来电话，已经十一点半了。"下午还有拍摄！"她听了助理的话赶紧从床上弹起，梳洗更衣。素面朝天到片场时已经 12 点 30，十二点准时发放的便当一盒不剩。"我的便当呢？"她还心存幻想地四处打听，盼着有人帮她留下。"真没有了，大家都已经全部领光了。"

饿着肚子，只喝一罐牛奶便开始一整天体力劳动的滋味着实不好受，而且还要拍从海浪里偷偷爬上毒贩船只、和毒贩互搏的戏份。杨鸣柳画了最防水的妆容，就为在人工大浪池里由浪花一头头地浇。南方天气不是极寒，但穿着便服浑身淋透后，人不可能不打寒战，更何况这副模样还要在摇摇晃晃的船头展示犀利的身手，虽然某些镜头有替身，但自己必拍的戏份总是 NG 不断，"Cut！ Cut！Cut！"导演严厉中暗含不屑的叫停声音，简直一点一点将自信磨得越来越薄。

"今天简直像在人间炼狱。"她在朋友们的微信群里说。

但丁的《神曲》把世界划分为天堂、地狱和炼狱，这几个概念放之四海而皆可，因此这本颇为啰唆的板砖诗集具备了不朽的力量。杨鸣柳觉得最折磨的不是地狱，一定是炼狱。地狱约莫只是把人关押，可以吃、可以喝、哭号或欢笑都随心，炼狱则是一遍又一遍痛苦的重复、无休止的折磨。演戏呢，原本不是件讨厌的工作，可如果没法选择创作的时间和状态，就如同在炼狱里重复机械的劳作一般。

香港团队就是这样讲求效率的，绝不拖延一天工期，对制片方全权负责；于是注重效率的队伍偶尔会丧失灵感，讲求品质的同时摈弃优质。还好，这队人马拍摄的是一部纯粹的商业大片，否则再诗意的剧本也会沦为实用指南。

而被困炼狱之中的，不只是杨鸣柳一人。三月下旬的某天，她早起翻看手机资讯，娱乐头条相当劲爆：演艺圈大地震，苏紫和神秘女车内拥吻。一个"女"字，用超大字体印刷成鲜明的红色。

真是动不动就震荡的娱乐圈啊！杨鸣柳看到苏紫的名字心头一紧，仔细瞧瞧那张模糊的小彩图，一定是记者调了长焦，照片的颗粒感太强烈了，睁大眼也只能瞧见"神秘女"的小半张侧脸。一般人也许无法辨明身份，但对于杨鸣柳来说，这发型和身形太熟悉，明明就是好朋友鹰子嘛！还好鹰子和自己一样名气甚微，娱记们绞尽脑汁都对不上号的。他们还在扎堆查阅演唱会当天铺满后台的花篮，想从花篮的祝福里抓出点蛛丝马迹。

怎么猜也猜不出女伴是谁？那就唯有在女主角身上下功夫了。苏紫是蕾丝边儿，大到主流媒体小到花边报刊，都以掘仇人祖坟之气势对苏紫的同性情史疯狂侦查，她的公司和家门口也被围得水泄不通。

不巧新闻爆出几天后，苏紫就有一场推不掉的商业演出。商家倒是偷着乐了，只是一到现场，苏紫就被里三层外三层地围住。

"苏小姐，您是同性恋吗？""苏小姐，从小就是喜欢女仔？从什么时候开始的？""您车上的女伴是谁？"老练的媒体明知她一定会装聋作哑却还要冲上去，顷刻间镜头堆积，闪光灯狂闪，只要拍一拍她尴尬的表情，也算赚到了。

商演第二天，经纪公司终于绷不住发了声明，花大价钱登载在重要报刊的醒目位置：苏紫演唱会结束当晚，与她同车的女生是小时候的好朋友。两人多年未见，那个吻只是寻常的 Friend Kiss，如果媒体持续将此事炒作、误传、放大，公司将会以诽谤为由，诉诸法律。

苏紫所在的娱乐经纪公司在全香港数一数二，他们澄清事情原委的措辞以及发表声明的节奏都堪称业界典范。不过遇到这样的"桃色"事件，一纸声明或许能压低媒体的气焰，却盖不住网友疯狂的评论和转载。

这可怎么办？远在广州的杨鸣柳也跟着着急。不过就算是在香港，她也没法帮到好友，充其量是当个不错的倾听对象吧，这时候导演偏偏催着赶进度。拍戏间歇，杨鸣柳偷偷溜到景外的池塘边给鹰子打电话，这里草木杂乱，蚊虫颇多，大家都不来这边晃悠。

"怎么样啊？"杨鸣柳说，"没被公司同事知道吧？"

"没有，连我们经纪人都没看出来。"鹰子的声音透着疲倦。"可能他们根本没仔细观察照片，一个个都在看苏紫的笑话。"

"别担心，如果是看笑话的人，用不了多久就会散的。你看我之前拍戏的传闻，现在已经被大家忘得干干净净。"

"可换作是她就不一样了！"

"是，她的名气当然是……"杨鸣柳叹了口气。出名有时让人伤透脑筋，世间若有遁地隐身神功就好了。

"真的很可怜，她好几年没在香港好好逛过街，也不能吃路边摊上小时候最喜欢的咖喱鱼丸和牛百叶，以前，我还能偷偷打包给她。现在，我也都一个多星期没见到她。"

"你们忍耐一下吧！现在在风口浪尖上，再不安，也要冷静点哦。"

沉默良久，两人听着对方的哀叹和鼻息，鹰子突然说："我要想办法，帮帮她。"

❷

　　暮春的尖沙咀，迎来一场盛大的游行。

　　五千人的游行队伍，振奋而有力，从维多利亚公园直至中环。游行标语在随行的幕布上写得清清楚楚，看到它便使人头脑清醒：Act Up，同志勇气。如痴如梦的人潮里男男女女摇旗呐喊，周遭是一栋栋高高矮矮的各式建筑新旧交替，上坡下坡的柏油路走着电车，葱翠常青的行道树栽种齐整，秩序井然的世界，端庄，美丽。人们集中在一处喊出声，因为平日里个人力量毕竟微薄，只有聚在一起问：世界可有我们的光明栖身地？

　　一个熟悉的身影在队伍里一晃而过，短发，颀长身形，眼光崭亮，鹰子跟着长队里的同伴们一遍遍高呼："同志勇气！Act Up！同志勇气！"

　　"你是艺人吧！"游行途中，报道此次活动的媒体里有人已认出了鹰子。谁让队伍里的她那么扎眼，一身油绿色紧身运动装束，是故意把自己包裹成一颗醒目的橄榄。

　　她坦然面对镜头说："是啦，我是艺人。喜欢女孩子并不是什么丢人的事。我们可以很帅气地相爱，同志爱！"

　　"你是……英视传媒的？好像你们台的戏剧里有你客串。"

　　"对，我是沈鹰。"鹰子跟着队伍，脚下步子不停，边走边说。

　　"那你现在参加游行，公司知道吗？"

　　"为什么要知道？纯属个人行为啊。"

　　"你好大胆量哦。"记者哗然。

　　鹰子一笑，伸手指了指队伍前方的条幅，"这有什么可奇怪，有人爱喝酒，有人爱赌场，有人爱女孩。有没有看到? Courage！"

这算是公开出柜？参加游行，接受采访，虽然是简短几句，但她风度飒飒，面容俊逸，完全满足偶像明星需具备的高颜值。消息一经传开，苏紫的接吻事件立马变成扔进风中的前尘往事，只在明星同性恋历史回顾中占短短一句说明。

经纪公司那边则炸开了锅。

张彬逸的工作室里，就连宣传和助理的电话都不断响起。"怎么办？"大家被鹰子的事逼得乱了阵脚。而张彬逸毕竟是老油条。"稍后开发布会，统一回应。"他旗下的艺人都是半红不红，半死不活，这下舆论焦点集中到鹰子身上，不如破釜沉舟，好好拿她做个文章。

"真的要让沈鹰开发布会？"Rainy 在总部听说鹰子要召开新闻发布会，立马急了，召张彬逸来办公室议事，"你确定要把事情闹更大？"

"我是想在演艺界推一次标杆事件，里程碑诶。"娱乐圈内向来只有男人们大胆承认过自己的同性取向，也有女艺人间或会传此类绯闻，但从未有人亲口讲述。

"你要让自己的艺人这么做？有没有考虑过她是个女孩子，有没有考虑过要给予保护？也许，这还会影响公司形象。"

"拜托 Rainy，是她自己跳出来的！而且你不是不知道同性恋在传媒圈的用处吧！"张彬逸抖着腿说，"这次正好证明英视是一个多么包容、成熟和开放的公司。当然，我也不能肯定开发布会公开说明是好事还是坏事。反正，就目前的状况看，也不可能再糟啦！"

"你……"Rainy 虽然是公司的副总裁，但像张彬逸这样的经纪人是在公司下属的相对独立的工作室就职，他们对旗下的艺人有十足的把控权。Rainy 知道自己以前在制作方面太强势，对张彬逸好言相劝他是不会听的，只得抛出大 Boss，"你这件事，没法通过乔总的。"

"抱歉，这次你可不是他肚子里的蛔虫，他已经点头了。"张彬逸说完这话就笑了，感觉终于狠狠将了 Rainy 一军。

　　记者会召开的那天，深咖和纯白色调的会场无比肃穆，像是要进行一场庄严的仪式，剖白或者告白。

　　鹰子的造型倒还比较随意，明黄色宽松卫衣和紧身皮裤的搭配，一阵风似的淡淡笑着走进来。

　　张彬逸特地挑选了裁剪有型的修身西装出席，挤出一脸笑容介绍："欢迎大家抽空。最近我们团队的艺人沈鹰遇到一些状况，感谢媒体朋友们一直以来的关注，今天我们给大家面对面进行一个详细的说明，正如承诺过的，给大家一个答复。"他示意鹰子可以念稿了。当摄影机对准这个年轻女孩，她却把稿子一背，昂头一笑，娓娓道来。

　　"媒体朋友们好！我是沈鹰，几天前，在香港没什么人认得我，虽然我签了经纪公司，但自我感觉还是个理工大学的普通学生，走走逛逛，自在自由。而现在走在街上，路人也会侧目，终于有点明星的感觉，是托各位的福！

　　"大家比较关注我的性取向，觉得我是炒作，想红。其实我真没那么想红，我只是做了想做的事，说出自己生活中的真实状况。老实说，以前我从没有考虑过这些问题：喜欢同性，还是异性。一切，都是因为我遇到一个对的人，她恰好是女生。

　　"遇到一个人，第一时间，感受他的脉搏，与他的呼吸同步，这是怎样的幸运，至于他是男，是女，是一棵树，是一片风景，这些都是不应该介怀的事情。

　　"我爱谁，本来是私人的事。但因为我好歹也算是公众人物了，大家想知道，我可以说，也正好趁同志勇气这个活动，在充满爱、和平、包容的环境下，站出来。我不是非要去肆意宣扬同志爱。性取向是很个人的选择，其实说这是个选择也不应该，这只是忠于自己的一种姿态，在漫长的一生，有的人维持一种姿态，有的人在不同的阶段变换姿态，都是缘之所至的事。就像大家选中我，而我也恰好愿意站出来告诉大家，这个是再平常不过的事情。如果非要我去宣扬什么，那我愿意宣扬爱的权利，爱的自由。这是每个人都该享用的快乐。"

台下有记者问："你的另一半为什么不和你一起站出来？"

鹰子笑说，"她只是个普通的女孩，不能因为我是公众人物，就害她受牵连。唯有平静她才能好好工作，快乐生活，我爱她，一定会保护她周全。"

鹰子公开出柜，对着镜头大声喊话，其实是对苏紫喊话。她成功转移了所有媒体与公众的注意力，同时也用行动向爱人宣誓。

发布会后退回化妆间，鹰子还是觉得全身虚脱。明明自己是率性了一回，可还感觉到无比疲倦，仿佛一坐下就能睡着。还好记者、化妆师、经纪人都没有跟来，她看着镜中的自己，把处理得相当自然的假睫毛撕下来，拨通苏紫的电话。

"鹰子有两个致命的优点，一个是真诚，另一个是特别真诚。"在台里看了直播，杨鸣柳回家后跟姐妹们说，"好感人！"一天的忙碌行程结束后，四个女孩在宿舍小憩，杨鸣柳对鹰子竖起大拇指。

"感人吧，告诉你们，苏紫都哭了呢！"

"何止是苏紫，我也是。"芸芸的大眼睛红通通的。

"天知道，我可没想煽情。"毕竟是年轻，对未来将会伴随自己的种种压力鹰子还完全没有感知。

"我支持你！一个女人的承诺才最可信！"杨鸣柳说。

"你这话有点偏激吧。"江欣照不以为然。

"有科学依据的。女性比男性从基因上就高 0.3%。不要小看这个数据哦，大猩猩和人类也就相差 1%。"

"女性更优秀啰！"江欣照俏皮地扫了杨鸣柳一眼。

"当然，女性更有耐力，在感情上也更持久、可靠。她们不会像小孩子一样朝三暮四，只有她们才是真正懂感情的人类。"

"这么说，好像你不是女人，是外星人呢！"江欣照笑了。

"不是开玩笑，女人更容易受伤吧。被那些贪恋声色、不知收敛又容易移情的男人们伤到。"芸芸自动省略了江欣照打岔的话，补了一句，一副看透红尘的厌世腔调。

但凡有人嘴里吐出这类怨言，大家一定猜忌：这人是上了男人多少当。不过端庄大气如芸芸，说什么都似行云流水，自己置身事外，浑身冒仙气。杨鸣柳一想她这话也对，自懂事开始，身边多少女孩为男生伤神懊恼止步不前，而男生们早就顺着生活的轨迹走得远远看不到人影，看来这多进化的 0.3 并非是什么好事情。

沉默片刻，几个女孩子各自沉下来想到了自己的感情，或者前程。杨鸣柳开腔说："好啦，鹰子今天把什么都说开了，我们大家都觉得痛快，不愿酒中有圣，但愿心头无事，干杯！"在小小的公寓里，大家举起一次性纸杯盛上红酒，有没有由头都能一通畅饮。

高强度的工作之后永远休息不够。没几天，《最高机密》剧组又要移师法国拍摄。"这次真是大阵仗！《古典爱情》也只是在新加坡拍了些比较复古的场景而已。"跟 Rainy 一起午饭的时候，杨鸣柳感叹道。

"谁让你接的是大制作呢，再说现在的港片，不离开香港取取景都不好意思上映的。毕竟想兼顾更广阔的市场。"Rainy 对杨鸣柳说。

"这当然好哇，只是，我的广东话课程又要耽误几期了。"杨鸣柳吐吐舌头。

Rainy 亲自送顾曼妮和杨鸣柳这两名爱将去机场，嘱咐曼妮让助理也好好照顾杨鸣柳。听了这话杨鸣柳哭笑不得，点点头便一言不发，心想曼妮小姐的贴身助理，别说照顾，不刁难找事儿就不错了。

因为不在出行旺季，这一趟国泰航空飞欧洲的航班乘客不多也不嘈杂。飞行时间 9 小时，杨鸣柳的座位安排在商务舱，果然比学生时代乘坐的经济舱舒适宽松许多。顾曼妮和助理则在头等舱就座，离得远，便花开两朵，各自清净。杨鸣柳特意披了军装式风衣，里面穿棉布长裙和宽松 T，领口不高衣袖不紧，毫不拘束。这是长途飞机最不可或缺的行头，方便让她一上飞机就呼呼酣睡。

抵达酒店时正是当地的傍晚，夕阳擦亮街道，寻常而晴朗的一天又将过去。剧组下榻的酒店是法国最著名的 Hotel 之一，由于要在这里取景，经理大概也会给大家一个不错的折扣吧。杨鸣柳兴冲冲地拖着银白色行李箱，在前台等钥匙。顾曼妮则坐在休息区的沙发上不愿意动弹。她还没摘下墨镜和鸭舌帽，沉不住气的催助理快些。杨鸣柳余光看见她的全副武装，心里觉得纳闷。在法国还全程墨镜，是怕街头有路人围观她这位大明星吗！

"阿安，真的累死了，能不能加快点速度！"

阿安这名字从英文名"Ann"演化而来，她是个精明伶俐的丫头，身材玲珑瘦小，深色皮肤上勾勒出一副纤细小精致的五官，典型粤东女人长相。在曼妮的助理里，她算是领头的，什么时候该换装束啦，什么时候该补妆啦，什么时候吃营养素啦，这些都由阿安记得仔仔细细。此刻曼妮催她，她便转脸催起剧组的剧务 Joyce 刘。

"Joyce 啊，真的得快点了，房间该是之前准备好的，曼妮姐要是身体不舒服了，明天又得延误工期不是吗？"

"马上就好，您体谅下，是间老式酒店，房间比较紧缺呀。"

"我们可是早说好了，朝南不临街、看得到风景的，要不还得换哦。"

"明白明白！稍稍休息一下就好。"

Joyce 好不容易整理好房间钥匙，一一分发到各人。"曼妮姐，您住在 506 的豪华套间，阳台正对喷泉花园，朝南的。小柳，你的房间在曼妮姐隔壁，也朝南。"

　　Ann 一看自己和化妆、造型师房间是 412-414，马上问起 Joyce，"我们怎么在四楼，这什么安排？"

　　"四楼到五楼很方便的，电梯就可以，如果不乘电梯，从拐角楼梯下来就是，四楼的几间房朝东，临街，没办法，酒店房间还是比较紧哪。"

　　"那怎么行，化妆师造型师就算了，我也离曼妮姐那么远，怎么照顾？有什么闪失谁负责？" Ann 口气硬得很。

　　"这……也没办法啊，实在腾不出房间。"

　　顾曼妮面无表情，看不出喜怒，她把钥匙往拎着行李的造型师手里一塞，示意要上楼休息，末了甩了一句，"一堆烂事儿，赶紧解决。"像是对 Ann 说的，又像直愣愣地影射着其他人。

　　Joyce 在原地咬着嘴唇，人都有脾气，她却没法发作。Ann 也站在她不远处僵持着，谁也不开口。

　　杨鸣柳看这阵势，心里犹豫了一下。她自己并不介意住在四楼的房间，自打上次在郑诺章定的酒店房间借宿，反而觉得清早熙熙攘攘的街道再亲近不过，飘着零星法语的小街，想必和意大利相比更加有趣，不过"我可以和 Ann 换房间"这句话都到嘴边了还是忍住没说。她想起很久很久以前文异教育过她，"你就是情商太低，很多事情想得太简单。你好心，以为人家就会领你的好意吗？"文异那时一副恨铁不成钢的表情还历历在目。

　　那时自己刚上大二，为隔壁寝室一个经济困难的室友买了一个月的午饭，可是有一天在更衣室无意听到同学的对话，原来华人女生圈子里关于她穷摆阔的流言已经传疯了，人前她依旧装作若无其事，只是不想理人，私下则委屈地在文异面前哭红了鼻子。

　　吃亏多了必须学乖。自己这次虽说也是好心，但对剧组这个小团体已经有所认识，自己的善意绝对可能被误解为懦弱，又或者大家会以为她是巴结女主角。既然如此，多一事不如少一事。她看着酒店大堂大家僵持不下的情景，自己拖了箱子和行李袋，跟大家略打招呼就朝电梯间走去。

推开房门才发现，这里真的棒极了，房间不大，桌椅床帏维持着古典风范又不陈腐，就像走进小说中。从老旧的木质窗户向外看，是栽种得宜的椴树、石子路、雕塑和喷泉。杨鸣柳在洗手间洗完脸，打开箱子，将容易褶皱的大衣、衬衫挂进衣橱，留出一半的空间，用来挂戏服。

第二天清晨，杨鸣柳起床洗漱吃早饭，或许是因为昨晚的梦境奇怪，梦里听见一个女人呜咽的哭声，早上仍觉得寒气逼人。大概是旅途劳顿吧，才会做怪梦。早饭后她就等服装组的同事送戏服来，上午十点，有一场女刑警伪装成商务精英在欧洲某集团探秘的戏。

Joyce 来敲门，只带来三套服装，一套是之前从香港穿到广州的纯黑色紧身服，在拍夜戏、打戏时用得上，一套是肩部蕾丝的深蓝色修身连衣裙，还有一身荧光粉针织连衣短裙。

"就这几件？要我怎么选呢？"杨鸣柳就是脾气再好也要发飙了，何况她脾气还不怎么样。"黑色和蓝色的勉强可用，粉红色这套纯粹是拿来滥竽充数的？这么 Candy？我又不是扮什么盖茨比里的时尚富家大小姐！"

"不好意思啦，其实原本准备挺多的。"Joyce 撇撇嘴说，"还有几套白色、紫色、天蓝色系是给你准备好的，结果曼妮姐的造型师，把你的挑走了。"

"剧组都没有规章制度的吗？怎么会被别人选走？"她究竟不好指名道姓地说曼妮的不是。

"对不起啦，小柳你也不是不知道隔壁的脾气。"Joyce 压低声音指了指隔壁，"他们说服装得统一。因为之前的戏里女一号穿浅色比较多，所以一律以浅色为主，深色才让别人穿走。"

"这什么思路！在这边我要拍几十场戏份，穿这么两套衣服，完全不能符合剧情节奏。拿走那么多套，她们穿得完吗？"杨鸣柳转过脸去，她也知道 Joyce 为难，但自己着实委屈，便扭过头去不看她。

"那，您今天换这件深蓝色？化妆师马上过来，我……我们 1 小时后楼下大堂集合？"

杨鸣柳不耐烦地点点头，示意她出去，谁知 Joyce 朝先前半开的房门走去，却吓了一跳。"郑总！您来啦？"郑诺章正不言不语地倚在门边。

"嗯。我都听见了，服装不够用？"

"曼妮她……"Joyce 红着脸，欲言又止。

"行了，先去忙吧。"郑诺章脸上不露一丝笑容。

Joyce 非常识趣地下楼去，心想这些女演员，都不好得罪。而郑诺章把门推开些，并不进屋，还是倚在门边。

杨鸣柳听见是他来了，这会儿完全没心情理他。她想着，戏服少倒还是其次，最主要这帮人欺人太甚，柿子净捡软的捏。她微微转头，眼角余光一扫，知道郑诺章一直守在门口，这位总制片人也实在无聊得很。而郑诺章满以为她会朝自己抱怨几句，像普通受了委屈的姑娘一样，撒娇也好叱骂也罢，他恰能好好开解。谁料她沉着一张雪白的脸一言不发，半晌，起身走过来打算关门。

"怎么赶人哪？"他耍赖似的耸耸肩说，不是平日道貌岸然的样子。想撒娇但又不会。

"换衣服啦，要。"她砰的一声，果断关了门。

❺

上午拍完戏，午饭后杨鸣柳坐在酒店的窗前看鸟，发呆。几只麻雀在春天并不繁盛的树尖上飞来飞去，偶有一只在穿梭时被喷泉浇湿了，跌到大理石方砖上甩甩头，蹦蹦跶跶。昨天看完日程表，本打算下午出去逛逛，因为早上的事情却没了心思。突然房间里的电话响起来。

她提起沉甸甸的铜质话筒道声"hello"，听见那边是郑诺章的声音。

"走，出门喝一杯。"

"喝一杯? 是不是早了点? "

"喝咖啡! 两点半，酒店后门见。"

放弃明媚的阳光和迷人的市容似乎可惜。而在这辽远异国，貌似身边可信点的人也只有他了，索性出门玩玩。杨鸣柳把早上造型师打理的长卷发随手圈了个马尾，穿上自己的浅色猫咪卫衣和驼色麦尔登薄呢短裙，又罩了件长款米色茧型大衣，轻轻松松背了Stella macarnny 的银锁链双肩包下楼，在大堂寻觅了好久才找到后门，见到郑诺章。他推着一辆旧旧的单车站在门口。

"哎，大制片人，Afternoon! "

"你看起来真精神。"郑诺章微笑着打量她。

杨鸣柳也学着他的样子上上下下瞅了瞅他说："呵呵，你怎么不拉黄包车呢? "

"黄包车! "

"你说你，是不是成心跟'富二代'这个帽子过不去? 好歹也得弄辆兰博基尼呀! "杨鸣柳睨着眼奚落他。

"真要坐豪车，你确定? 可是能开着豪华轿车走街串巷吗? "

"怎么不能! "

"肯定不如我的坐骑。信不信? 没有它，真的会走路走到双腿浮肿。"

杨鸣柳横了他一眼。想想要进小馆，逛集市，在老城区里穿梭，单车出行是个好选择。

骑上车，两人直奔美丽的蒙田大街，这里与著名的香榭丽舍相邻，只是少了许多排队购物的游人，名品店也是一家挨一家临街而建，现代的橱窗和复古的建筑外观形成迥异对比，仿佛年轻少女偷穿祖母的古董衣衫，娇嫩肌理和厚重布料的脉络，搭配稀奇又妙曼。

杨鸣柳像所有女孩一样爱逛街。她依次钻进自己感兴趣的店里。

"你只管试。我这个制片人来法国可不是白跑一趟。"

"是说戏服可以随便买？"杨鸣柳歪着脑袋瞅瞅郑诺章，郑诺章则在旁边点点头。

正值春夏新装上柜，她套上橘色鲜亮的波点连衣裙，又钻进草绿混纺针织套头衫，还有干练有型的绣花皮夹克，统统开心地试了一圈，当然，也是挑适合自己的，太老气太装高调的向来不喜欢。每试一件，郑诺章就非常由衷地捧场，"哇，好看，要了！""买！""这件也不错，买！"郑诺章坐在试衣间外，看着这姑娘把春夏漂亮的色彩穿上身。

"再好看也是，哪儿能什么都买？"杨鸣柳说。

"中午才嫌我寒酸，全都给你买，又不要了？"

"呵呵，"杨鸣柳捂嘴笑，"你知道世界上最精练的情话是什么？"

"什么？"

"一个字，买！"

"哈哈哈！"郑诺章咧嘴笑起来。杨鸣柳也正穿着一个意大利设计师品牌新款的藕荷色乔其纱套装，旁若无人跟郑诺章笑成一团。

"说真的，你要是觉得无聊，就去前面的咖啡店坐着等我啊。"杨鸣柳思忖着，男人总是忍不了陪逛的。

"那怎么行，我还得帮你刷卡。"郑诺章颇严肃地说，"你挺适合欧洲的服装的！"

"何止欧洲，完全一副衣服架子嘛！"她吐吐舌头抖抖肩，一副自我陶醉的模样。

杨鸣柳买东西很利落，不到两小时，挑到一套铁锈色蕾丝棒球衫配黑色皮裤，一套军装风衣配驼色连体衣，一条蛇皮复古纹路和纯黑拼接的印花裤配黑色宽松卫衣，还有一条绣满立体蓝紫花瓣的合身纱裙，自己又添置了些包链、手机壳、平底鞋之类的物件。硬朗的服装作为戏服，是郑诺章结账，剩下的衣物，她都坚持自己埋单。

"这就够了吗？依我看，亮色系你穿最美，不再挑一些？"

"这部戏的人物就这风格，太甜太腻可就不对味了。我也买到自己喜欢的啦。"她指着那件纱裙说。逛完整条街，杨鸣柳便拎着购物袋欢欢喜喜地坐在街边点了一杯冰凉可口的抹茶拿铁大口喝起来，直到嘴唇上沾染绿绿的茶沫子冲走芭比粉唇膏，歇够了才起身。

黄昏时候两人又推着车经过塞纳河，此时步调可不似来时。午后两点的阳光炽热得让人直想逃。日头西下的四五点钟，则是白昼在逃，人们凭空生出时光凝固的盼望。

"你说，塞纳河的河岸线，是曲线还是笔直的直线？"杨鸣柳注视映着霞光的河面，略略发呆。

"这个嘛，可能要看看地图。"他带点木讷地顿了顿，真的从口袋里掏出一张不知何时揣起来的地图展开端详。

"说不出是直道还是弯道，这条河好像会呼吸。水流，光影，很温和地在耳边吸气、吹气。"

明明没有风，水声也并不明显，可是她说得对，郑诺章心里想。空气安静地涌动，河水不急不缓地拍岸，周遭温润的气氛，似乎让那些案头堆积如山的合同文件和一场又一场的电话会议、视频会议离他远去。不需要为财务报表担心，挂念股价是涨是跌也都多余，高强度的工作渐渐淡出，他遁入另一时空，到一处桃源境地，与其说是抵达小说情节里的伊甸园，不如说直接跳进了高挂在博物馆里的肖像画，彻底放空，不为任何俗世发愁。

"嘿，嘿，"杨鸣柳抬手在他眼前晃晃，"呆了吧！想要一直这么优雅地过下去了吗？"

"优雅？只要闲一点就心满意足啦！"

"那还是一个字，钱啰。"杨鸣柳俏皮地抿了抿嘴，"郑总你不愁钱的，我嘛，经济上如果凭自己的力量，是远远没达到保证人生安全感的底线。”

“呵呵，你不懂。我怎么能不愁。”郑诺章涩涩地摇摇头，也不多说什么。

其实杨鸣柳心知肚明，说郑诺章不发愁，本就是句风凉话。商场上巨额财富的聚敛和运转，或许会带来许多随性与快乐，但会带来更多压力、欲望和捆绑。那是一股席卷灵肉的强大引力，极少人能保持谦卑及清醒，将它变成自己美丽的权杖；大多数人都如同进入黑童话，失控跌进暗黑泥沼里，这和美女进入演艺圈的境况如出一辙。

但又何必忧心呢？法兰西的柱头、拱石、雕花、卷缆，以及那些落光树叶、枝干清瘦的行道树，都在和风的熏染里被定格。以这个瞬间为基点，相信未来一定坏不到哪里去。说不清是友谊还是暧昧，这对异乡的男女偶尔深深对视微笑，而后又凝望同一副美妙的风景，像不冷的南方静静落了雪。

第六章　连环套

❶

　　入夜后气温骤降，酒店二层的餐厅却充溢着让人食欲倍增的橘色暖光。到了剧组的聚餐时间，全体人员围坐在靠窗的位置等上菜，他们各自低头玩手机，仿佛都变成了电子动物，发微博、聊微信、看视频或者无聊地翻动电子广告，总之不举着块屏幕就浑身不自在。

　　郑诺章和杨鸣柳六点多回到酒店，七点半开饭，杨鸣柳躺在床上小憩了一会，才掐着时间下楼。瞧了瞧郑诺章并不在餐厅，便自顾自地玩起手机游戏。

　　不一会儿，服务员陆续上餐，从开胃酒和前菜开始，菜品丰盛又齐全。

　　副导演笑着招呼大家："各位，今天老板请客！大家好好享用美食！"有了杯中酒，餐桌上也渐渐热闹起来。

　　杨鸣柳喜欢吃酸爽可口的沙拉，食材新鲜得带着泥土的腥甜。大家一直吃到主餐，郑诺章还是没有来。

　　有人问："怎么还没看到郑老板？我们都要敬他酒呢！"

　　"他正有紧急的公务要处理。"郑诺章的助理 Steven 坐在角落说。他也随郑诺章一起出差来了。

　　"大家好好吃，如果觉得不尽兴，可以去底层的酒吧接着玩，老板交代了，今天要好好犒劳大家。"Steven 补充道。

　　大家继续饮酒交谈，尤其导演和演员们，一说到角色和剧情随时能冒出一大堆离奇的想法。杨鸣柳边吃边听，忽然剧务小何进了餐厅，张望片刻，便拖着一个大箱子走到杨鸣柳身边。

　　"杨小姐，您的戏服到了。"

　　杨鸣柳正撕出北极虾的虾壳，睁大了眼睛。"戏服？你确定是我的？下午才刚……"想到下午的事情她瞬间闭上嘴。

"是的，是您的，郑总吩咐采购的，没错啦。"小何众目睽睽之下，把箱子铺在地上打开，里面整整一箱都是风衣、外套、裙装，家常的便装和漂亮的小礼服应有尽有。杨鸣柳瞬间傻眼，这些都是下午她试过的呀。而小何还随手拎出一条崭新的连衣裙，"看，是您的码数没弄错。"紧跟着他又麻利收拾起来，"我先给您送回房间，您试试，OK 的话我再拿去熨烫。"

赤裸裸的特殊待遇，这叫剧组里的服装师、化妆师、导演、演员们看呆了。女演员们多半有些酸溜溜，有位姑娘叹道："小柳，你真是面子大呀！郑总都亲自出马置装啦！"

服装主管接着说："还真是，这件事我都不知道。这么多衣服，穿什么不穿什么，您先挑，之后导演再来帮您过过目！"

"郑总大概看我拍戏任务比较重，却只有两套衣服，太凄凉！"杨鸣柳不好意思地笑笑，想让这个话题快快过去。

顾曼妮和阿安在最靠窗的位置，冷眼看着杨鸣柳。顾曼妮火冒三丈，心想，这小姑娘抱怨戏服少，是在怪自己领走她的服饰吗？还找了老板来打抱不平，生怕旁人不知道她有人撑腰？自己才是堂堂第一女主角，却没受到这般待遇，倒是这小妮子收获了满满一箱服饰，让整个剧组另眼相看。曼妮越看越不是滋味，阿安也在她耳边煽风点火。

郑诺章送服饰的方式让杨鸣柳有点尴尬，她回到房间马上致电郑诺章："喂，送这么多衣服什么意思？"

"为了戏好看，一点衣服算什么？"郑诺章一本正经地说。

"确定是为公，不是为私？不会是要追我吧？"她想到以前在海滩上他问她的话，这会儿刚好以彼之道还施彼身，将上一军。没想到郑诺章回答："确实喜欢你，确实想追你，不过这点服装也算不上什么筹码。你挑喜欢的穿。"

杨鸣柳在电话这头红了红脸，一时间哑然失语。没想到他竟然承认喜欢自己。过了一会儿她才支支吾吾地回答："你这个人……

说话不算话。"然后匆匆忙忙挂了电话。

郑诺章一句话，扰得她心绪不宁，她对于自己的问话后悔不已。不问不就少了这些尴尬？不过到底是女孩子，得了好看的物件心里总是大大地欢喜，也大大满足了虚荣心。她打开箱子，一件件试穿。多数是下午试过的，还有一些，是郑诺章专门为她挑的小礼服，糖果色的，刺绣蕾丝的，他就是中意这样的风格，精致得有点土气。"再甜得发腻的衣服，你穿着也是甜而不腻！"她记得他下午说过这么一句。

枕着一大堆漂亮的衣服睡觉，一定不会做噩梦了吧！想不到到了后半夜，在半梦半醒之间，一个女人的哭声还是传到杨鸣柳耳边，那嗓音不娇嫩也不悦耳，粗粗地将空气划出棱角，夜半听起来，凄厉无比。深夜里，杨鸣柳正睡得糊里糊涂，原本不应觉得害怕的，偏偏这时起床去洗手间，马桶的水一冲，整个人陡然醒了过来，才发觉，这哭声并不是在梦里，而是断断续续、真真切切。

杨鸣柳有些害怕，点亮床边的落地灯，拨通了郑诺章的电话，电话响了三声就被接起。

"hello 啊。"她怯怯地说。

"小柳怎么了？"即使是大半夜，郑诺章的声音还是和白天一样清晰、清醒。

"怎么知道是我？"杨鸣柳继续小声问。

"若不是你，谁敢这么大清早的打电话啊？"

"不是明明醒着吗？"电话那头，杨鸣柳放松地笑了。

"呵呵。"想到他俩一直在用疑问句对话，他不禁也干笑两声，"你说话怎么这么小声？"

"嗯，小声点，我害怕。"

"怎么了？"

"我的房间怪怪的，听得见……听见哭声……"

"我过来。"

不到一分钟杨鸣柳的房门就被敲开了。两个人都很小声。

"怎么回事？哭声？"

"嗯，刚刚停住了。但这已经不是第一次听见。"杨鸣柳眨眨眼，"我向来睡眠都很好，来这边就开始噩梦，偶尔梦到女人的呜咽声。结果今天半夜起来去洗手间，真听到了。"

"我怎么没察觉？是在洗手间的哭声？"

"别吓唬我！"杨鸣柳挥拳打他，"应该是从别处传来的。"

"我在这陪你。"

他不征求主人同意就翻腾柜子取备用褥子往地上铺，杨鸣柳撇撇嘴也说不出什么。也好，这样就能讨个安心。

人多果然不一样，幽怨的哭声暂停，杨鸣柳也抱着枕头深深睡去。第二天早晨，还没等酒店七点整的叫醒服务，两个人就都醒了。

"我得早点回房间去，还穿成这样子呢。"郑诺章瞅瞅自己的软底拖鞋和格纹睡衣。

"那，我先去门外探探风。"杨鸣柳不好意思地说。明明两个人不是娱乐周刊上描述的那种旁人的猜疑坐实。

看看门外没人，杨鸣柳才放郑诺章出去。接连两三晚，他都主动来她房间睡地板，晚上11点准时敲门，甚至抱着自己的牙刷和睡衣。

"你这是要搬家？"她请他进门，笑着问。

"不欢迎？那么睡衣送你。"他一伸胳膊。

"我干吗要你的睡衣？"杨鸣柳纳闷地问。

"总得留些阳刚气的东西，省的大半夜的不省心……"

"别说啦！"她小声呵斥。

❷

他来了，她便能睡得很踏实。连她自己想起来都讶异，自己本不是这么娇弱矫情的女孩子啊。可能是欧洲老街旧建筑，让人异常敏感。

这样持续了两三天，终于有一晚，郑诺章把杨鸣柳摇醒。

"怎么不睡？"杨鸣柳睡得好好的突然被吵醒，很不开心。

"你听，快听。"郑诺章轻轻说。

"什么呀？"她定定神，空气里又传来一阵阵哭声，声音不大，丝丝缕缕牵连不断。

"又来了啊！"她赶紧扣住郑诺章的胳膊。

"其实这两天你大概白天累了，睡得沉，没听到。我发现每晚她都哭一阵。"

"啊？她……谁啊？"

"你说，是谁？"

"我哪知道啊！"她钻到地板上再和他靠紧些。

"别怕。"郑诺章反而笑了，领她去窗户边，"你听听，是不是隔壁阳台传来的？"

"这么一听还真是！曼妮？"她拧着眉看了郑诺章一眼。

"嘘，今天，她好像在打电话。"郑诺章声音更轻了。

两个人坐在黑暗的窗前，大眼瞪小眼，听见那边曼妮边啜泣边说话。

"你不能这么对我，我把过去的事情都告诉你了，我把所有都给你，什么都跟你坦白，可你还是老样子！知道吗？没碰到过你这样的男人，为什么会这么对我！"说到感伤处，她就呜呜哭起来。哭一会儿又接着说，"你花心，你游手好闲不爱做正事，我都可以忍，可是你不要不理我！这我真的受不了，我都吃不下，睡不好，都瘦了！求求你，来巴黎陪陪我……"

郑诺章和杨鸣柳也不是刻意要听，无奈深夜里，周遭寂静，曼妮这次大概是站在阳台上煲电话粥，广东话便一句句窜入郑诺章和杨鸣柳耳朵里。听了几句杨鸣柳和郑诺章就明白过来，顾曼妮是在

给男朋友打电话嘛。凌晨时分，在香港正是白天，曼妮对 Ronnie
也真是迁就。古往今来，女人的哭诉总离不开瘦病愁，曼妮这会儿
也是期期艾艾地求男友垂怜。他们不总在媒体前大秀恩爱吗？此刻
居然哭哭啼啼，可见家家有本难念的经。

"你哥哥跟她，怎么了？"杨鸣柳还是好奇地问。

"我也没过问，你知道的，就我跟我哥那关系。这件事轮不到
我问。"

"还是该关心关心，貌似没那么简单哦。"杨鸣柳眼珠一转，
机灵地说，"虽然曼妮这人素来精明，处处占便宜。不过，碰到
Ronnie 可就说不清啦，也许会折磨人就是你们郑家人的一大专长。"

"哦？"郑诺章瞄她一眼，"所以我明早大摇大摆从你房间走
出去啰？"

而杨鸣柳嘟了嘟嘴，"嘿，很厉害呢！就算郑先生您处心积虑
传出绯闻，也会分分钟被你爸爸无情镇压好吗。"

"哈哈哈。"郑诺章不那么愉快地笑了两下。

"怎么啦？ Boss 你不乐意我这么说啦？"杨鸣柳想着随便哄
哄他就接着睡觉，谁知道他还在较真。"你觉得我是个顺从的人吧？
懦弱？所以才不敢忤逆我爸？"他盯着她的眼睛，"我来香港，确实
是为了家产。为了拿回我妈妈和我，应得的东西。决定了就一定要做，
不管怎么难。"

"听你这么说，好像一只蝎子！冷酷聪明腹黑。"杨鸣柳撩了
撩眉说，"快睡吧，明天还有好几场戏。"杨鸣柳把郑诺章推到他
的被褥边。

3

早上杨鸣柳的右眼一直在跳。

不知从什么时候开始信起这个来。右眼跳，没好事。比如考试

时陷入一道题的死结里导致整个答卷完不成，比如暧昧的男同学突然转学，比如电脑坏掉、灯泡熄灭、钥匙失踪。右眼跳，冥冥中预示着一系列糟糕事即将发生。

这次她是左眼伴着右眼一起狂跳。

"真影响心情。"上妆的时候，她跟剧组的化妆师说。

"没事，鸣柳身手这么厉害，跟专业武打演员比也不弱的。你今天要拍威亚戏吧？从一座桥上跳下来！"

"嗯，这个昨天就已经踩点预备了，桥身其实不高，从桥上吊到船上就好，应该容易搞定。"

杨鸣柳早早换上她的功夫服——黑色紧身衣裤，她必须一身黑、线条清爽动作干脆地从 1900 年横跨塞纳河而建的亚历山大三世桥上飞扑下来，准确着陆在向前行驶的游船上。

绑好腰背部的威亚，她用力扯了扯威亚护带，确保带子固定牢靠，然后和导演比了比"OK"的手势。

杨鸣柳先尝试着从桥上跳到桥下静止的船上，着地时她觉得有点儿不稳当。不过稍微适应了一下水的律动就好多了。

"嗯，看了镜头，很不错！"导演通过对讲机喊话，"OK，我们正式来，一次过！"

能在工作中适当运动运动，也挺好的，好过每天朝九晚五坐办公室。杨鸣柳从小胆子大，常常爬山翻墙，骑马滑雪。刺激的活动激发人类潜能，而且能找到童年时那种没心没肺通体舒畅的感觉。

"Action！"指令一出，她看准时机，爽快地屈腿一跃，不就是三五米的距离吗？没想到正式拍摄这次，空中吊索竟突然一松，影响了跳跃的节奏，她身子一晃，心中一慌，"不好了"，她心想。

她本能地蜷起身体滚落到船上，背部连带脑袋重重地在船沿上撞了一下，船上的男主角赶紧拉住她。"Are you OK？"

"Okay。"她忍着疼痛回了一句，"I am fine。"

然而真的很疼。

船靠岸，工作人员都围了过来。"怎么样？没事吧！"

"没关系，没事。"杨鸣柳脑袋闷闷地疼，可最关心的还是拍摄效果。她对这场跳船的戏心有余悸，只想着，最好不要再拍一条。

"镜头还行吗？要不要重来？"她问导演。

"看了回放了，这条特别棒，太真实了！动作虽然和预想的不同，不过可以用，别担心。"导演大声说，"身体是不是狠狠摔了一下？威亚师傅怎么回事？"

"没事的，我真的还好。不过这威亚确实有问题，得仔细检查检查。"杨鸣柳咬着嘴唇说。

"那好，你先休息，我们明天再补拍这场戏前后的镜头？"

"嗯，我看情况，也许，下午就可以，先去喝点咖啡。"她指了指路边的咖啡馆。

这时候，顾曼妮远远坐在岸边的休息椅上，注视着河边的事儿却不起身，阿安拿着一杯果汁凑了过来："顾小姐，真的出问题了！"

"嗯，你刚刚真去给威亚老师送饮料去了？"

"那还有假？今天这位是新手，接过饮料的时候，果真如我们所料，手一抖呢！"

"还好啦，要知道以前的打戏演员都是硬碰硬，没有任何防护措施的。现在的演员就算是很幸福了，至少有威亚牵连。"原来是她差阿安去送果汁。

"呵，可不是，女星都一样，杨紫琼、惠英红……个个都是打出来的，您以前刚入行时拍打戏，不也是不吊威亚，没有替身吗？"

"那当然。看她还能走动，应该也没什么大碍。"顾曼妮这时说话显然没平时那么有底气。

杨鸣柳点了一杯加倍甜的焦糖玛奇朵，喝几口定定神，还是不太舒服。她静静靠在街边露天的座椅上，又趴在小茶几上歇歇，郑诺章突然冲过来。

"还好吗？"他气汹汹地说，"说是吊威亚摔着了？怎么回事？"

杨鸣柳本来一个人撑着，可是头部背部都一阵阵难受，看到郑诺章，眼泪直接涌出。

"怎么了？不舒服是不是？"他拧着眉把她搂在怀里，"我们去医院，马上去。"

擦擦眼泪，其实比起疼，委屈好像更多些，"我没事儿，下午可能还有戏。你怎么来了？"

"你怎么这么逞能呢？必须马上去医院。我帮你请假。"郑诺章皱起眉头。

"不不，不请假。"

"必须请假。"

"好吧，那我自己去跟导演说。"杨鸣柳拗不过他，站起身穿过小马路，去跟导演打个招呼，可是刚走几步路，整个人突然昏昏沉沉，身子一斜。恰巧一个工作人员推着装满道具和器械的推车朝她走来，物品堆积成山，扶车的人也没注意到前面有人，货车离杨鸣柳近在咫尺。

郑诺章正端起杯子喝水，双眼一直注视着杨鸣柳，看她状态不对，又见不远处冲来一辆道具车，他猛地站起来冲过去，把杨鸣柳往前一推，自己来不及躲避，被推车撞个正着。他往前躲，身子一踉跄，高处两只铁皮箱滚落下来，还是重重砸到了左脚脚踝，眼镜也跌落在地上碾碎了。

果然是无比倒霉的一天。这下子，两个伤员必须一同去医院了。

彻底理清好头绪是在两个小时后，杨鸣柳背部瘀青，并未伤及脊椎，CT 结果显示正常。郑诺章足部却裂口流血，一只脚肿得老高，缝针包扎后在医院卧床休息。

"先住院三天观察，还好没伤到骨头。"绿眼珠的意大利医生哼着小调开处方，治病在这里也能如此惬意随性。

第二天导演不得不给杨鸣柳放假，她早早就来到医院探望郑诺章。毕竟郑诺章受伤是因为自己，而且当看到他扑向自己时那种几近暴怒的眼神，她这颗爱玩爱闹、对什么都无所谓的心被深深触动了一下。

"知道吗？昨天，你跑过来救我的时候像一匹犀利毛躁的狼。"杨鸣柳在郑诺章的床边坐下，边打开餐盒边说。她为他带来了酒店餐厅里好吃的早餐：吐司、咖啡和火腿煎蛋。

"狼？以奔回领地守护狼窝的速度对吧！"

"你倒是够了解的……"

"我属狗，狼狗本一家呀！"

"真无语，还有这样拿自己做比较的！"杨鸣柳满脸不屑，尴尬地吐吐舌头。

"你不了解，狼群其实很愿意待在人群的居住地附近，但又不愿被人们发现。"

"打算随时叼走落单的人，饱餐一顿？"

"是误解。长期被误解，所以即使想要亲近人类也不行，只能孤独地待在暗处，悲凉地嚎叫罢了。"

兀自待在一边，然后当她遇到危险，他便以风一样的速度赶到她身边，保护她就像保护自己的领地。很明显，这不是因为他绅士，而是因为他不能再压抑的情感。

这时候 Steven 敲门进来送文件，将一沓文件妥当地递到郑诺章手上。

"郑总，这些是需要批示的文件，香港那边传真过来的。这些天积压得有点多。"

"好的，我批复好了再给你。"

意外受伤，让郑诺章耽搁了回香港的行程，他不得不在病床上批阅文件了。早餐才吃过他就忙起来，杨鸣柳则在床边为他剥橙子。

新鲜的果味在病房里散开，杨鸣柳偶尔抬眼看看郑诺章，他盖

着白色薄薄的被褥，国外的医院也一样，被单过分漂洗后看起来浆
直冷酷。他平时看着也十分冷酷，此刻却像个柔软的小孩，放下戒备，
端正地倚着靠枕上。他眼睛清澈，手指修长，很认真地翻阅一本本
需要处理的文件，看好了就提起笔慎重地签字。

　　杨鸣柳掰好橙子，塞一片到自己嘴里。这新鲜的水果果然甜如
冰糖，沁润直达心底。剩下的就分给这个男孩吧！当她快要爱上一
个人，便在心底把他念作"男孩"。喜欢他，就像喜欢花、喜欢草，
喜欢风里摇摆发芽的柳条，喜欢冬天湖上一只孤零零的水鸟，喜欢
看它自娱自乐地扑腾翅膀溅水花。

　　喜欢就免不了寂寞啊。

　　她已经不能像以前那样大方洒脱，而是怯生生地靠近他。"你
吃吧。"她说。同时举起手中的水果托盘。

　　他抬头看着她，眼镜坏掉后，他的双眼裸露在外，比架起镜框
时诚恳、好看得多。

　　"你吃，女生要多吃水果，尤其在这水土不服的地方。"

　　"这有什么可让的，水果多着呢！"杨鸣柳应道，"对了，你
以后不要带有框眼镜了。"

　　"为什么？"郑诺章讶异地问。

　　"给人距离感。而且有点装腔作势。"

　　"好的，在你面前，我不戴了。本来我也不近视。戴着眼镜，
只为装得老成一些。"商场如战场，商人最忌讳的就是被人看穿自
己的心思，看清自己的底牌。

　　杨鸣柳听了他的回答则开心地笑起来，双眼眯成了月牙状。哪
知道对面的男孩却给了她一个猝不及防的拥抱，盘中的橘红的瓤瓣
摇摇晃晃落到被单上。他先是紧紧揽她入怀，继而松开双臂，凑近
她的脸就要亲亲她。杨鸣柳一颗心怦怦跳，余光掠过房间的白床白
窗白帷幕，一切都像是做梦，让人彻底丧失防御能力。

　　这时候，门突然被推开了，一堆人涌进来，房间里默默靠近

的两张脸立即弹开，剧组导演和主演捧着花走进来。"Surprising you！"他们喊着，不像探病倒像庆祝。

看到杨鸣柳坐在床沿上，大家有些惊诧。不过也没什么可大惊小怪的，两人不是一直暧昧吗！只是这女孩子脸上怎么一片煞白呢？

她推说下楼给大家买饮料，冲下楼才发现并没带钱包。她拍了拍自己的脸颊，这时候，新鲜空气对她来说尤为重要。

郑诺章住院的三天，杨鸣柳每天都送鲜花和早餐到病房，即使白天有工作，她也会来一趟，放下东西再离开。

离开前，郑诺章总要深深叹上一口气。"天天这么勤恳地给男生送花的女孩，想必只有你一个。"他说。

"我只会关爱老人、伤员这些弱势群体，所以郑总，您就赶快好起来吧。"杨鸣柳笑嘻嘻地回答。

他们的恋情在众人眼里趋近透明，只是两人之间还混沌一片，从未说清。他赖在巴黎不想走，早上像见到阳光一样准时见到喜欢的女孩，晚间又有她来陪着吃晚饭，有时候他想，人生如此，也不该再有其他奢望了，就让案上堆满电脑、文件和书籍好了，反正工作永远没有完结的时候。

有时候杨鸣柳会对郑诺章的工作状态感到好奇，有一天她为他带了中餐厅的清炖雪蛤，看他正伏案工作，便问道："作为一个富二代，你干吗这么拼！又不是什么贪图享乐的人，吃的也普通，穿的也不是什么大牌高定，出行呢，又讲究节能环保，貌似也不好女色。"她戏谑地上下打量他，心里觉得作为男生不讲究是好事情，嘴上却逗他，"你说你赚那么多钱有什么乐趣？怎么花？什么时候花得完？"

"你不懂。"这句话是郑诺章的口头禅，每当他说起的时候，也是一副"你不懂我也没试图让你懂"的样子。他接着说，"男人赚钱不是为了钱本身。"

"那是为什么？你看，我赚钱是为了审美，就可以买所有美美的东西。"她提了提身上穿的新裙子。

"我是为了尊严和权力。每个男人都需要的两样东西。"

"难道钱少的人就没有尊严吗？其实你们这些富商，努力工作也都是利益驱使对吧。"

"我首先，是为了我妈妈。她一直像个第三者一样活着，被各种流言中伤。她说，郑家的东西，原本都是属于我们的东西。"郑诺章咬了咬嘴角。

"你爸妈？他们当年不是结婚了吗？你妈妈怎么会是第三者，怎么会没地位、没尊严？"

"那是段从始至终不被认可的爱情，更何况婚姻最后又草草收场，大家都会落井下石地说，果然没有好结果。我妈妈和父亲分开后，只带走了我和坏名声。当时她的学业工作已经全荒废了，到台湾，也回不去外婆外公的家。我们一贫如洗。"

"你爸爸明明那么富有？怎么会吝啬到不给你们基本生活费？"

"呵呵，你觉得他做不出？他要女人低头认罪，可我母亲偏不是这样的人。"

郑诺章忆起七岁念"国"小时，攒了一星期午饭钱，就为给母亲买一束红蔷薇做生日礼物，不想背着书包拿着花回家，一进院子就被母亲怒斥。

"去哪里偷折的？还包着包装纸，难道是买的？"

"唔……祝您生日快乐。"小小的孩子递上花束。

母亲夺过花束就往他左脸砸去，花茎上的利刺刮得他脸上和脖子上好几条血印，娇嫩花瓣散落得满地都是。

"叫你不长记性、不懂得钱难挣！花钱爽快是吧？你直管出去，不把这束花钱赚回来，别回来。"

十月的台南天气暖，冻不死，郑诺章竟真的露宿街头足足一周，饿得皮包骨，累得睡不着。可这些他都不怕，最怕的是每天上学都穿那一身脏衣裳，感觉自己是个畏畏缩缩的乞丐。他想逃，也知道如果自己真的逃走，母亲一定会死掉。他发誓长大后某一天，一定要离开这个可怜女人远些再远些，再不回来，永不相见。

郑诺章说完往事，瘪起嘴，执拗地低垂着双眼；杨鸣柳想流泪却又不敢，怕自己一哭，便招得他更难过，伸手摸摸他硬朗的头发。

"我明白了，我们回去，都好好工作好吗？"

"嗯。"郑诺章乖巧地抬起眼，"但我现在回香港，也不全是为了妈妈，我要的是话语权，是改变这个世界的一点点能力。其实跟你一样，也是一种审美吧，或者，能让我们的生活变得美好一点，就够了。其实你也在试图做这样的事情，比如演一个好角色，让大家变得开心愉快。"

"哟，听起来可真够冠冕堂皇的！"杨鸣柳捂嘴一笑。

聊得正好，Steven 突然敲门进来。他平时看起来轻松愉快，说话做事都不拖泥带水，这天面色凝重又略带愉悦。

"郑总，有点重要的事要汇报。"他看着郑诺章说。

"你直接说吧，没关系。是这季度营业额出来了吗？"

"是关于集团的地产公司那边。终于查到了他们的纰漏。"他打开手里的文件夹，展示给郑诺章。

Steven 贴近郑诺章，耳语道："Ronnie 和崔李华崔司长单独吃过几次饭，交往不少。是司马曜介绍的，就是最近被廉政公署秘密问话的那位。"

Steven 声音虽低，但字字句句还是零星散落到杨鸣柳的耳中。都是商人们的阴谋阳谋，她本不在意，大概隔几秒就会把这些话忘掉。郑诺章却大声说："好。工作很扎实，要再收集些确实的信息、证据，明白吗？"

"好的。" Steven 点点头。

Steven 走后，郑诺章就愣在一边想事情，许久不发话。

"怎么了？你是打算要回香港了吗？"杨鸣柳问。

"怎么这么问？"

"听你们讲话，貌似有很严重的事情发生。"她傲慢地撇撇嘴。

"哈哈，不严重，没什么严重的。"他明朗地笑起来，"我走了，别人欺负你怎么办？我还是守到剧组拍摄结束，跟你一起回香港！而且这个时候，我最好不回去。"

"这个时候"是特指现在？果然有大事发生？杨鸣柳想想就觉得有趣。对自己而言，生活安定快乐就好，经济增长银行降息政治风云变幻等等都是微不足道的小事。世上本无事，庸人自扰之。

郑诺章果然在巴黎安安心心地住下来，一边监督拍戏进展，一边远程与同事配合处理公务。空闲的时候，和杨鸣柳一起逛逛博物馆、建筑展，泡泡咖啡店，享受欧洲的慢生活。直到巴黎的戏拍摄完毕，大家又休息了两天，才乘坐同一班飞机离开。

离开那天，是难得的阴天，空气透明，天边的积云低压压一片，是个适合起飞降落的好天气。大家都习惯了长途飞机，郑诺章和杨鸣柳座位相隔不远，却并不相邻。机舱里睡睡醒醒，他们想关照对方却又顾虑着旁人的目光，如此一来，空气里便平添几分醋甜。

坐久了，必须起身站一会儿，杨鸣柳在机尾的饮食舱内伸伸胳膊伸伸腿，一个可爱的混血小女孩跑到这边取饼干吃，她便逗这漂亮的孩子玩。

不一会儿孩子困了，被妈妈抱回会位置上睡觉，杨鸣柳觉得无聊，去洗手间洗了洗脸，一出来就撞见郑诺章。

"你怎么来了？"她说。

而他盯着她的眼睛不说话。是刚刚就餐时威士忌喝多了吗？

"原来离这么近也会想你啊。"在窄小的空间里，昏暗的灯光下，郑诺章凑近杨鸣柳这张沾着水滴的脸，柔声说。

"我也想你。"长时间封闭空间的行程让她脸色绯红，可是并不意味着她羞涩。她只是低下头来，坦诚地说，"但我还不爱你。怎么办呢？"

"这没关系。以后你一定会。"

"哪儿来的自信？我还常常梦见别人呢。"杨鸣柳分明是天天跟郑诺章见面，她前晚却梦到了文异。"真是心不由己！"

虽然杨鸣柳没说梦中人是谁，但郑诺章心里也猜得八九不离十，不可能不生气。

"你总是把我拉过来，推出去。觉得很有意思是吗？"气归气，他又奇怪地笑了，"小柳这么直白，从不做假，跟我以前认识的女孩，就是不一样。"杨鸣柳正要回话，却被他的手臂圈在原地一动不动。有时候，这个文质彬彬的男人一秒钟就能变得十分强悍似的。他不顾她眼中的闪烁避让，静静吻了她的脸。

第七章　家

❶

　　从世外桃源跌落到琐碎的日常生活，才发现天上一天，人间已改换模样。

　　在郑源启召开临时股东会议宣布自己即将让贤之前，没有一个人想过他会这么快提"退休"。

　　他是个精神矍铄、身材健壮的福建籍商人，178厘米的身高在南方很有优势，长期游泳跑步健身，让他看起来姿态挺拔，六十岁亦不显老态。他还时常领着二十出头的年轻女友出席各种公开场合，女友也是从混血模特到纯情演员，从学生妹到杂志主编，一轮轮排着队更新换代。

　　"谁叫我是个普通男人呢？"每当八卦杂志半开玩笑半刁难地深挖他的绯闻，他从不回避，照旧双手抄口袋、向右略歪着脑袋说。多数时候，他会将自己的婚姻状况忘得一干二净，包括曾经爱得惊动香港岛的两任太太。

　　就在开股东会的两天前，天朗云淡，杂志还拍到郑源启携儿子、女友共同在浅水湾乘游艇出游。他穿帆船鞋，白色长裤和航海帽，大大提升了年轻感，身边挽着的则是五官立体精致的新晋混血模特欣彩儿。奇怪的是，大儿子Ronnie并未叫上顾曼妮或者其他女伴，只和郑诺章、林逸一起，老老实实喝着红酒晒太阳。

　　碧海蓝天美酒佳人，郑家出游的新闻还在推崇精英阶层生活方式的娱乐周刊上晾着，股东会议就召开了。十二位股东都是跟随郑源启多年的老部下以及合作多年的老友，他们免不了私语，"Ronnie最近一反常态，可能是想故意在父亲面前表现乖巧，都是想求权啦。"

　　"给他盛远地产已经很好了。这孩子，除了吃吃喝喝泡女星，有什么能力做实事？凡事还得靠郑董牵头。"

可郑源启突然郑重宣布，半年到一年左右退休，把董事长的位子留给儿子。这无疑是给那些养尊处优的股东们当头一棒。两个太子爷之间的制衡本来对大家是有百利而无一害，权力体系好不容易建立稳妥，这下子将因为董事长的变动彻底瓦解。

而郑源启的决定不是闹着玩儿。他还郑重宣布，半个月后再次召开股东大会，在郑诺章和 Ronnie 两位中，投票预选下一任董事长，十二位股东必须全数参加。

Ronnie 对于半个月后的股东大会投票预选志在必得，毕竟，他手里握着的是父亲多年来的疼爱与信任。弟弟郑诺章，不过是为了赢得舆论、稳固权力而临时召回的一枚棋子。

"其实做投票预选就很蠢。爸爸怎么想的，有这个必要？" Ronnie 一反常态接连三天来公司报到，在落地窗边的太师椅上晃呀晃，他和刘秘书说。刘俐是他父亲的老部下了，她四十二岁，独自抚养着七岁男孩，是个单亲妈妈。工作上她最任劳任怨，辅佐 Ronnie 也尽心尽力。

"自然，股东们都是看着您长大的，做事总要讲几分情面，再说您平时对他们都那么关照。" 刘秘书道。

"这不就叫平时多烧香，不用临时抱佛脚啰。搞定张总大儿子的官司，摆平常总那几个他自己都搞不定的女人，还要安抚他太太……难怪你说，帮人都不是白帮的，早料到会有这一天。" Ronnie 爽快地笑起来，"对了还有伯父那边。"

"应该无大碍的，源昌总虽然暗中收揽集团的股份，野心极大，但名号上仍是地产公司副总，是您的副手，大家好歹是经历过风浪，一条船上的人。" 刘秘书含蓄地说。

"对。他也该记着我的好。" Ronnie 挑了挑眉，歪嘴一笑，"去年到今年这几个地产项目，他和政府对接频繁，我不是不知道。该捞的他都捞到手，我可一直睁只眼闭只眼。"

"不过，会前请各位大股东吃个饭，联络联络感情也是好的。"

Ronnie 煞有介事地点点头，请刘女士定了一家港岛最奢华的 KTV，转头就给女朋友打电话。"Honey，帮我叫上你们公司的新晋艺人啦，几位？七八位即可，要懂事听话，会唱歌的哦，我们本周六大 Party，热闹热闹！放心，少不了她们的红包，还有，你的大利是啦。"

佳酿与佳人，这香江边最好的风景，越夜越绽放。周六的聚会，集团中十二位股东竟来了七位，大少爷的面子谁都要给。而这些男人们也知道 Ronnie 神通广大，有他在的场合不缺美人。

曼妮带着乔尼、范妮、切尔西等一众姑娘现身，进入皇宫般的 KTV 包间，报上名字，便穿插着坐到商人们中间。女孩儿未必都是混血，不过这两年是西洋名字抬头，香港也时兴原宿少女那般东西方混搭的妆容，一屋子的女孩，无一例外地贴好扇面似的浓长睫毛，眼线绘制得冶艳动人。其中，唯欣照一个人妆面素净些，行为举动也是怯怯的。"来，坐这里。"Ronnie 竟温柔起来。虽然曼妮在场，但旁人都不带夫人赴会，他自然也不能整晚陪在正牌女友身边。

"欣照，这个名字有文化。你知道吗？你跟我妹妹有几分神似呢！"Ronnie 想到林逸那张清秀且略带书卷气的脸庞，笑意渐浓。其实他不是头一回见欣照，却完全对她没印象。

欣照心中气恼，却也并不表露心迹，只想，没听说郑先生家有女儿呢！她乖巧地说："Ronnie 哥的妹妹，一定是位才貌双全的淑女。"

Ronnie 哈哈大笑，女子太温顺就没了挑战，但小白兔也有她的好处。他紧接着问她最近听什么歌，喜欢哪几位明星，两人和风细雨，聊得欢畅。

女主人曼妮在角落默默看着，落了单。在巴黎，天天看郑诺章全程跟拍、陪杨鸣柳秀恩爱还不够，回了香港，还要看男朋友在迷乱世界为所欲为。而她不能要求 Ronnie 怎样，毕竟自己是豪门里走过一遭的人，懂得女子发脾气须点到为止，男权世界里妒妇最惹人烦。此刻，甚至未来，她和 Ronnie 都是合作伙伴，切忌投入太多真感情。她只借欣照起身敬酒的空档问 Ronnie，"片子也杀青了，宣传发行费拨了多少？"

"放心吧，不会是小数字。" Ronnie 手指轻触她光滑的脖颈，在她耳边哈口气说。

"一定能大卖啦？"

"嗯，我打包票！" Ronnie 不知哪儿来的自信。

和聚会畅饮、醉卧花间的 Ronnie 比起来，郑诺章简直是一个清教徒。他酒色不沾，一天到晚守着办公室，常常和 Steven 工作到深夜。

"这次投票，到底该不该争，争，要争取多少？"郑诺章心里已有决策，但还是抛出问题。

"当然要争，不算您父亲和 Ronnie，一共十二位股东，我们最少也得七八票。"

"最少？我看，最多也不要超过这个数字。"

"如果有压倒性的票数岂不更好？不就胜券在握？别忘了，你两手空空，暂时没有股份。"

"如果决定权在别人，那就不可能做到胜券在握，而且想想我父亲，会是靠民主投票决定继任者的人吗？"

Steven 沉思片刻，恍然说："对，我不该用美国人的方式思考问题，在中国，你如果太有能力，太得人心，又是件麻烦事。"

"这一年多我见惯他的作风了，每一个决策，都必须彰显他绝对的控制力。"

"所以，我们就是要得七票，不多，也不少？LT 就职的这四位股东不必担心，应该会投你一票，余下的人里，我看只能是争取集团分管财务、行政的白总、常总，还有地产那边的张总吧。"

"分析的没错，伯父那边，目前还不能暴露。况且搜集的证据也还达不到致命一击的效果。"

"我们就将上面几位各个击破。"

"这回得打场硬仗！你也懂的，考试满分虽是难事，但最难的，是想考几分，就考几分。"郑诺章说，"要攻克的三位里头，最固执的恐怕就数财务副总白先生了，时间不多，尽快请人调查，我也要尽快约一约他。"

郑诺章第一次单独约见白鹏飞，是在总公司附近巷弄里的一家复古咖啡馆。公司里，大家都说这位白先生是位淡泊君子，从十八岁到二十八岁，他在法国念了好几年数学系才转财会，于是郑诺章特地挑了个小资的地方，幽暗的灯光搭配着清雅的乐声，想让这位沉稳严谨的首席财务官卸下戒备。

"您好白总，就近邀您吃个便饭，是不是太简陋了？"

"哪里的话，这里我也常来，很喜欢。"白总说完自在地坐下。

"早该拜访您了，奈何通讯公司那边一大摊子事，您不是不知道。尤其账务方面，很多时候还仰仗您帮我们整理核查。您每次都把账目抹得漂漂亮亮，诺章实在是佩服。"

"都是本职工作，应该的，应该的。"

客套了几句，两个人叫来侍应生点餐。郑诺章发现，大家说白总这人处事注重细节、滴水不漏，不是没有道理，就连吃到一半时餐盘边露出一缕油渍，他都取餐巾擦得干干净净再继续就餐。直到服务生端来甜点和咖啡，郑诺章才毫不掩饰地进入正题。

"白总为人爽直，我也不跟您兜圈子，下月初的股东大会投票，不知您心里可有支持的人选？"

"哈哈，我支持谁，你觉得这个重要吗？"

"在 Ronnie 和我眼中，自然是重要。而我相信白总您和我一样，是一类人。"

"怎么说？"

"我父亲算是草莽英雄，通常提拔的也是他那一类的人物，办事得力，但不择手段，比如市场部、公关部的老大。"郑诺章知道白总历来与这些圆滑市侩的领导关系不睦，所以他接着说，"不过，集团已经到了今天这个规模，不建立严谨的规章制度，怕是难以对抗强有力的市场竞争。"

"郑先生所言不虚，就算在香港以我们独大，香港之外的资本呢，想来分我们这块蛋糕的，比比皆是。不得不防。"

"不错，您跟我是一样的。"

"哦？"

"且不说头脑和学识，小弟以为，我们，都是有自己的坚持的人。认定了目标，就会按自己的原则坚持下去。"他看白总眼中露出认同的神色，又大但说，"这次，何不助小弟一臂之力？您的合理要求，我一定都好好考虑。"

"哈哈，也许我们真的是同道中人，不过你能不能赢得自己想要的，我看三分在人，七分在天，绝不在我白某的能力范围之内啊！"

"您这么说，我不信。"

"有的事情，在你来香港的两年内已经注定了。你想想，这两年你为 LT 做了哪些事？"

"提高营业额、搞好基础建设、整理人事制度，还不就是我的本职工作啰。"

"可你做得很出色。"

"在其位谋其职，坐在总经理的位置上，我等于被逼上梁山，不得不揭竿呢。"郑诺章说出口后也后悔，这个比喻打得并不恰当。

"去年，通讯公司的营业额比前年提升一倍，光这一点，你猜，大家都怎么说？"

"怎么说？"

"功高盖主。这么简单的道理，郑先生不会不知道吧！在我看来，你已经输了一半，这次要在票选里再次拔得头筹，难道，还想输掉另一半？"

"谢谢白总这么坦率，我也明人不说暗话。您提及不可功高盖主，这一点我不是没想过。可我一介书生，自小被排挤在集团之外，赤手空拳，没有股权，集团中也没几个自己人。如果不把公司交办的事情办好，如果票选时输得一塌糊涂，您认为，继任这件事我有几成的胜算？"

"这……我不好说。"白先生低头思索了一会，垂眼望着咖啡杯。

"那我便一成胜算都没有。因为到那时父亲要炒掉我，连原因都不必找。若我赢在面上，他至少还得绞尽脑汁，苦苦搜寻一下对付我的法子吧。"

"哈哈，这话在理！"白先生豁然笑起来，"不过我不能保证给你我这一票，这份权利属于我自己。两周后的事，两周后自然会见分晓。"

看白鹏飞用完餐，坦荡荡走出咖啡馆，郑诺章随即拿起手机拨通 Steven 的电话。"白总的事情查得怎么样了？我不信，一个人能活得毫无破绽。"

"白总家中殷实，生活简单，资产方面处理得非常干净，和夫人也是伉俪情深，他夫人是他在法国留学时认识的混血美人。"

"就没有一点有用的信息？"

"他的独生女儿在英视做艺人，前一阵，确实出了点岔子。"

"什么情况？"

"大概是被经纪人诓了，拍了些……艺术照。"

"什么？艺术照？"

"是一些……不雅照片。"

"她女儿叫什么名字?"

"Rebecca,中文名字是白芸芸。"

第二天,郑诺章捧着艳丽的黄玫瑰接杨鸣柳下班。已经是午夜了,她刚录完一档综艺节目,带着梦幻浮夸的银色妆容跑出来,让人如沐春风。

"大忙人!您终于现身啦!"杨鸣柳笑着。

"我们吃夜宵去,想吃什么?"

"不行,今天一过秤肥了3斤,Rainy姐说,要严格控制一下体重。我们就楼下喝糖水吧!"

糖水铺真是神奇的存在,每天一大早开张,直到半夜一点还在开门迎宾,老板仿佛炼丹一般长长久久地熬那几盅汤药。这天两个人飙车到铺子门口,老板正将闸门落了一半。

"等一等,谢谢老板!我们是最后一桌啦!"

点了虫草汤,郑诺章问:"你们公司可有个女孩儿,叫Rebecca的?"

"那不就是芸芸嘛!你怎么认识她?她是我邻居呢!"

"你们这么熟?那你知不知道她最近惹上点麻烦事吗?"

"什么麻烦?"

"去问问她吧,好像跟不雅照有关。"

"这不可能!"杨鸣柳对芸芸的为人很自信,连忙摆手,"芸芸很单纯的,在法国长大,也没沾染那些乌七八糟的习气。"

"可她最近拍了一组尺度颇大的写真,团队那边现在已经到了联系出版社发行印刷品的阶段。"郑诺章正襟说。

"天哪!我去问问她,不过你怎么知道?"

"他父亲是我们公司高管,我也是为了帮忙,毕竟还是个小姑娘，初涉娱乐圈不懂事，这圈子里真是处处都藏着陷阱。我还真担心你！”

"好端端的，怎么说到我？担心我做什么？不过这件事，我要好好问问她！”

"嗯，你帮我约一约她的经纪人可好？”

"几时见你这么热心帮人啦？哈哈！”杨鸣柳看郑诺章觉得有几分怪异，不过也没深想，只说，"她的经纪人是个奇葩，令人讨厌的坏家伙。”白芸芸新签约的经纪人是张彬逸，杨鸣柳瞬间想起了张彬逸为鹰子开发布会的事。

"没办法，管他是什么牛鬼蛇神，都得打回交道，我得帮帮我们财务副总，赶紧将这照片追回来。老白毕竟一把年纪了，兢兢业业一辈子，我不能让他们一大家子名声扫地。”

杨鸣柳第二天就急匆匆地询问白芸芸写真照的事，没想到当事人提起此事只是略有些羞赧，并不觉得整个拍摄有什么问题。"这种硬照写真，在日本到处都是，在法国，人体艺术更是稀松平常。”她甜甜地说。"当然啦，是我们经纪人安排的拍摄日程。开拍那天，一开始我是穿着衣服的，摄影师和张先生都说，有了好身材，在最美的年华为什么不留下最美的影像呢，所以，就渐渐开放了一点点啰。”

杨鸣柳对她已是无奈，她没法短时间内与这个混血姑娘解释中国人根植在骨子里的保守思想，只与她枚举了几桩前车之鉴。

"怎么这样？这么可怕呢！”白芸芸听了，立即去找张彬逸，想要取回照片和底片。结果可想而知，她那臭名昭著的经纪人怎么可能轻易答应她的要求。

两人只得求助于郑诺章，郑诺章电话里便跟杨鸣柳吩咐："这件事，白小姐出面不太合适了，我得亲自去跟张彬逸交涉，你陪我去就行。”

❸

　　助理领着杨鸣柳和郑诺章走进张彬逸的办公室，室内只点了一盏冷光台灯。窗户拉着厚窗帘，从窄长的窗帘空隙看出去，外面是对街灰色楼房密集的窗口。"郑总，您好您好！有失远迎！杨小姐好！"

　　杨鸣柳这天套一件黑色休闲长卫衣，很随意的样子，郑诺章则还是上班时的职业打扮。"您好，张总，久仰。"

　　和生意人便只谈生意，客套都可以省掉，郑诺章直入正题，从文件夹里取出一个信封递给张彬逸，同时问张总索要白芸芸的照片。信封里，装着一张 300 万港币的支票。

　　张彬逸斜睨着眼睇了睇信封里的物件，呵呵一笑。"郑总出手果然阔绰，一组照片，就算在中国香港、中国台湾、日本同时发送，净利润也不可能有这么多。"

　　"是啊，您这边已经花心思完成了拍摄，又和当事人签了协议，我知道请您把照片交给我也是强人所难。这不，还得好好感谢一下。未来，我们也许还有很多合作的机会。"郑诺章说。

　　"或者，张总您把照片销毁最好，不能让一个清清白白的姑娘家，留下什么让人有闲话可说的污点呀。"杨鸣柳在一旁帮腔。

　　"这，我就不懂了，一组文艺清新的照片，怎么能说得上是污点呢？作为经纪人，我能允许我们家艺人有污点吗？"张彬逸云淡风轻地说。

　　"你……"杨鸣柳一股火气蹿上来，郑诺章在一旁用右手握了握她的左手。

　　"小柳还是个孩子，说的都是孩子话。不过这种照片流传出去，对一个没名气的正经艺人来讲，影响确实不好。张先生您不能用您的价值观来看普罗大众嘛。"郑诺章说，"我想我开的条件已经很好了，您也不要为难我们，芸芸是小柳的朋友，您就当给我个面子。"

"郑先生，其实，整件事不是条件的问题。"

听到张彬逸这样讲，郑诺章知道，他还想抬高价码。而张彬逸接着说："我请芸芸拍这些照片，也是契合我们对她的定位，她是个混血女孩子，脸蛋精致，但毕竟有浓浓的异域情调，要在华人圈子里接主要角色，要走红，难度好大的。没有知名度，怎么接好角色？可没有角色，知名度又积累不了。好在她身材好，何不用这个卖点打开市场呢？我邀她拍照，真是没私心的。"

"这个简单，张先生，我也有影视公司，您这边的艺人，我们多多帮衬就是。我们签个战略协议，之后不愁您的艺人没有戏拍。"郑诺章说。

"郑先生真是，靠谱！"一个广东人怪腔怪调地说起北方方言，竖起拇指、眯着眼睛笑，像一只老花猫。"那我们就暂定一下，未来三年合作两部电影，片酬嘛，差不多就可以了，票房，我们分5%，您看还算合理吗？"

郑诺章盯着张彬逸的眼睛，一刻也不松动，心想，这家伙真是狮子大开口。只因为对面坐的是我，是LT集团，所以他早就打好这副算盘。按照保守估计，一部电影在内地、海外发行后票房就算是四五亿港币，张彬逸用一个不知名的小演员，就换取2000万到3000万盈利，当真不讲规矩，厚颜无耻，而坐在对面的他竟一点不脸红。对峙了十几秒，郑诺章一歪嘴，嘴边溜上一丝笑意。"OK啊，张先生，我回去请助理拟好合同再联系您，照片，也会请他签约时一并拿回。关于照片的附加条款，我们会写得很清楚的，希望照片的事，您这边不要有什么保留。"

"妥了！我们肯定不会私自留存、私自散播别人的美照，这一点您一定放心！"张彬逸得偿所愿，咧嘴笑着，和郑诺章握了握手。

不出三天，Steven将白芸芸的照片、底片一并摆在郑诺章的办公桌上。其他两位股东的把柄，他也已经牢牢攥住。"我们这次一定会赢得投票。尽管 Ronnie 那边，也给过几位大股东不少好处。"Steven 说。

"从某种程度上讲，Ronnie 是个好人。不过感恩之心永远敌不过恐惧。"他坐在办公桌边，把鲜柠檬片扔进冷冷的茶缸里。

再次约见白总还是在老地方，这一回，白鹏飞无法保持淡自若定了。他手里攥着的，是装满女儿相片底片的牛皮信封。

"白总，您别生气，幸亏我们公司合作过的女演员跟您家芸芸是好朋友，我才知道有这档子事。您知道，我是花多少代价把这底片拿回来的？下两部电影 5% 的票房收益！等跟他们公司签了协议，恐怕才能将另一份已经印刷出来的照片还给您了。那便是流出去的最后一份。"

"谢……谢谢郑总关心。"白鹏飞知道，郑诺章绝不是"碰巧"买回照片这么简单，郑诺章这次是做了一回彻头彻尾的小人，把自己耍得团团转。但自己只能生着闷气，他向来觉得自己不做亏心事，不怕旁人对他查个底朝天，万万没想到女儿捅了这么大娄子。郑诺章，原来也是个先君子、后小人的角色。而自己又凭什么来声讨他呢！白鹏飞憋得脸通红，狠狠地道："那份照片，就是最后一份 copy 了吗？什么时候能给我？"

"眼前就是股东大会了，等会后再处理吧，我还是想赢得这次票选再说。当然，能不能赢，也全在您的一支笔、一个决定。"

"一定要保证照片的安全！你能不能在投票里占上风，不能预测，但我这一票，你放心。"

郑诺章明白，白鹏飞一定会说到做到。

4

究竟谁是合适的继任人，为了显示自己的民主，郑源启在股东大会投票之前，特地慷慨陈词一番。他叫两个儿子退出会议，暂时回避，只留下集团的股东和董事在场。

郑诺章和 Ronnie 表情和煦，顺从地退下。出了会议室的大门，兄弟俩便在门边默默对视了一眼，紧跟着，一个轻蔑一笑，一个面无表情，路人一般各回各的办公室。

不记名投票后，郑源启的助理开始统计票数，宣布前，他照例先请示了郑源启，郑总点点头，他发布结果：Ronnie4 票，郑诺章 8 票，二儿子郑诺章居然大比分获胜。

表面平静的郑源启，此时开始真正对郑诺章刮目相看。这小子，以往只道是干活儿麻利能力强，没想到情商也堪称一流，短短两年内，竟能把几位股东笼络得这么好，这样大比分压过 Ronnie。老爷子心里愈发惶惶不安，左右摇摆。如果不是百分百信任的人，能力强便不是优点，而是个致命弱点。

"感谢各位今天的投票，在座的，都是我郑某多年的伙伴、亲人！各位的心意，我已经了解。接下来一定会慎重考虑，与各位单独商议，确定最有利于集团发展的接班人。谢谢大家！"郑源启寥寥几句话将大会草草收尾，因为他得到一个不想要的结果。

这样的结果出来后，他心里反而有了决定，也知道必须尽快宣布自己的决定。病来如山倒，原以为那些个怪病仅是浪漫爱情片里编出来哄骗青年人的，没想到自己精明一世，末了也会被阿兹海默症这种极富戏剧性的疾病，侵扰身体。

Ronnie 得知父亲生病，是在投票的当天下午。他拨通郑源启的秘书董叔的电话，想要探听一下票数情况。

"我才四票？怎么可能？谁没有投我？"他气急败坏地问。

"这个就无可奉告了。人员控制严格，只有董事长和股东在场。"

"这些白眼狼！我为他们办那么多事，都是花钱打水漂了？"Ronnie 气咻咻地说。

董叔默不作声。

"爸爸在哪儿？"Ronnie 连声问。

"在医院，得做个检查。"

"啊？怎么了这是？"

得知是初期阿兹海默症，这个浪荡子也吓得半晌说不出话。

"我过来吧。"

郑源启看见 Ronnie 跌跌撞撞赶过来，起初是烦躁大过感动。他是个硬气又固执的老头，看病也像办理工作事项，不乐意旁人搀扶，觉得家人的搀扶纯属多余。"我又不老，即使是得了失忆症，把紧要的事情记录下来不就好了！生活总不成问题。"医生提出请他留院检查一天，他也死活不愿意。

"住院实在没道理。好似多严重一样。"他这样的反应医生见得多了，一方面是顽固，一方面是恐惧和忌惮。

"可是这个阶段必须住院全面诊断、全面检查个一两天。已经出现数次对地理位置辨认不清的情况的话，真的要好好查一查。您平时一直有助理和司机跟随，所以临床表现很可能还被忽略掉一部分。必须进行血液检查、神经影像学检查，才能判断所处的病症阶段。"医生是留美回国的神经系统方面的专家，说话十分中肯。

"我今晚还有个聚会，必须去。"郑源启竖着眉说。

"爸爸！留下来吧。聚会什么的何时不能去啊？回头我给您办个隆重大 party。赶紧换衣服，我们去检查。我陪你住这儿。"

郑源启灰溜溜地看了 Ronnie 一眼，心里感叹，到底是老了。他郑源启何等强悍泼辣，竟也有遵从子女安排的这一天。

换完衣服，手机钱包全部交给助理，郑源启突然想起，"那 Ronnie 今天你不回家了，要跟诺章说一声。他还什么都不知道呢。"

　　"放心吧，我来的路上已经给孙伯电话了，他会转告诺章，让诺章尽快过来。"

　　实际上郑诺章对父亲的病还一无所知。知道父亲对公司要进行一次大规模盘查，他从下午开始就守在公司对账，忙到晚上 11 点多。

　　回到家，跟了郑家二十几年的老管家孙伯照例吩咐厨房端夜宵出来。"少爷，今天喝桂花燕窝羹，这还是 Ronnie 妈妈在世时最爱叫厨子煮的呢。"郑诺章端过碗，拿起匙羹尝了尝，他总觉得这道甜点糖分太高，不该搁这么多冰糖的。

　　"爸爸和 Ronnie 都不在？"

　　"Ronnie 啊，你又不是不知道他，谁知道哪里混去了！"

　　"爸爸呢？"

　　"今天他去医院检查身体，就住那边了。"

　　"例行检查吗？"

　　"唉，照例都是这样子了。老爷这人独，什么都喜欢一个人。"

　　"哦。"郑诺章没多想。看了 9 个小时的数字，眼睛疲累得不行，于是吃完东西就上楼盥洗，洗完倒头就睡。

　　直到第二天去集团做汇报，他发现爸爸还没来上班。这不太像他，工作日的早晨怎么会不守在办公室？他问了秘书，这才得知父亲是因病住院检查，患上了痴呆症。

　　赶到医院的时候，郑源启正收拾床铺出院。Ronnie 帮他拿着报告书、化验单等等，往病房外走。原来 Ronnie 并不像孙伯说的到处鬼混，而是独自来照看父亲。郑诺章立刻懂了。

　　"爸爸，您还好吗？我不知道您……"

　　"嗨，别说啦，没事没事。"话没说完，郑源启就打断郑诺章说。"就忌讳提什么病呀灾呀这个那个的，听着不舒心。已经检查完了，放心吧。"郑源启看着二儿子，并不埋怨，"没事！Ronnie 在这里也真是浪费时间。我还没老呢！"他说到 Ronnie，挥手拍拍大儿子的胳膊。亲疏之分，一望便知。

"爸爸，我昨天一直查账查到 11 点多。"

"是啊，对，这么多年，烂账旧账一大把，之前你们通讯公司这边的负责人干的那些事情我真不想说什么了，哪一桩哪一件能瞒得过我呀！之前的事情，趁着我还清醒，都得处理妥当了。"

"您还好吧？"郑诺章略带关切地问。

"好得很！中午吃日本菜吧。在医院待一天嘴里就觉得寡淡。你们难得碰上，一起去。"老爷子爽快地说。

❻

好莱坞道，香港开埠后的第一条街，车开到附近便停下来，父子三人沿一段弯曲又安静的巷道拾阶而上，料理店"澄寿司"就在巷子顶上方。一路上，都是低调豪奢的外国餐厅、酒馆。

"叫好莱坞，这条街看起来和 Hollywood 好莱坞没什么关系呀。"

"确实无关的。叫好莱坞，原是因为这一带的冬青树！"郑源启微笑。他 4 岁起就住在这附近，不过那时候来来去去看到这些高档餐厅，也只能瞅上几眼便急急溜走。在苦涩的十几岁少年时，光明正大走进去大吃一番的想法从未成真。他父亲是一家咸鱼海鲜干货店的老板，全家人住在店里吃在店里，辛苦挣钱维持生计。他是泡在咸腥味里长大的。

男人们行走时总不像女人那般说个不停，沉默中，就看到一家质朴清淡的日式店面。这是一栋平层小楼，木质门面斑驳老旧，铅灰色帘幕上写着"鹤"字，和一行看不懂的日文。掀帘子向左拐进去，侍者便轻轻用日文说"欢迎"。

"这里的服务人员和厨师，都是地道日本人，会的中文极其有限。"Ronnie 对郑诺章说。店内人不多，一位穿和服的侍者将三个人引入店内一楼最靠里的包厢，看来郑源启是这里的常客。

盘腿坐在榻榻米舒适的软垫上，郑源启听侍者介绍今天最新鲜的食材，郑诺章则环顾四周：小巧的房间，天花板印下几束射灯的暖光，窗上挂一副半卷的竹帘，低头挑帘看，外面竟是个陈列朴素的小院，庭内一株矮樱花树生得宽阔饱满，花期到了，花开得正好。真是一家别致的料理店。

餐点一样样摆上来，三个男人也难得坐下来喝上一杯。郑源启和郑诺章都喝热乎乎的清酒，Ronnie 则手拿威士忌，谁也不劝酒，大家都自斟自饮，各人心里装着想问不能问的事，想说不能说的话。

"这家店有年头了吧！不是跟着您，真的找不到。"郑诺章说。

"我可是来过无数次了，全香港的寿司店，数这家最正宗。厨子是北海道的大店挖过来的。"Ronnie 解释道。

"是啊，我算是这里的老顾客了，一晃二十几年了吧，日料只来这一家。"郑源启也说。

"刚看了看菜单，这家也算是香港最贵的寿司店之一。定价一定有它的道理，香港人不好哄的。"郑诺章微笑。

"可是即便再不值当也是要来，谁叫琴南阿姨在这里呢？"Ronnie 故弄玄虚地望着爸爸，又举起杯子碰了碰郑源启的酒杯。

"你这孩子！"郑源启难得笑了。正巧一个着白色洋装的中年女人拉开门，端新菜进来。

"说曹操曹操到啊！琴南阿姨！"Ronnie 说。

这女人皮肤白皙，生着一双含笑的美目，约莫五十出头，满头乌发梳得整洁发亮，端庄温雅的风度里透着一丝特殊的妩媚。

"琴南，这是我二儿子，你没见过的，郑诺章。"郑源启朗声说。

"你好！"她朝郑诺章点头打招呼，笑起来眼睛如月牙状，一看姿态就知道，她是地地道道的日本女人。

"您好啊！"郑诺章也恭恭敬敬地说。

"你们好好聚，酒喝得尽兴就好，也别喝多了！"琴南声音语调细腻温和，很好听。

"琴南阿姨，我有个问题想请教，这个翻译成中文是什么？"郑诺章一进房间就好奇墙壁挂轴上的墨迹写的究竟是什么内容了，趁机会问问懂日文的人。

只见这女人笑而不语，望了望郑源启，郑源启也看着她，目光难得如此和煦。

"啊，这个，你就不必问女主人了，我来告诉你，意思是'功者难成则易败，时者难得而易失'。听过吗？"

"原来是出自《史记》！"郑诺章恍然，"中文句子嘛。"

"嗯，是说建立功业困难而容易失败，得到有利的时机困难而容易失去，这句话你们也要好好记住了。"

"已经是很博学的孩子啦！"琴南含笑对郑源启说，随即又转过头跟郑诺章讲，"这句话，也是郑先生最喜欢的。"她简短地告辞，拉开门十分恭敬地退出去。她不知道，父子三人中，两个人都穷尽心思琢磨着如何把握眼前宝贵的时机。

鲜美的食物摆满桌子，男人们一边聊新闻和公司，一边将食物送到嘴里。这里有郑诺章最爱的拌章鱼、海胆和鹅肝，可是他心中却不是滋味。琴南阿姨，一定是父亲众多情人之一吧，已经年长了，可是却稳稳在父亲心中占据一席之地，他们之间一定缘分不浅。父亲来这家店二十多年，也认识琴南二十多年，那时候，是否正是他两三岁离开香港的时候？想到在台湾一人独活的母亲，就觉出一阵叶落秋风起的凉意。

回过神来的时候，Ronnie 和郑源启正谈得高兴。Ronnie 想要大手笔拿下九龙塘的一块地，打造一个南方数一数二的高尚学府精英社区。

"爸爸，这块地背靠狮子山，俯瞰九龙和维港美景，旁边是几十万平的绿化带，最重要的，正处在名校网中间，您也是知道的，

两所大学,还有真光中学、耀中国际学校、幼稚园,全都是名牌学校,
氛围多好。"

"自己不爱读书,对好学校倒是了解不少哦!"郑源启调侃
儿子。

"我哪知道那么清楚,还不是这块地,大家都想争到啰,私
底下都在走门路。我的眼光您信不过,他们的眼光您还信不过吗?"

"风水宝地,环境优渥,一次性在这样的区域出2.3万平方米
的地块,不好拿吧!听说新世纪的Mr.黄,和政务司崔司长私交
好得很。"

"这次确实有难度。"Ronnie抿了抿嘴,"不过真要那么容易,
我才没兴趣!"他开玩笑地说,"直话直说,爸爸我要是拿下来
了呢?"

"拿下来当然好,还能怎样?"

"我的学问肯定没有诺章好,不过在香港这块地盘,凡事不
是功课好就搞得定。若我拿到这么难拿的地,是天意,但也不单
单是靠运气。"

"呵呵,你这孩子,好像已经拿到了似的。"

"人呢,最重要就是有自信啦!我若标到这块地,爸爸,董
事会这次的投票,可否不作数?您的继承人,凭什么由他们几个
投票说了算!"

Ronnie提出这样的条件,郑诺章略微吃惊。一顿饭的工夫,
他已经表现出极大的野心,果然是恃宠而骄的太子爷,按捺不住,
明着夺起名位来。谁都知道,在集团还是郑源启一手遮天,他若
大笔一挥支持Ronnie,之前的投票都可算作预演,未来的董事长
一定是非Ronnie莫属。哥哥这么果决,郑诺章倒十分好奇父亲的
回答。

郑源启蓦地听Ronnie这么说也吃了一惊,不过他立刻就皱眉
思索了一阵,答道:"嘿,你这孩子竟敢夸下海口?标不到,未

来集团一把手的位置就给诺章啰？”

　　“若您这么说，当然也没问题！”Ronnie 答应得倒也爽快。

　　“好！”郑源启喜欢对赌，他刚开始做生意时，就常常是把全副身家押出去，难得大儿子跟自己一样，有点匪气，他眼里看着，心里也高兴。“就依你说的，拿到这块地，我的位子你来坐。不过说好了，一块两块也无所谓，可别中间出什么岔子啊！”

　　“放心吧，我分得清轻重。”Ronnie 像被打了鸡血一样，平时吊儿郎当，这下子瞬间就精神起来。

　　而郑诺章在一旁不动声色。听到父亲的回答他就明白，果然如白鹏飞所说，投票这一步棋，他怎么走都是错。赢了，博得的高票数便是一把利剑，直接扎到父亲的死穴。年迈患病的父亲心中已是又妒又惧，只想借机把他打进冷宫。

第八章　浮尘

❶

九龙塘房地产项目的进展真如 Ronnie 所愿，政府很快以邀请招标的方式寻觅买家，香港有实力的地产商全都闻风而来，明里暗里各自活动。公开招标的准备时间仅有十五天，这场急匆匆的招标活动结束时，标书便落在 Ronnie 手中。

Ronnie 接到结果的那一刻喜不自胜，这是他踏入社会、常年混迹香港名流圈以来，最扬眉吐气的一回。父亲没有插手，自己就搞定了一个大项目。他亲自请知名佛寺的高僧帮忙看风水，命名题字，僧人起的名字大气又不失灵气。"盈正都，这个名字好！"他听到的那一刻就拍板定了名，觉得自己不仅赢得一个楼盘，还赢得了整个集团尊重和自己光明的未来。

郑源启也很欢喜，两个孩子性格不同，成长环境各异，二儿子在大众看来更有才干，但毕竟摸不清心性，只盼他能踏踏实实干好实事。大儿子像自己，凡事都要亲自做主，有强烈的控制欲。董事长的位置不给他，不知会生出多少事端。两个孩子处于不同位置，在公司若能相得益彰便是最好。

Ronnie 拿到地块，自知自己当定了父亲的继承人，自然要办个大 party 好好庆祝，兴之所至，他请林逸帮他策划个主题派对。"好啊好啊，就在玲逸轩吧。我们来一个 Prince Dreaming 派对，好不好，Ronnie 哥？""这也太小女生了吧。"Ronnie 听了林逸的想法之后，一脸尴尬，本来是想顺带哄她开心，末了真的变成专门哄她开心的活动。不过既然妹妹喜欢，做哥哥的当然要照办。这件事，他交给她全权筹备。

玲逸轩其实是林家开的一家高档会所餐厅，餐厅名专为林逸而起。活动当天，场内布满了香槟黄的纱幔和浅紫色花束，大厅正中央，还新挪进了一座半径2.5米的复古喷泉。每位嘉宾到场，都能领取一份意大利风情碗盘垫做礼物，裹在浅蓝纸信封里。筹备者果然是花了心思。

"也太大大阵仗了！"Ronnie到场后，对花蝴蝶一般的林逸妹妹说，她这天一身藕荷色簪花裙装，把缤纷的色彩摆得到处都是。

"你嫌这里太花哨？"她看到他的表情，嘟起嘴不乐意了。

"当然不是，美得很。"Ronnie请了不少政界商界的精英，这些朋友们与这娇柔的环境着实不搭。不过也只能忍一忍，千金难买美人笑嘛。

不一会儿，Ronnie的女友顾曼妮也来了，Ronnie带着曼妮见朋友，郑源启则把郑诺章和林逸拢到一起，让他们好好聊。

一整晚，郑诺章乖乖待在林逸身边，哪儿也不去。两个人吃了主餐吃甜点，喝过香槟，又心无旁骛地玩手机互动游戏来。

"两个孩子真般配啊。"郑源启对着林述感叹。

"说的是，但郑兄就真的能放下心把集团交给儿子打理？"林述试探性地问。

"当然，他们各有各的长处，一切都往我希望的方向发展，包括这两个小家伙。"郑源启朝林逸和郑诺章努了努嘴，"公司是时候交给他们啦，我乐得清闲，多点时间爬山钓鱼。"

"那我必须加入你！"林述笑呵呵地说。

殊不知Ronnie在不远处，一阵风就捎着话儿送到他耳边。两家结亲家看来是避不开的事，他心里也隐隐地不安起来。

乐队吹拉弹唱，演奏到一首朴实浓郁的拉美小调，林逸和郑诺章就着酒性跳了一支舞，两人总是笑盈盈、和和气气的样子，跳完舞的林逸气喘吁吁，"我平时最不喜欢运动了，动一动就出汗。"

"最近雨水多，湿淋淋的香港嘛，也难怪。"

"嗯，去补个妆啰。"林逸说着，手执化妆包碎步跑向化妆间。才离开，Ronnie立即出现在郑诺章身边。

"诺章，你跟我聊聊。"他领着他走到顶楼的花园天台。

白天落了雨，到晚上天空的云翳也还未散去，城市灯光太亮，映照得整片天空都通通透透。"你喜欢林逸吗？"Ronnie 的问话也通透直白。

"啊？"郑诺章低头，不知怎么回答就不回答，只说，"还没恭喜你，Ronnie，集团由你接手，爸爸一定很放心。"

"恭喜我？你是真天真还是装天真？"Ronnie 嘴一歪。

"什么意思？当然是真的，恭喜你，董事长的位子我知道争不过你，也没想与你争。"郑诺章扬了扬眉，不卑不亢地说。

"哦？真的？凭你几句话，以为我会信你？"Ronnie 咄咄逼人。

"信与不信，是你的事。"郑诺章冷冷回答。他斜了 Ronnie 一眼，心里道：你以为你十拿九稳得到了想要的？盲目自信的时刻就是破绽百出的时刻。决胜局，现在还远远没到呢。

Ronnie 看郑诺章一脸不屑，突然咆哮起来，"你在想什么？你这家伙！林家连林逸都要嫁给你，还敢说不争？你到底喜不喜欢林逸？"Ronnie 醉得不轻，站不稳便是一个跟跄。

"林逸，她是个很好的女孩子。"

"但你不喜欢？"

"……也不是不喜欢。"

"那你一整晚缠着她，你不喜欢她，干吗缠着她？干吗接近她？"Ronnie 越说越气，郑诺章觉得他好奇怪。平时看到自己，他不是冷嘲热讽，就是理都懒理，这会儿却闹起脾气来。Ronnie 气咻咻地接着说："郑诺章，你知道你已经人财两空了吗？"

"……"

"居然拿她一个小女生当筹码，你又不爱她！跟她在一起，你也配，也敢！"Ronnie 推了郑诺章一把。

"为什么我们总要为林逸吵架？Ronnie，上次你说我没照顾好她，这次又嫌我照顾得太好？我只是照爸爸的指示陪着她罢了，在她身边当个摆设，可以吗？你何时听我说过要跟她恋爱结婚的话。"

话音一落，Ronnie 竟然借着酒劲重重地向郑诺章的脸挥了一拳。郑诺章没反应过来，整个人往后退了几步。"你……"他攥紧拳头，身体立马进入戒备状态，浑身毛孔都战栗起来。

这感觉与小时候一般无二。"要打人，首先要学会被打。"他那身材矮小、常被欺负的同桌曾对他说。那时候在台湾，自己生在破碎的家庭，父亲又常上苹果周刊闹绯闻，没人撑腰的他时常被同校高年级男生围追堵截，揍得鼻青脸肿。那个阶段只有"阿 Q"精神救自己。

而 Ronnie 依旧步步紧逼，"我早就明白，但想不到你无耻的这么坦荡荡！你就是拿林逸当幌子，要分爸爸的权，要分爸爸的钱！告诉你，门都没有。"

郑诺章听到这里真的快被气炸，他不是不会吞咽各种情绪，难过气恼的时候，也从不大声嚷嚷。他只冷冷地说："Ronnie，你到底是怎么想我的？"

"你不就是你妈派来拆我们集团的吗？多年来的清心寡欲都是装的吧。"

"说得对！"他小声嘟囔。终于被戳到痛处，他一发狠猛然向前撞，把 Ronnie 撞倒在地。

"警告你，没资格的人不要轻易提起我母亲！"他大声吼道，"不管怎样，我们各做各的业务，互不相干。"郑诺章沉下脸，"你醉了。"

"呵，这点酒能醉倒我？我可没醉，现在，全都是我的！爸爸，集团，房地产公司、你的通讯公司，酒店，还有，林逸！全部都是我的，一样你也别想拿……"Ronnie 显然是醉得不轻，干脆坐在地上，也不站起来反击。

"我没理由听你说这些，没理由看你撒酒疯，尊重你，才叫你一声哥，其实我们只不过是几十年不见的陌生人，比陌生人还不如。不过，今天这些疯话你最好自己记清楚。"

　　郑诺章扔下这些话，嘴角颤抖着背过身下楼去。一下楼就看到林逸被朋友包围着，左顾右盼不知在找谁，视线扫到郑诺章，便匆匆来到他身边。

　　"你怎么流流血了？"她弱弱地说。

　　"跟 Ronnie 打了一架。没事，兄弟之间，这样正常。"他自嘲地笑笑。

　　"啊？他在哪里？"林逸忽然间花容失色，大家闺秀仪态顿失。

　　"呵呵，"郑诺章狡黠地看着这女孩，"去顶楼找他吧。"

　　她慌慌张张地往楼上跑去。

　　就像浏览某人的部落格，一天一天、一页一页，每天都有更新一样，杨鸣柳随手翻工作间的八卦杂志，就能读到关于郑诺章的全部。父亲即将退居二线，与哥哥展开权力之争，和林家大小姐一同出海，他的故事，华丽得不再容纳自己的名字。这当然是好事，不过不知道为什么，心底竟隐隐有些失落和气恼，复杂心绪像夏日的云絮寥寥舒散在天边。

　　郑诺章自上次要回白芸芸的照片，把杨鸣柳安然送回家后，已经有半个多月没联系她。这段时间说长并不长，但对于暧昧男女的脆弱关系而言，足可成为感情疏离或不再往来的暗示。每段暧昧的赏味期都十分有限。至少杨鸣柳这么认为。

　　可是这天深夜又接到了郑诺章的电话。"陪我喝两杯。"电话那头，他低声说。刻意控制着语气腔调，不过听这声音明显是醉了，平日里，他绝不是四处讨酒喝的人。

　　那我们丽新城见吧。杨鸣柳回答。她想起在剧组时，只一个电话他就马上出现在门口的情形。像郑诺章这么理智又懂得约束的人，如果醉了，必定是碰到什么过不去的坎儿。于是杨鸣柳马上叫他到离自己最近的一座购物中心。里头电影院、酒吧、餐厅一应俱全，甚至还有一座全香港最大的溜冰场。

在 Mall 的一层见到郑诺章，是一副前所未见的模样。他是那种即使住院穿病人制服都把扣子扣得整整齐齐、一丝不苟的人，这天却把领结塞在外套口袋里，衬衣领口松散着，裤子脏了，左眼和嘴角还带有血痕。一见他，杨鸣柳就瞬间没了脾气。

"怎么回事？居然打架了！"杨鸣柳皱着眉靠近他查看伤口。"怎么回事？这么不仔细？走走走，买药去。"她又气又怨。

"很奇怪吧！我！"他脸色微红，见了她就浓浓地笑起来，"刚Party 结束，好开心。"

"很开心哦！很开心怎么还弄成这副德行？我知道，曼妮姐还有林逸她们都去……"杨鸣柳话说一半，突然被郑诺章捂住嘴。

"嘘，是见到小柳才好开心！"他又不知收敛地笑起来。

"真的醉了。"杨鸣柳拨开他的手掌，尴尬地说。

"醉了，我们去布鲁克林酒馆！接着喝！"他向不远处的小酒吧指了指，又使劲晃了晃脑袋，突然眼圈一红，整个人向杨鸣柳倒了过来。不是晕倒，而是像一颗砍断根的树一样瘫倒在她身上。

"还喝，就你这样怎么喝？"杨鸣柳艰难地支撑着他的重量，扶住他，"你还是陪我去溜冰吧，先买个药，然后赏你个冰激凌解酒。"

扶着他，承受着他的重量，杨鸣柳去便利店买了药水和创可贴，在商场大厅的休息椅上为他处理伤口，然后买了饮料和布朗宁巧克力混搭的冰激凌，领着郑诺章到冰场边。

"真不知道你今天怎么了，你在这里一个人冷静冷静。想说的时候，再说。"她是穿着居家裙装、套上件嫩黄色宽松风衣跑出来的，就这副业余的装备，配合租来的白色冰鞋倒也很合适。一下场，她便自顾自肆意地滑起来。已经十一点多，偌大的冰场只有一两个人。滑冰这项运动又很有趣，在南方，这仿佛是所有矛盾的融合。冰刀锋利地划过冰面，冷冷的冰上运动叫人出一身热汗，越接近冷酷却越能让人专注地高兴起来。

玩了一会儿，回头一看，郑诺章竟不在原来坐着的位置。杨鸣柳扫了眼冰场边缘，他不知何时也租了双冰鞋穿上，生涩地站在冰面上。

“你也会啊？”杨鸣柳熟练地滑去他那里。

“你教我吧，我不会，但我不怕摔。”他犹疑着试图向她挪动，话音未落就“咚”的一声重重跌在地上。

“本来就伤了，还摔！”她牵起他，双手握住他的手，引导他向前走。“看，其实也没多难！”

郑诺章注视着她的眼睛往前挪动，嘴角不由自主地带着笑，目光也前所未有的柔软，一副卸下所有防备的模样。

跟着杨鸣柳的步子，这样走了五六米，郑诺章又一个踉跄摔落地，还连累杨鸣柳也倒在身边。

“好凉啊！”他整个人背贴着地面，又用手指划了划，“你觉得呢？”

“我刚刚出了一身汗，这样子恐怕是要感冒。”杨鸣柳说，“不过真的又舒服，又放松。”她从兜里掏出手机举高，将两个人的脸印在手机的镜头里，黑头发、红脸蛋和透明浅白的冰面形成鲜明对比，杨鸣柳拍下这个瞬间。

“你的眼睛，看起来总是那么伤感。为什么？”杨鸣柳拿着手机看了又看，“就算笑起来也好像带着难过。”她坐起来，俯着脸注视着郑诺章，双手揉了揉他的脸，“今天遇到什么事了？”

“你不懂啊！但愿你一辈子都不会懂。一直背着一个又大又重的壳生活，什么感觉。”

“好吧，我不懂的。”杨鸣柳有些生气地噘起嘴。

“没有爸爸，常年因为无聊的原因被学校孩子揍得遍体鳞伤。你试过这种感觉吗？”

“怎么不还手？”

"一对多，我能讨到便宜吗？"郑诺章苦涩地抿抿嘴，"而且我妈妈还是个鼎鼎有名的名人呢！知道街头巷尾的欧巴桑最爱讨论什么吗？当然是《苹果周刊》啦。而且媒体最有趣，每隔几年把旧闻拿出来回个炉。哈哈，当我们觉得已经渐渐被大家遗忘，低头收敛地活着，又在时刻担心，不知道哪天大家会重新记起来。"

"……"

"家境教育都不错，却上杆子嫁到香港豪门的女人，最终被扔掉的一钱不值的女人，落得跟普通人一样，做体力活营生的女人。我妈妈是可怜人，她完全没朋友，连她父母都嫌弃！她只有我，叫我怎么办！"他的眼里早已盛满泪水。第一次，他放肆地显露自己的情绪，无拘无束。

"如果我变成你最讨厌的样子怎么办？"郑诺章忽然冒出这句话来。"我也希望永远像冰面一样，像你一样，像小孩子一样干净。不过，如果我变得乌七八糟，让你瞧不起，怎么办？"

"怎么会呢？你只要不想，就不会。"杨鸣柳坚定地说，"其实，简简单单遵从自己的本心才最舒服。"

"你不懂！人不犯我，我不犯人，可是如果别人都骑到我头上来，那绝对不可以！我也能变得复杂，偶尔会变成坏人。不能像我妈那样，躲着人、背着人、畏首畏尾过一辈子！"他喉咙里沉闷地吼出这句话，然而语调突然又异常温柔，"不管我变成什么样，你能不能不离开我。"他像抓住一根救命稻草一样，用冰凉的手扣住她温热的手。

她渐渐感受他的温度，感到自己不知从何时开始对这番冷酷眷恋。童话里的白雪皇后在小男孩眼里揉进一片冰晶，冻结男孩的心让他陪伴左右。身边的这个人似乎也是烈日炎炎的季节里莫名飘来的雪片，悄无声息，融进自己的眼睛。

可是每当理智被唤醒的时候，她知道他们不可能。就算不考虑郑诺章父亲的态度，她自己也无法接受这么不清不楚不纯粹的感情，自己怎么可能给人当备胎！她不确定郑诺章是否把其他女人排除出局，比如林逸。如果郑诺章是出于功利心和林逸保持联系，那他就更让人看不起。

于是她说："我不会离开你，因为我们从未在一起。据我所知，你是有女朋友的。"

"小柳，是吃醋了吗？"郑诺章转转脑袋对她说。

"这不重要，重要的是，你有女朋友，而你我之间没什么关系。"话说完后，杨鸣柳原本希望听到郑诺章否定的回答。怀着小儿女的心思，她希望听到他安慰说，媒体的报道是谬误，林逸才和他没关系。可是眼前这个醉醺醺的人却说："可是我还是想到你，做梦梦到你，看文件，你的脸会浮现在纸上，一笑，露出贝壳一样的牙齿。"

郑诺章此刻是袒露真情，可这言语听在杨鸣柳耳中，潜台词即是承认和林逸的恋爱关系啰！杨鸣柳心头气恼，大小姐脾气窜了上来，冷冷道："别想我，也不该找我，你该去找林逸。要不要帮你拨电话？"她夺过郑诺章的手机，以前曾看他输过密码所以记得，1026，果然打开手机，找到林逸的联系方式，直接一通电话拨过去。而郑诺章还躺在地上嘿嘿乐着，不知发生了什么。

林逸不到半小时就翩翩而至，大半夜还保持着公主般的打扮，一袭裙装绣满糖果色蝴蝶，司机也跟着她一起来。

"杨小姐，谢谢你！"她和煦端庄地笑着说，"我还一直在担心诺章哥哥，多亏你在。怪 Ronnie 哥不好，他也是喝醉了，说在天台打了诺章。都是我，他们都是因为我。"她略略叹了口气，不急不缓走到醉醺醺的郑诺章身边，挽起他的手，见他有些不省人事，拍拍他的后背小声说，"好可怜！"林逸竟然还吻了吻他的额头，自然又亲切。随后司机很识趣地走上前搀着郑诺章，"小姐，我来扶。"

看到林逸这副样子，杨鸣柳突然觉得五味杂陈。说不上是吃醋，那感觉就好像看到天天经过的繁茂草坪突然剃秃了一片，心里大喊"竟然是这样！"她知道自己和林逸彼此间很 nice 的样子都是在做戏，看着对方，心里都不是滋味。于是嘴角上扬地说："快送他回家吧，流浪狗和醉汉一样最讨人嫌。"

不料林逸却说："那是你没中意过什么人。只要是中意的人，任他再怎么烂醉都会想要好好照顾他。"她乖巧地微微笑。

"所以你爱他啰？"杨鸣柳挑了挑眉，瞅了郑诺章一眼。

"当然，Why not？诺章哥哥是又帅又有能力的男人。"她倒也是个爽快人。

听了这句话，杨鸣柳瞬间像淋过瓢泼大雨一样，糟透了。她以前不能确定，这一刻却无法再回避自己对郑诺章的感情。那又怎样？注定是无望的感情。

"忘记一个人只需要三天就足够。"她狠狠对自己说，暗下决心不看爱情电影也不听情歌地过个几天；人生在世，难道会就这样被一段轻浮的爱绑住手脚吗？

第九章　禁忌

❶

宿醉后的早晨，夹杂在脑袋里的永远是失忆前最愉悦的那几帧画面。

恢复意识第一个瞬间，郑诺章就笑了。因眼前浮现杨鸣柳在冰上拉住他，笑盈盈、嘴角露出浅浅梨涡的样子。于是他才打开冰柜喝口苏打水就忍不住拨通了杨鸣柳电话。

"Hello！Morning！睡得好吗？"他兴冲冲地说。

"嗯。"杨鸣柳声音却凉如月色。

"昨天，你送我回家啦？"

"没有，呵，可见你醉成什么样了。"

"怎么不是你？明明我去见的最后一个人，是你。"

"当然不是。我可不想冒充你的小美人鱼。"她语气里夹杂几分嘲讽。

"……"

"没别的事？郑总我去忙了。"电话已然断线，郑诺章一头雾水。他翻了翻之前的通话记录，发现与林逸的通话记录，才依稀记起回家的过程。

怎么会叫来林逸？难怪杨鸣柳生气，这一气，倒表示她对自己并不是不在乎。郑诺章想到此处，又暗自乐起来。他似乎很久没为着和某个人的甜蜜关系，一下子着急气恼、一下子喜笑颜开。

几天后，想想杨鸣柳的气也该消了，他又拨通她的电话。这次她果然不那么冷冰冰，不过语气还是稍显平淡，只说要去日本出差，郑诺章立马质问起来。

"去日本哪里？去几天？"

"东京电视台考察参观，是陪着Rainy姐去，然后在那边散散心，加起来一周多。"

"你怎么总是飞来飞去?"

"都是工作啊,你这么一问,还真是。难怪说你们香港international,国际化。在这里工作整天到处飞。"

"我一个做生意的,都没你飞得勤。"

"真是坐飞机坐得够够的。"

"要不要陪你同去?估计你不熟地形?不过,最近我好忙哦。"

"不用了……我是跟上司同去。"她婉言谢绝,只客气地说有需要会随时联系。

可是却一直没联系。杨鸣柳和 Rainy 赴日考察参观是例行公事,那两天除了电视台正式招待的一场晚宴,剩余的闲暇时间两个女生不停地逛街吃料理,买药妆、彩妆和银座涉谷的各色衣饰,东京真是女人的天堂。

第二天晚上两人拎着大包小包各回各的房间,杨鸣柳顾不得形象,脱了鞋首先瘫在大床上。不一会儿 Rainy 就打来电话。

"我明天约了东京这边的亲戚,很多年没聚聚了,这次得多聚几天。"

"哦,好的,明天我自己去迪士尼。"

"小柳,我是说,我剩下几天都得跟他们待在一起了。你能自己照顾自己吗?"

"……当然可以啊。"虽然有点意外,但是一个人在陌生的国度发发呆、放放空,喂喂鸽子,想想都觉得惬意,"我可能去别的城市转转。"

"好的,那就这么定了。"Rainy 的声音听起很兴奋。"要好好照顾自己,食宿记得取票,回头报销要用的。"

东京迪士尼比香港大得多,游乐园的项目也精彩得多,不过急速下降的跳楼机,高低乱窜的过山车,在杨鸣柳眼里都是自虐。何必要给自己找苦吃呢？除了看看梦幻欢闹的游乐园景象，她最爱玩的还是碰碰车，砰砰的撞击引发一种让浑身骨头酥散的松快感，她正坐上一只紫色"小象"打算开战，郑诺章突然来电话了。

"这几天怎么样？还好吗？"透过电话听筒，会发现郑诺章和自己说话时声音格外和煦，平时跟别人说话他可不是这样子的。

"很好啊，东京天气不错，也没下雨，我还买了一只新箱子！"说到这里，突然游戏开始，碰碰车的场地里，音乐声和"砰砰"声响了起来。可是郑诺章接着问："下一站是？"

"Rainy姐去见亲戚了，我自己呢，打算去一趟京都。"话音刚落她就"哦"了一声，她的车子和一只鳄鱼小车迎面撞上，哐当一下。

郑诺章听见声音便问，"怎么啦？"

"没事儿！正在玩碰碰车呢。"

"真是小孩子！京都是很美，必须去的。去了住在哪？"

"还没订，去了再找吧！"

"怎么可能，你这就没经验了，京都住宿很紧俏。你这么去可订不到好地方。"

"总会找到的，请当地的计程车司机帮我介绍？"

"这样吧，我有位老师的朋友很熟京都，拜托她帮你订房间好了。"

"好吧。"杨鸣柳应承道。自己明明在手忙脚乱地玩游戏，却还得听着耳机里喋喋不休的问话，怪好笑的。而郑诺章帮忙安排住宿的地方，也是好事，省得自己伤脑筋嘛。

第二天清晨杨鸣柳从酒店退房，便坐上新干线奔赴古城京都。下了车，听凭郑诺章安排，住进石塀小路的田舍亭。这间旅馆仅有六间房，又是黑泽明来京都常下榻的所在，自然成了极难订到的名店。他居然能那么快订到！

在这家传统旅馆住下，让人真正实践了东瀛的居家生活。进房间大门，换上拖鞋，推开纸门，走到甬道底端，才能到达"卧室"。老旧木头也在进进出出走走停停之间发出沧桑的吱呀声。

　　第二天，逛京都的街道和寺院更让人觉得古意盎然。恰逢落雨，一路沿着千本通看了龙安寺、金阁寺、大德寺几座寺院。这座城市随便拣一条路前行，一转弯，一抬眼，都能看到灰黑屋顶、雅致质朴的庙宇，直接秒杀东京的霓虹艳影，也正应了杜牧的"南朝四百八十寺，多少楼台烟雨中"这两句。唐朝风景，在现世，恐怕唯独这里可以写照。

　　一座城充斥着对历史和自然的敬仰，就连卖麻薯的小摊贩包麻薯的过程，都从容得让杨鸣柳驻足。她却不知道，去东京陪亲戚的Rainy，实则也到了京都。

　　两人碰面的时候是午饭时间。杨鸣柳去到一家三百多年的老店——晦庵·河道屋点了一盘冷面。刚进店门，她并没有看到熟人，因为饿坏了，巴巴地等着吃面。直到富含荞麦本味的冷面端上来，她尝着粗糙有嚼头的面食，又开始喝一壶热菜汤，才环视四周，马上注意到Rainy那一头小卷发和清晰的侧脸。她和乔东华面对面端坐在不远处的榻榻米上，吃饭的样子从容安静，偶尔熟稔的为对方递一递餐盘和纸巾，寥寥几次抬头对话，两人面貌里都藏着十分的甜蜜。在这里，谁也想不到他们是上下级，只道是世上最普通的一对中年夫妇，做饭做乏了，懒得在家开火便出门对付一口。

　　他们难道也如同寺院里温情脉脉前来祈福的爱侣一般，把愿望写于木牌，拴上祈愿的长墙？还是如偷情多年的恋人，穿着浴衣携起手，静静看异国山水明媚？确实，两人只有在异乡才能这么亲近地共享两个人的午餐。如果在香港，这段情即便不激怒乔东华的太太，也会被摄影机全方位无死角记录下来，两个人继而被唾沫星子淹死。

　　这么看着，两位上司真的很般配。杨鸣柳脑袋里过电影一样想到乔东华端起Rainy沾了口红印的咖啡杯的样子，愣了半晌。而眼前的两位熟人已经用完餐，仿佛说好了似的，直至结账走出店门，都始终没扭头看杨鸣柳一眼。

"她一定知道我也在那家店里，否则不会一直不转头。"杨鸣柳心里道，知道别人的秘密绝不是什么好事，搞不好会变成相当麻烦的事。

❷

和 Rainy 长时间单独相处，是杨鸣柳避免不掉的。她们在成田机场会合，并搭乘同一趟航班回香港，位置相邻。

一见到杨鸣柳，Rainy 就大方地问起行程，"你也去京都了吧！"没想到她这么凌厉坦诚地说出来，倒好像秘密偷约情人的是满面通红的杨鸣柳。

"嗯，您知道啦！"

"你也看到了，我和老乔！其实早有人这么传啦，乔总又是那么傻兮兮的高调！我也不怕你知道。"Rainy 歪嘴一笑，左脸露出小酒窝。她这个独特的小表情最有魅力。

"Rainy 姐，你放心，我没拍照，也绝不会跟别人透露。你平日待我这么好，我绝对不做半点有损于你的事。即使是别人要这么做我也会拼了命制止的。"杨鸣柳性子最是爽朗真挚，这些话在心里积压了好几天，见到 Rainy，终于一股脑倒出来。

"没事呀！"Rainy 反倒安慰似的拍拍杨鸣柳的肩膀，"确切知道我和老乔的事的，除了我长居加拿大的好朋友，你是第二个。可以跟你说说，我心里也轻松。"

Rainy 一路上就着飞机上提供的白葡萄酒，晃动酒杯，说起和乔东华的事。聊起爱人，平时干练洒脱的副总裁立即变身情窦初开的小女生。

"喜欢他，什么感觉呢，就是午夜十一点的饥饿，一开始就知道没结果，也知道该发生的都会发生。真的是很悲摧的事，又悲哀又无奈。”

他们是互相倾慕，更是互相成就的一对。两人初相遇的时候乔东华 30 岁，已经娶妻生子。可家庭只是他满足俗世标准的工具之一。他一心扑在公司，事业却还是没什么起色。直到遇到聪明的商科学生 Rainy，面试的时候她就说，“在香港，娱乐是最没头脑的迎合。观众要什么，绯闻还是赌马，就给他双倍好了。占领市场前，千万不要先把文化和理想摆上台面。”

对于双子座、优柔寡断、左手和右手互搏的乔东华来说，天蝎座女强人 Rainy 的果敢和判断力无疑是一把利剑，他去想象，她为他奠定基石，他指向哪个方向，她就把荆棘铲平，两个人自然成了最佳拍档。更何况命理师也算过，Rainy 的八字对乔东华来说是大旺。乔东华接受采访时总说，“我们集团里，女性员工的位置很重要。她们更有拼劲。男人和女人，就是野心和执行力的完美融合。男人适合提出任何天马行空的梦想，优秀的女员工都能将想法拆解，逐步实现！”一听这话便知道，他是指自己的得意爱将——Rainy。

不过爱情究竟是诱因还是结果，他们都忘了。“不能说从某时某刻，可能我们是从某些细节开始真正相爱的。比如，都钟爱日本。有一次出差时他对我说，日本处于太平洋板块与亚欧板块冲撞带上，太平洋板块一直处于俯冲的过程，那么日本岛就是俯冲产生的褶皱岛屿。地壳运动会使大部分陆地沉入海底。这就代表，一切美好都不确定，家园、土地、良田、庙宇，可能分分钟沉入海底或轰然坍塌。所以，我们怎能不抓紧当下呢？”Rainy 讲到这里轻蔑地一笑。“我是逻辑感最强的，竟会被他胡搅蛮缠的歪理骗倒。可笑不可笑？”

“就是说真的爱他呀！”杨鸣柳依旧觉得乔总配不上 Rainy，果然恋爱中的女人，智商降低为零。

“那时候真的傻，可能因为还年轻吧。他说他爱我，跟他太太只是合伙人的关系，我就说，我也希望和他变成合伙人。他却回答我，我是他这辈子最爱的人。这话我不信，我只有努力工作，把事业做得越来越好。我也要跟他变成永久合伙人。"

　　"为什么？"

　　"只有永恒的利益，没有永恒的感情。"

　　杨鸣柳感到心思轻轻往下一沉。她很聪明，经历的不多，却读了不少书，看过不少事，知道 Rainy 说得对。只是作为一个普通女子，听到这样嶙峋的真话仍免不了怅然。

　　"所以啊，要积攒实力才能爱到中意的人。放心吧，我肯定好好捧你，谁叫你知道我那么多秘密啦！" Rainy 半开玩笑，望着窗外说。

　　春尽夏至，杨鸣柳果然得到更多工作机会，走秀、书展、游戏展、慈善晚宴，镁光灯下，那些衣香鬓影的时尚场合，处处可见她的身影。每次都是不同品牌、不同风格和主题的活动，她却永远自成一体，无论富贵的绸缎、精致的蕾丝、浪漫的乔其纱还是活泼的短打小衫，穿上身都自然妥帖。渐渐地，时尚 Icon 的标签贴上身，媒体曝光度逐日上升，也接了不少广告代言。不过杨鸣柳自己定下的原则还一直坚守着：除了好朋友的聚餐之外，不参加圈内任何形式的饭局酒局。她知道自己身处浮华世界，更知道游走于边缘地带有多重要。

　　郑诺章时不时联络，微信也好，电话也好，有意无意提一提正在上映的电影、音乐厅新近的音乐会，投其所好，想邀她一起看，可她一律婉言谢绝。"看电影的话一个人也很好哇。"杨鸣柳反正不需要按时上下班，周一到周五的早场电影，往往变成一个人的专场放映。"何必要人陪呢？我又不喜欢自虐，跟他在一起太操心，搞不好还会被小三。"和鹰子聊天时，杨鸣柳洒脱地抱怨道。Rainy 的恋情时刻警醒着她，她越是感到被郑诺章吸引，就越要抗拒与他的会面。

很快到了夏末，新片《最高机密》最终剪辑版完成后，剧组前期预热，杨鸣柳跟着跑了北上广几个要地。上映后内地票房不出意料地一路飙高，也难怪，片子排到了国产电影保护季的黄金档期，男主角在华人地区人气极高，香港这类悬疑、警匪戏又一向是品质保证，被吸引的观众自然大把。奇特的是，片中出彩的不是女主角顾曼妮，而是高冷倔强的女配角杨鸣柳。

究其原因，不是顾曼妮的扮相不美、演技不好、戏份不够，而是这个角色太合乎人们的想象。堆积如山的文化产品给人打了疫苗，人人都对妙曼性感开无数外挂的女超人产生了免疫，提不起兴趣。这时候，中规中矩的女主角背后，一位脸上写满"不屑"的率性女郎横空出世。

这个有棱有角、时常做错事、不交代前因后果就果敢登场的角色激发了观众的好奇心。不喜欢这个角色的人有一百种原因，"表情太僵，会不会笑？""不知道从哪里冒出来的丫头，编剧简直不合逻辑。""就算是超级惊艳的美女，装冷摆谱给谁看？""眼睛怎么居然有点蓝？到底有没有用美瞳？"

而喜欢这个角色的人大多只有一种理由："实在太酷了。"尤其年轻有个性的孩子们就喜欢一挑眉、一横眼、一歪嘴帅气得不顾镜头美感的形象。没头没脑、无知无畏也是种态度。社交媒体上也铺天盖地转起她的全黑紧身服和各种表情特写。

这张脸仿佛写着："我对你爱理不理；你喜不喜欢我，无所谓。"

她占据了报刊里最醒目的版面，一跃登上户外大型广告牌，出席活动的座次从不起眼的后排挪到第一排，Vogue 杂志封面上的她眉眼深浓、雪肌玉琢，平静脸孔里暗藏玄机。她甚至一举拿下连卡佛的新一季亚太区代言。人流量最大的广场上，人们仰视着她的海报，纷纷感叹：这就是那个"无所谓女孩"，"whatever girl"。

随着外界的关注度提升，她心里总会起些变化，无所谓也变得有所谓起来。因为这时候在街上走走逛逛，已经会被人讶异地认出，小声地耳语指点了。若素面朝天出门，真的需要戴副墨镜，为了遮住自己睡眠过多的肿眼泡或睡眠不足的黑眼圈。与其遮遮掩掩，不如宅在家做个不顾形象的干物女来得自在。

出名要趁早，大概就是这番滋味。

八号风球的下午，天地间一片铅灰素描色让人格外清醒。好不容易躲过名目繁多的各类活动，杨鸣柳懒懒的躺在沙发上听勃拉姆斯 G 大调第一小提琴奏鸣曲。能坐着绝不站着，能投身躺着榻上就绝不坐着。她宁愿单花 2 小时在健身房里挥汗如雨，其他时间，给身体和灵魂彻底松了绑。

喜欢勃拉姆斯，大概因为这位音乐家总被人指责没有感情、没有心。他终身未娶，与舒曼的妻子克拉拉常年暧昧，却待之以礼，从不逾矩。这样的人未免少了点可爱的激情，常常被冠以冷漠、粗鲁、不解风情的帽子，可杨鸣柳却偏偏从他的音乐里听出种种好处，表面的冷酷更显得压抑中的情绪暗潮汹涌。

打开音箱的第十六分钟，听到熟悉的第三乐章，B 小调回旋曲，旋律源于勃拉姆斯的歌曲《雨点之歌》。

"雨声淅沥，忆起我旧时歌曲。每当屋外细雨，我们在门前同唱此曲……"

因为自己也弹琴，杨鸣柳喜欢细微指法在琴键上游动的表达，喜欢小提琴与钢琴的流动交替。乐章的第一副主题优美如歌，摆荡着怀旧的青春华彩，第二副主题则以复弦奏法奏出悠长的降 E 大调旋律。两个副调抒情又动人，让她不知不觉想到两个男孩——文异和郑诺章，如果姑且还能叫作男孩的话，实际上他们已经离天真的年纪越来越远。过滤掉不开心的过去，美妙往事会像电影画面一样连接起来。还好两个人都不可能出现在杨鸣柳的未来里，否则她该怎么做这道最难的选择题。

　　沉浸于漫无天际的想象，门铃响了。肯定不是室友欣照，为避免和自己多说话，欣照一定会自己掏钥匙开门进屋。自出名之后，江欣照和杨鸣柳渐渐生分，这位同住的朋友仿佛很看不惯她的事业风生水起。杨鸣柳起身朝猫眼看，原来是鹰子到访。

　　"怎么了？"看鹰子进门的样子哭丧着脸，大风大雨也掩不住她昏天暗地的悲戚。杨鸣柳还从未见过、也不敢想象鹰子会是这副模样。

　　"我再不能和她在一起！"她嘴里的"她"毫无疑问是苏紫。

　　"可是为什么？明明风头过去了啊！"

　　"你不知道，有些事情永远不会过去。我只期待我们是经历完整的爱情，遇到，喜欢，厌弃然后分手，那就已经是天大的福分，那样就一切都会过去。如果是硬生生被拆散，也就一辈子都过不去这个坎。"

　　杨鸣柳哑然不知所措。这个时候她想起文异。大学时期未完结的感情至今如鲠在喉。她到死也忘不掉那种感觉。

　　"那你们就不能好好继续吗？吵点小架没关系，千万别矫情。"

　　"这次是真的没办法了，被媒体拍到我在她家的图片！"

　　"哈？"杨鸣柳蹙起眉，真不知道如何是好，"找找报社的关系行不行？"

　　"你知道她一向高冷，跟媒体关系处得一般，而且这照片多值钱，香港的媒体又都是怎样？不可能放过我们的……现在，终于明白等待判刑的囚犯心中什么滋味。"

　　杨鸣柳知道，任何劝慰在这样的时刻都显得苍白无力，公众人物就要向大众毫无保留地开放一切私人空间，在普罗大众的目光里存活吗？无数名人明星就这一议题展开讨论和讲演，但摆完论点论据之后，现实依旧原封不动。杨鸣柳深知这些，索性到储藏间捞出一瓶白兰地，高度蒸馏酒的酒精味过于浓厚，或许这样才能让女朋友忘掉烦恼，好好睡一觉。

❺

　　一个人是否活得有意义，全在于回顾过去，那些生活的碎片、起承转合能否构成一首乐曲，结构当然曲曲不同，但都有回环往复的精彩时刻。

　　杨鸣柳的音乐改换场景，兜兜转转，这一段和那一段总有交叠。偶然与巧合让她觉得，她的生活绝对可以编成一曲跌宕的歌。

　　比如在银石饭店的庆功宴上，她又一次见到雷浦、吴延非、郑诺章三个人聚在一起的身影。这让她想起一年多以前，法国的月亮比如今的小巧些。大概是因为在香港，大家都活得太通透、太清醒。

　　而银石，这所饭店也够像小说里的存在了。南北一字排开的三栋欧式洋房，坐落在太平山临海的半山腰，不大，散发一股搁陈了的铜钱味儿。它们浸在海滨南方潮湿的气息里，少说已经五十年。还好地基打得高。

　　在月亮升起、日光还未褪尽的时间，一辆辆兰博基尼、劳斯莱斯，如一批头顶带着骄傲勋章的良种马，顺着盘山公路驶了上来。车里面装着衣装打扮隆重精妙的男男女女。他们在昨夜也许酩酊大醉，直到街灯熄灭时回家，白天酣睡，夜间匍匐出行，陶醉于夜间行者的迷乱与癫狂。

　　雷浦、吴延非都是东道主请来的宾客，加上近期没什么戏拍，更愿意早早出来交际。宾客马上就要来齐，趁这之前，怎么也要跟主人家套套近乎。

　　"轻轻松松地，《最高机密》斩获 6 亿港元票房，跻身香港电影年度票房第二名啊！郑先生的处女作，厉害。"

　　"一开始我们就没想着将这部电影局限于香港这片地域。"郑诺章严肃地皱皱鼻子，一点不谦虚地说，"票房我并不满意，勉强算个及格分。以后在题材选取、制作组织上还需再慎重些。"

"一部电影有一个亮点就足够了。"雷浦笑道，"总算有个角色能被人牢牢记住。"

"是哦，这个，郑先生是不是还要感谢雷导？"吴延飞也笑了起来。

身边讪笑的两位明显暗指郑诺章和杨鸣柳关系匪浅。郑诺章看出来了，也觉得他们说的没什么不对，自己的确对这姑娘动了心。不过绯闻对于女生的名誉总是不太好，为了破除嫌疑，他反而大方地说："杨小姐，演戏确实很天才，光是率真这一点别人就比不了。雷导，还真是多亏您的引荐。您还得继续领我这个新人多见见世面。"

"不敢当不敢当。"雷浦呵呵一笑，说着眼光飘向不远处的杨鸣柳。

杨鸣柳正在海风里和姐妹们说笑。这样的时刻邀请她们，她知道她们会毫不犹豫地答应。不过女孩们参加 party 并不全是因为友情。除了鹰子有几分真心，其他人无不处心积虑地装扮着，红唇素衣也好，披上醒目的斑马条纹也罢，谁都盼着遇上几个贵人，从此交上好运。

而电影女主角顾曼妮又在找她的男伴。眼看着就到了庆功宴正式开始的时间，男朋友 Ronnie 又不见了踪影。她正准备绕道进园子里寻他，却被助理拉住："曼妮别去了，马上就要上台了。"

"哎哎！"她兀自感叹，盛装打扮上台庆功，这辉煌的时刻美丽的模样不能被男友看到，真是一大损失。

"没事的，Ronnie 哥自由惯了，他的个性您还不知道吗？您正牌女友的位置，早已是稳稳当当。"助理接着安慰道。

"当然不会担心他什么。"顾曼妮轻飘飘地说。近一两年，但凡是公众场合、正式场合，Ronnie 都是和她携手同去。不管 Ronnie 身边有多少狂蜂浪蝶，总是撼动不了她顾曼妮的地位，好歹她也是一线艺人呢。让她真正觉得碍眼的，是年纪轻轻、凡事都与她比肩的杨鸣柳，不论是演戏、绯闻，还是富二代的宠爱，这个入行不到两年的小艺人都处处压制了她。逮到机会一起上台采访，她必须揭揭这姑娘的老底。

七点钟声敲响，庆功会正式开始，主持人是英视传媒娱乐综艺部的当家小生，打着领结诙谐上场。他先请上了男女主角陈城、顾曼妮。可重要的角色通常是最后出场。最后上场的，是影视新贵杨鸣柳和制片人郑诺章。

"两个人好登对！"主持人笑着说。杨鸣柳习惯了这种玩笑方式，脸不红心不跳，大度地笑起来。倒是郑诺章脸上流露出一丝介意。他不习惯高调。

"郑先生投资第一部电影就开门红，跟大家分享分享经验？"主持人问道。

"不敢当。票房不错是多得朋友们捧场，电影方面，星月影业也还有很长的一段路要走。"郑诺章微微皱了皱眉说。

"郑先生总是这么严肃。"主持人嗔道，"那我们请两位女主角聊聊，这么年轻的团队、制片，是怎么打动两位大美女一起参演电影的？正所谓，一山不容二虎啊。"

"哪里哪里？"顾曼妮和主持人很熟络，在台上开起玩笑，"说真的，这部电影投资大，男主角又是陈城先生，没有女演员会拒绝啦！拍摄的整个过程很艰苦，但是也很享受。"

"那杨小姐呢？"

"嗯，我遵从公司安排接演的这个角色，最后却发现，真心喜欢这个角色。感谢我的经纪人选了这部戏。"杨鸣柳微笑说。

"可不仅仅是遵从安排这么简单吧！鸣柳，制片人那么一大箱衣饰珠宝，还不足以让你动心吗？"顾曼妮突然洋洋洒洒地说了起来。周围的媒体和观众则是故作讶异地哗然起来。

"顾小姐，您，您是指戏服吗？"杨鸣柳本来平和地站在舞台上，突然被顾曼妮一句话，激得一时语塞。

"当然不光是戏服……哦，我可什么都没讲！"顾曼妮娇滴滴地掩住嘴，一副不小心说错话的样子卖个乖，轻巧的笑还浮在嘴边。杨鸣柳则全然懵了，还没来得及琢磨顾曼妮的遣词造句有什么深意，就被闪光灯晃了眼睛。

"哎哟，有故事哦！"主持人不能让局面冷场，打破了僵局。

"哪里有什么珠宝，演出服罢了。顾小姐，服装还是紧着您先挑的，您真是贵人多忘事。"郑诺章冷峻严肃地接过话，跳出来帮杨鸣柳打圆场。他见顾曼妮似乎张嘴还要说什么，连忙朝主持人使了个颜色。

主持人赶紧回复："难怪啊，制片人都亲自做造型了，难怪大家看到电影里的两位女主角都这么光鲜亮丽！"主持人一句接一句跟着手卡上的指令调节气氛。而这一段小插曲也被台下的媒体记录在案。话题虽结束了，台下的人们免不了议论纷纷。

访问结束，用餐结束，舞会正式拉开帷幕，乐团演奏着室内乐，院子里的明黄色灯箱也点了起来。大家也随着音乐的节拍褪去拘谨，聊天的聊天，跳舞的跳舞。

杨鸣柳刚和导演跳完一曲，"我得休息会儿啦。"她边笑边退到树荫之中，庭院大概刚修剪过，草叶间散发着青翠的香气，令人忘忧。

正悠然陶醉在树影之间，背后忽然有人牵起自己低垂的右手，杨鸣柳惊得浑身一颤，扭头一看，原来是郑诺章站在身后。

"想什么呢？也不去舞池跳舞？"他低声温柔地说。

郑诺章的手冰凉而熟悉，不过杨鸣柳轻轻甩开手，不回话，只是看了看他的眼睛，一副"我不想跟你说话"的神情。

"别生气了。我喜欢你，你看看这满世界的人，谁不知道我喜欢你？为了你，我随时可以豁出去！"

"满世界的人，还没人不晓得你跟林家定的亲事呢！"杨鸣柳仿着他的语气说。

"只要你愿意跟我在一起，林逸的事情我一定解决。"郑诺章说着信誓旦旦的话语，语气却分外平和，仿佛这话里并不蕴藏誓词应有的浓情。

而杨鸣柳听了愈发生气起来。"这是在谈条件？要是我不愿意跟你在一起呢？"

"这是在拒绝我？"郑诺章仿着杨鸣柳的语气说。

"为什么你们男人做每件事总要想好退路。永远不会全心投入，永远不会 all in。"

"什么意思？"

"你说呢？我必须先承诺跟你在一起，你才会离开她，这未免也太机智了。我是选择一，当选择一不满足条件，还可以退而求其次，对不对？归根结底，我俩谁都不是双方的唯一。"

"很多事情，不能解读得这么简单粗暴。你也知道我所处环境的复杂，我的话不是这意思。"

"那是什么意思？有什么不能直说？"

"一个女孩子，还是不要这么咄咄逼人。你这样子不可爱，还是温顺点比较可爱。"

"直男癌！你有没有听过一件事？"杨鸣柳抿嘴一笑，"安倍送了一条秋田犬给普京，一年后，访问俄罗斯，普京在家招待他，秋田犬也跟在左右。安倍逗狗，说它很可爱，普京回答，是可爱，有时也会咬人。"

"所以呢？"

"所以你只见过我温顺，没有见过我逆反，也无法容忍我发脾气。一个人是没法改变另一个人的，不能互相包容，又怎么交往，怎么在一起！"她气呼呼地说。这世上，没什么事需要让我隐忍度日的，更没什么人能让我卑微屈膝！她心里仿佛跑出无数个执拗的小孩，个个举着旗帜高喊着。

眼睛里面揉不得沙子的人，面对退而求其次的爱，一定会坚决抵制。

❻

2016 年 9 月 5 日 23 点 12 分，我再也不相信郑诺章先生。杨鸣柳在记事本上写下这么一句。某些需要让自己死死记住的时间点就像树干上的刻痕，即便再疼也要剜割下去，为的是让自己长记性。

此前的下午，杨鸣柳还一边在皇后饼屋享用下午茶，一边和郑诺章聊微信。虽然两人常常起争执，但也一直断不了联系。

而剧情陡转是因为 10：40 的时候 Ronnie 给杨鸣柳发了微信："正在去铜锣湾 Albizzia 的路上，郑诺章林逸他们都在你来不来。"Albizzia，拉丁文中合欢树的意思，是一朵开在轩尼诗道某座不起眼高楼顶层的烈焰之花，占据着繁华旺地的高点，又收录了世界各地的美酒。杨鸣柳确实跟郑诺章去过一次，那天自己品尝的是德国产樱桃啤酒。

杨鸣柳当然不知道，这是顾曼妮趁 Ronnie 去洗手间，偷拿 Ronnie 手机给她发的微信。

而 Ronnie 突然邀约，杨鸣柳觉得意外。意外之余，心里落了点不满。郑诺章并没和她说起这事。她本想倒头睡觉，却有些担心郑诺章会喝多。于是抬手按键盘问了一句，"我快睡了，你呢？"

谁知微信那头他说，我也快了，洗澡马上睡，晚安。

看了这句话，杨鸣柳躺在床上张大嘴惊异地叹了口气。这点小事，他的隐瞒有必要吗？居然娴熟地骗起人来！

虽然他曾让她觉得亲近无比，但在香港，她又时时感到他的冷峻、古怪和陌生。两个人的生长环境大不相同，也许这就是他们之间横着的一条无法跨越的鸿沟。

第十章　旧爱

❶

与旧爱重逢是一种什么样的情景?

"当然是我做足了万全的准备,而对方猝不及防。"深夜收工,女生们在凉茶铺里围桌而坐,往大盅龟苓膏的表层涂抹蜂蜜的时候,曾经聊到这话题。那时候,杨鸣柳洒脱地说。

自己要无懈可击地现身,这并不是什么难事嘛。作为艺人和女人,最擅长的事莫过于演绎和打扮啦。比如在透着阳光的米其林餐厅里戴一顶爵士帽,小口小口优雅地享用草莓蜜糖蛋糕,或者一身针织上衣、棉布长裤装束,披着早晨的露水在花店里摘选亮丽的白玫瑰、紫罗兰。总之,在貌似不经意相遇那瞬间,即便是惊讶的神情也要演出定制化般的完美。

无奈现实是,例假刚刚过境的一天,杨鸣柳睡到十点钟,只涂了层面霜的她戴了大黑超和白色口罩,就匆匆赶往广告拍摄现场。径直冲到熟悉的化妆师 GIGI 跟前,马上摘了口罩和墨镜。"快给我遮遮,最近脸上的痘痘真是忍不了,不过我想索性到这里也是要化妆啦!"她兴冲冲地说。

"好的好的,你已经迟到了!"GIGI 看着吐舌头的杨鸣柳说,"边化妆,导演边帮你讲讲脚本。"

余光里,一个头戴巴拿马草帽的男人向自己走来。他穿淡黄色衬衫,随意又服帖,身型高大健硕。这身影让杨鸣柳心里暗暗觉得熟悉,就像在异地街头,陡然闻到故乡十月秋桂的香气,一转脸,文异就这样站在眼前。

"这个人每次出现都是这么莫名其妙啊!凭什么!"杨鸣柳心里暗暗想。不等怀旧、苦涩、尴尬这些复杂的情绪涌上心头,她就已经被激怒了。此人仿佛在自己身上安了定位装置,怎么随时随刻都能找过来？而自己却对此人毫无掌控能力，永远摸不透他的行踪。

"杨小姐，好久不见。"他微笑，健康黝黑的脸部皮肤光洁。

"……Hello。"杨鸣柳也不得不打招呼。旁边的化妆师估计纳闷，这两人原来是认识的呢。而杨鸣柳看看镜中的自己，睡得眼泡浮肿，双颊残留着生理期带来的痘印儿。

"今天就几个镜头，棚内场景，但是要多拍几次。因为要配合机位。"他拿着一沓分镜头画纸，交到杨鸣柳手里，"你也看看，反正你都懂的。今天，妆容越简单呆滞越好。你需要在那堵砖墙前面，一个人吃一顿豪华的午餐，要表现出不爽、烦躁、闹情绪。最后掀掉桌布。"

"哦？这个我在行。怨念嘛。"杨鸣柳白了他一眼。

"对啊，看你今天的状态，也蛮适合。"文异歪了歪嘴角坏笑了一下，激得杨鸣柳立刻嘟起嘴来。跟这样的人，再久不见面似乎也能两三秒变回零距离。

拍戏过程还算顺利，文导演这位"老朋友"并没刁难杨鸣柳，好几个镜头都是一次过。完成工作已经是下午。"我们去吃个下午茶吧！"郑诺章认真地看着杨鸣柳的眼睛说，"大老远来香港一趟，怎么能不请你。"

"不用了，我不饿。"杨鸣柳瞅了他一眼，然后转头不看他。

"可不是吃英式下午茶，有家西北馆子，烤串、面食和西安那边一模一样，我爸爸的好多朋友来香港拍戏都必吃的。"郑诺章依旧认真地说。

"走吧！"杨鸣柳睁大了眼睛。除了川菜之外，好久没吃这些中式重口味啦，为着烤肉也必须去啊。"现在走吗？"她想跟去尝尝鲜，为发掘一个新的美味食肆，也顾不得什么颜面。

"你还是一如既往的吃货啊。"文异忍不住笑起来。

杨鸣柳又白了他一眼。谁会跟美食过不去呢。

2

棚内的片场，人来人往，工作的热浪让大家专业且专注。直到二人单独相处，几年前的尴尬才慢慢发酵。文异开车，杨鸣柳坐后排，视线偶然在后视镜里交错，又避让。嘴上没有一句话，心头攒着千万句。

还是先吃起来吧！到了湾仔，把车停到一栋大厦的停车场，从停车场钻出来，穿行于港岛寻常的长巷，两边的高楼将天空挤成窄窄一条，两人穿过热闹街区，走得僵持又匆忙。杨鸣柳跟在文异身后，不想太近，而领路人时不时放慢脚步顾及后面的女孩，灼热耀眼的太阳底下，她好几次撞上他的肩。这样花了五分钟，终于来到一栋四层老洋房的门口，建筑的外观符合西餐的雅致。"到了。"这就是纯粹的西北土菜馆吗？

木材装饰的餐厅里，整整一面墙铺满镶着铜质拉环的百子柜，窗上纹络交疏有致，桌椅全是漆木的。大堂边边角角的位置则挂上半透明的暗紫色幔帐。文异领杨鸣柳在一个角落坐下，服务员随之端上来一壶刚沏好的龙井，和煦又不讨人厌地打量了一下杨鸣柳，显然是认出了这位演艺红人。

"文先生，今天来点什么菜？"服务生用标准的普通话问。

"跟往常一样，对了，烤肉和烤鱼麻烦 double 一下。"

等到烤肉端上来，杨鸣柳一下子胃口大开。"港岛居然有这些！不可思议。"这些烤串每一串都细小焦香，闻起来就知道是请了个西北厨子在烟熏炉子上熏烤出来的，而且这种小烤肉串熟得快，最嫩也最入味。

"快尝尝吧，多吃一点，每天都吃的跟兔子一样素吧。"郑诺章亲切地说。

"少油少盐，其实有助于身体健康。"一边说，杨鸣柳一边捻起肉串吃起来。她咬了一口就惊呼太正宗啦。她的世界里，理论和实践永远可以灵活转化。

大碗的醋拌蔬果、小碟的麻酱菠菜、松茸汤、碳烤虾贝搭配烤鱼烤肉，再加上美味的枣泥糕和花生芝麻糊做甜点，相当中式的完美一餐！杨鸣柳开怀大吃，文异则在一旁时不时动筷子，大多数时候，看着她的眼神像在宠溺自己食欲旺盛的孙女。杨鸣柳则在心里默默想，这家伙对菜的品鉴比以前好多了，还不都是我的功劳嘛。

在欧洲的时候，他曾经就着一桌子牛排羊腿火腿大杯喝啤酒，那时候她说，亏你是中国人，凉配热、荤配素、咸配甜，这才是五脏俱全的美味大餐。现在，她教的他都学会了，不知用这招追了多少女孩子呢！

脑袋飞转，也不影响嘴边的吞吐。说到鱼的种类，文异选的是最普通的鲫鱼。如果是一般男生，肯定会选择刺少的鲈鱼或多宝鱼，这一类价格稍贵的海鱼，似乎让餐点看起来更隆重。文异点的鲫鱼，虽然刺多，肉质却甜嫩，是杨鸣柳的最爱。"鲫鱼烤起来味道最棒了。秒掉其他所有鱼类。"杨鸣柳满足地说。果然跟前任吃饭有好处，自己的喜好他一清二楚。

"那多吃点。"文异笑嘻嘻的，"不过还是慢点，知道你从没被刺卡过，但也要多注意。"

"你怎么知道我没被鱼刺卡过？"杨鸣柳突然问。

"哎，不是没有吗？好像每次一起吃鱼都很大胆的样子，也从没被卡过，至少我们一起的时候没有啊。"

"哈哈哈，现在跟你说吧。"杨鸣柳不知道是吃得高兴还是怎样，在前任面前竟一扫小女生的娇羞，豁达得很。"告诉你，我爱吃鱼不假，当然也被刺卡，你看我如果忽然埋头大吞几口米饭，就一定是鱼刺入喉啦。"

"那你为什么不说出来啊？这样多危险？"

"喝点醋，咽几口面食或米饭，自己默默吞下去。很多事情，忍忍就过去啦。再说，作为从小吃鱼吃到大的人还被鱼刺卡住，多没面子啊！"

"对不起。"文异嘴里突然蹦出这句话，直面杨鸣柳的眼睛变得严肃难过起来。

他在抱歉什么？道歉来得这么迟，有用吗？到底是女孩，杨鸣柳心头委屈，眼睛一酸，眼圈立即红了。陷入伤感的那一刹那也同时意识到，没出息，难道还这么在乎？认真我就输啦！

"唔，咬到牙缝里一颗辣椒籽啦！"

她噏起嘴倒吸一口凉气，灌了一口茶水，微苦的味道咽下喉咙后马上笑起来。"怎么突然说起这话了？真是废话。"杨鸣柳想找打圆场找台阶下。

"对不起，三年前，你也一定是忍得辛苦吧！"

"哪儿跟哪儿啊！我在说吃鱼哪。"

她用筷子戳着干干净净的鱼的骨架，避开话题顾左右而言他。

"真不错！整条的鲜美鲫鱼和那些常吃的切片腌制的水煮鱼比起来，完全是两种风味。"

吃顿饭，不得不对着鲫鱼发一番感慨，自己被逼到什么分儿上了，可想而知。

"你先吃，好好吃。"

文异看着面前的女孩，声音显得愈发温柔。想当年，她明朗的面容在第一时间就击中了自己。他想象着自己的成长环境，如果也如同杨鸣柳这般沐浴阳光该多好。可惜两人反差实在太大了。在北京西城区那所冰冷豪华的大宅里，家里无休止的争吵、抱怨、打闹，就像一年四季干燥的风，使一个孩子精疲力竭。

❸

直到长大了还常常梦到北京的家，门口有个普通小孩都憧憬的三四十平方米的院落，那片地从来开不出花，仿佛阳光照不进来。在吵闹的日子，文异会悄悄避退到院子里，哪怕严冬的北京再冻人，与争吵的父母隔开一堵墙、一扇门，总归好些。但又不敢冻病，否则自己的病也会成为爸妈争执的导火索。只有爸爸去组里拍戏的时候，家中才会安然几分。想想也奇怪，明明父母亲门当户对，父亲是出身文艺世家，三十岁出头就名声斐然，母亲也是京城大院的高干子弟，骨子里透着骄傲，两个人怎么会一见面就成了宿敌？他宁愿爸妈是各玩各的，天南海北、互不相干。可惜，如果说男人天生追求欲望而不懂爱，那多数婚姻里的女人有的也只是执念。文异就不止一次地听母亲歇斯底里的吼叫："你怎么不去找你的秦师妹！"

"好啊，离婚，我们离婚！"这个话题从父亲嘴里已经说过无数遍。

"呵呵呵，想得太美！我能让你好过吗？"母亲嗓音低沉，当偶尔尖锐呼叫时，那声音可怕得让人不敢认。幼年的他如果还对这类争执感到恐惧，长大后就渐渐麻木，甚至细细分析这些重复了千遍万遍的争吵中蕴含的怪异逻辑。妈妈为什么不能让爸爸过得好呢？为什么不放过自己，让自己也过得好一点呢？分开或者在一起，不都是为了过得更快活嘛！像螳螂生吞配偶一样吃定对方，难道是为了补充蛋白质？

在日积月累的争吵里，文异还认识了另一个人，母亲口中唤了无数次的人——秦师妹。文异起先也不知道这女人是谁，不过姓氏单字为秦，在冷峻的北方，这个字乍一听就令人想到江南水色的柔媚。父亲是戏剧学院毕业的，这女孩应该也学艺术。

无聊的时候在家翻阅爸爸的相册，背后写名字的毕业集体照里，怎么都找不到一个姓秦的女子。这也难怪，她约莫年纪小些，而且不一定是同系。父亲年轻时的郊游照呢？里面倒是经常出现三两个漂亮的女生，不过一个个敢在家里的相册上笑得这么灿烂，一定不是妈妈嫉恨的对象。她可是会把情敌的脑袋从照片上剪下来的。

　　直到高一某一天做物理习题的时候草稿本用光，就去爸爸的书房里找点废旧本子来用，从柜顶的旧皮箱里，找到一沓精美老旧的笔记簿，里面写着一些经典老片的观影感受。每一本都不厚，多数是密密匝匝写满了字。有一本最特别，装饰着绿色泛光的绒布面，打开看看，笔记簿里只写了几页纸，后面都是空白。

　　簿子真的很美，翡翠绿的颜色，当年一定很被主人珍惜。文异拍拍灰尘，摩挲着封面，草稿本就它了。打了几个星期的草稿才发现，本子中间的某一页，奇迹般地、横横竖竖将一个人名练习了好多遍，沈明秦。

　　终于找到她啦，一定是她！文异自己也曾将喜欢的女生的名字默念几遍，上课走神时把名字抄在课本上。若不幸被老师同学发现，便用嬉皮赖脸的说笑掩盖内心的羞涩。阅人无数、高高在上的爸爸，原来也经历过这么卑微的喜欢。

　　大概找这个"秦师妹"太久，找到了，一点也不为母亲抱不平，反而如潦倒侦探，破了宗大案似的，出奇地开心。

　　文异兴冲冲地到爸爸母校的图书馆、资料室，查沈明秦的信息。她比爸爸小两届，表演系，毕业演出扮的是经典剧目《风雪夜归人》里敢爱敢恨的玉春；在毕业照片上，这位小小的蓝衣女孩略带羞涩、低头浅笑，一缕黑发不老实地扫到眉角。

　　文异也在网络上搜寻沈明秦的消息，作为演员的她考入文工团，不慌不忙、精挑细选地演了几部电影，参加过戛纳电影节，也在国内影展上获得过影后封号。不过在最风姿绰约的年岁选择退出演艺圈，急流勇退，似乎是那个时代聪明女人的一贯做法。

　　她在老电影里的样子极美，穿旗袍时杨柳细腰摇摇曳曳，露齿一笑大圆眼睛化成月牙弯。演民国名媛也好，演庄稼地里的劳动女性也好，甚至演舞刀弄枪的女警官，浑身都彰显着那个年代的风情，浓妆淡抹总相宜，让人讨厌不起来。

　　原来母亲一直在为一位当年的优质偶像吃醋。一个女人对丈夫感到不满的根源是另一个女人，不稀奇。悲剧的是，"秦师妹"其实只是一个假想敌。

因为沈明秦退出影坛后就结了婚，嫁作商人妇，安生地过自己的小日子，纷纷扰扰的世界全都被挡在了窗外，就不会和文昪的父亲有什么瓜葛，更不会对这个小家庭造成威胁。婚后她鲜少在公众场合露面，偶尔参加慈善晚宴，装扮很是低调雅致，上了年纪，也不像许多艺人靠整容术留住青春，而是安安静静从从容容地老去。

确实是完美的女人。如果当年是她与父亲结了婚，变成我的母亲，生活又会有什么不一样？自己的家，一定温馨美满，周末的时候小院会聚亲朋，灯火冉冉；娶到所爱之人的父亲会不会减少些抱怨，多添些耐心，改了火爆的性子？而在父母相爱的环境里成长的孩子该有的骄傲和自信，自己都会获得。文昪看着沈明秦的照片时常感叹，心内小小的幻想像卖火柴的女孩用火柴划出的光亮，微弱而暖人。

没想到，"秦师妹"的影响力辐射到了十年后。

那时文昪和杨鸣柳正无忧无虑地谈恋爱。有一天杨鸣柳电话给他，约他在哈罗德百货门口见。

"有个人介绍给你认识！"杨鸣柳开开心心地说。

文昪当然如约而至，到了哈罗德时间还早，就跑去街角买了一束黄玫瑰，走回约定的地点时，远远看见杨鸣柳已经到了门口，身边是一位戴帽子，穿卡其色格子连衣裙的中年女人，正和杨鸣柳挽着手说说笑笑，中年女人一扬脸，虽然隔着人群，文昪还是看得真真切切，竟然是沈明秦。当下他就僵在原地。

杨鸣柳、沈明秦，两个人都是细白皮肤，杨鸣柳是油脂分泌旺盛的年轻的粉白，沈明秦是透明的质白，杨鸣柳脸盘圆中带尖，沈明秦是标准的鹅蛋脸，她们长得并不十分相似，但眼睛骗不了人，水灵灵的杏眼一模一样，举止又如此亲密，一定是母女。

世界太小，上帝也太爱开玩笑。母亲的假想敌，自己憧憬的完美人生，都有这个女人参与，虽然暗含渴盼见面的心情，但也觉得自己还是和她远远的毫无交集最好。一旦出现在真实生活中，心里便是一番无法言说的滋味。不是难受、尴尬，或者羞怯，是心虚和不安，仿佛一个丑陋的隐私被戳穿，自己便落进好不容易远离的难堪生活，在伦敦街头，猛然被打回原形——那个唯唯诺诺躲在角落的小男孩从未消失。

如果走上前去，她会怎样温和地对待自己？还是会对女儿的男友气不打一处来？管不了那么多，文异只是本能地回过头，逃走。不能让杨鸣柳看到如此失态的自己，且自己也绝对不能安静地出现在这对母女面前，承接她们的目光。唯一的选择就是一走了之。

这一走就是三年。三年前，23 岁的文异还太年轻，自从见到沈明秦后只和杨鸣柳看过一部泰伦斯马力克的 *To The Wonder*，影片的画面美轮美奂，充满关于爱的呢喃、独白、旁白，杨鸣柳却没发现，文异在漆黑的座位上默默流了泪。然后再一周，他连借口都不找地跟她说分手。抛下一个温良美丽、对自己满怀热情的女孩子，该找什么理由呢？可是看到她，除了怦怦然的心动，苦涩的味道压制了甜蜜。就像任性的青年，明知道啃食黄连能治病，却偏偏不愿尝苦，只能留病养身。

而这位倔强的女朋友，也是连一次挽回都没有，连一句理由都不问。

如果她跑到他楼下等他，不需要眼泪汪汪，哪怕只要略带委屈地询问原因，他也许就会心软揽她入怀，收回自己不像样的决定。可是，她一次都没有问过。这不免让文异怀疑起这份感情。一直以为可爱的女友只是在装淡然，原来，她是真拿自己不当回事。

起初，文异只是生气，于是他找了别的女孩子一起嬉闹游玩，直到在大街上面对面撞到杨鸣柳，她也完全一副不理会自己举动的架子，她眼角眉梢流露的不是不开心，而是彻头彻尾的不屑，这可真是把文异激怒了，还没等他做出反应，她就神速转战香港，溜进了纷繁复杂的娱乐圈。

　　不就是去香港吗？我当然也可以。26 岁的文异带着手边的拍摄案子，来到这座光彩逐年暗淡的南方城市。

❹

　　接吻那一刻，杨鸣柳才知道自己已经不爱文异了。橘色落日洋洋洒洒涂抹油麻地的旧街区，库布里克老影院前的小广场，电影已散场。

　　这是拍摄第二天、任务结束后的下午。文异说要去参加师兄的第一部长片放映仪式。"哪儿？"杨鸣柳漫不经心地随口问问。前一秒她还在镜头前堆积情绪，后一秒便整个人垮下来，总算不用浑身绷着那根弦啦。

　　"油麻地的电影院。远吗？"文异顺便问问这位"老香港"。

　　"哇，香港到哪儿都不远。我也一起吧！"一时兴起，是因为这是一家油麻地著名的艺术院线，也是她平日最爱光顾的戏院之一。

　　放映式是为时半小时的短暂座谈，讨论了几个玄而又玄的问题之后，影片开始放映。片子有种想下雨可始终下不来的郁闷基调，讲述一个寄宿在法国单亲家庭的中国女留学生的故事。法国的小农庄美是美，却没表现出纪实影片的粗粝质感。"唯美没到极致，说写实又不够写实。"两人交换了一下观影意见，虽然是熟人的片子，他们还是在黑暗中草草退场。

　　像逃课的孩子一样，他们闲闲地逛了逛影院旁边的小书店，在凉茶铺的落地窗前喝了碗凉茶。大茶缸散发着药材气味，蝉鸣若断若续，苦夏只剩一个短短的尾巴。

　　"五点四十，还很晒呢。你的车停好远，我坐计程车好了。"两个人站在戏院小广场的树荫下，杨鸣柳抬起腕表看了看说。

　　"不不，我开过来吧。"文异应到，马上迈开步子要去取车。

　　"其实不用的。"见文异就要去开车，杨鸣柳伸手轻轻拽了拽他的 T 恤下摆。文异一回身，她就站在他身后，还是跟从前一样脚踏一双平底鞋，比他矮了一个头；透亮的双眼望着别处，有种心不在焉、漫无目的的漂亮。还是那个跟着他在伦敦大街小巷整日游荡的女朋友啊！他想着，就这么不克制地迎上她裸色的嘴唇。

"你怎么敢！"当文异凑过脑袋的刹那，杨鸣柳还没搞清状况，后一秒她就想，他居然这么大胆。

然而在他唇边尝到二十四味凉茶的味道，菊花茶、茅根、淡竹叶、金银花、葛根、鱼腥草、山药、决明子、陈皮、薄荷、茯苓、桑叶、蒲公英，都是腥苦的自然原味，也许还有百合、栀子、黑芝麻、竹蔗水的一点点清爽，来反抗那些食材之苦。她睁大眼睛，又使劲眨了眨眼，闭上眼感受。就像浅尝一个老朋友的唇边余味，打开味蕾，满嘴都是复杂的味道。只有味道，真的只有味道而已，不再有最初拥吻那滋味——一颗心就快从胸膛里挣脱出来的滋味。

我果然已经不爱他啦！杨鸣柳心里暗暗说。

然后她才一把推开文异，不脸红，不尴尬，轻声说了句"你疯了吗？"跟着就抿嘴漏出一丝微妙的笑容。

"对不起。"文异不好意思地说。

"算了，好歹，朋友一场。你去开车吧，咱们可说好，不许再突然袭击我。"她大度极了，突然心情变好，整个人泡进了蜜罐里。

因为终于明白了一件事，自己到底爱着谁。接吻时的心跳不会骗人。她已经彻头彻尾从前任的黑洞里跳脱出来，忍不住想马上跑去郑诺章面前，全然不顾前几天自己对自己的承诺，那会儿还在本子上记了郑诺章一笔，不想再理他的。

"去 LT 大厦，中环的添美道。"杨鸣柳上车后说。

"好的。"文异开始导航。他不太敢和杨鸣柳说话，怕哪一句惹到她。毕竟在她面前总是自己理亏；千万个不对，还没能给出合理的解释，这会儿大小姐发号施令，他连忙发动轿车，调整冷气的风向，铆足了劲。

"可是你都不回家的吗？今天忙了一天了。"文异还是好奇。

"嗯，有重要的事。去港岛。"杨鸣柳愉快地说。

通过狭长的海底隧道，在高架桥上穿梭来去，天色已暗，杨鸣柳坐在副驾驶上给郑诺章写信息。"我马上到你们楼下了，能来请我喝杯咖啡吗？"她还打出一个咖啡的符号。

没回音呢。不过到了地点，她下车道谢，径直走进 LT 大厦楼下的咖啡馆。来杯冰美式然后顺便等他吧。他从来不会不回信息的。

可是直到半小时后，郑诺章才回话：抱歉，一直在会议中。你还在吗？

一直在啊。笑脸。她说。

那快点回去吧，对不起，今天实在抱歉走不开。

哦。

今天就一刻钟都挪不出吗？一直以为只有自己会忽冷忽热隐藏着感受，难道他也学会了？杨鸣柳有点扫兴，喝完饮料，默默到门口搭乘计程车。来日方长，以后等他来找自己，再跟他好好聊。可是满脑子都是他，又得陷入漫长的忍耐啦。

"看电影勾导演，半分钟 Kiss 甜到爆。"

杨鸣柳没想到自己会以这么难堪的姿态登上头版头条。这一次，绯闻的对象还不是对的人。一颗蒲公英吹进嗓子眼，就是这滋味。

原以为只有郑诺章这样的财阀二代才会整天遭到狗仔跟拍，万万没想到，一个夏天过去，自己也变成了和郑诺章一样的人，无论何时何地都仿佛站在聚光灯下。和自己站在一起的文异，也被媒体开扒起前世今生。

国宝级内地导演文秉清的独生子，杨鸣柳的男友个个来头不小，报纸的手机客户端上登载的照片像连环画，暖暖夕阳里，两个人同坐凉茶铺，走出户外，杨鸣柳拉拉文异的衣角，文异回身一吻，注解标明"长达 30 秒哦"。然后杨鸣柳推开他后，娇媚一笑，简直堪比偶像剧的唯美桥段。记者还深情地给他们配了注解，真是深虐众位单身汪。报道篇末也不忘提及郑诺章，谁叫他一直拎不清女人关系，导致自己力捧的女星移情他人，投入他人怀抱。

读着这可笑报道，杨鸣柳揉揉眼睛，真的不是梦啊。她第一个想到的是跟郑诺章拨电话，可是已经没这个机会了，自己的电话已经变成如同订餐电话、快递电话之类的公共号码，不停震动鸣叫。而且该怎么解释才好呢？难道说自己在体味他嘴边的凉茶味道？

好在看到 Rainy 的电话打进来。

"Rainy 姐，怎么回事啊？"杨鸣柳手足无措地说。

"在家吗？"Rainy 问。

"在家！"

"那就好，静静待着不要出门，不要下楼，不要做任何回应。等我过来处理。"

晚上在电视新闻里才看到，一大早，Rainy 是怎么顶住守候多时的记者那枪林弹雨走到自己的公寓来的。"没事，会给大家一个答复，先别拍，先别急着报道。稍后会给事实，好不好？"Rainy 绑着干练的马尾，戴着太阳镜，诚恳地在摄影机前解答问题，然后匆匆进了公寓楼的大厅。Rainy 的助理则把大家挡在外面，连声说"不好意思"。

"Rainy 姐！"一开门，杨鸣柳便瞪大眼睛求助。

"你看你委屈的，可见跟那个男生不是真的。"Rainy 眼睛一闪，判断太准，杨鸣柳点头。

"不过他是文秉清的儿子？他主动，倒也不是坏事。"Rainy 接着说。

杨鸣柳起先还在跟着拼命点头，听到最后一句却觉得不对劲。

"还不坏？倒霉透了！"

"你呀，就是什么都不在乎，跟你说过不能在公共场合随意行动的，对不对？都忘了。"

"我，我还不习惯。而且事情太突然！"杨鸣柳承认，那一刻是放松了警惕。

"好吧！"Rainy 撇了撇嘴，"那男孩肯定喜欢你的吧？"

"嗯，我，我也不知道。"

"那他怎么这么放肆？"

"他是我在英国的前男友。"杨鸣柳声音低低的。

"原来如此，他肯承认喜欢你就最好了，以他的身份，说不定这桩绯闻真的不算糟。"

"Rainy 姐！"杨鸣柳急得脸红，"我不想炒绯闻。"

"我知道，之前也是答应你不炒作的！可是绯闻找上门怎么办？兵来将挡吧。你最好跟那个男生通一下电话。"

"我不跟他说话，气死我了，专门挖坑给我跳啊。"

"那我跟他说。"Rainy 拿起杨鸣柳的嗡嗡作响、铃声不停地手机，翻寻文异的号码。

"Rainy 姐别找了，没有的。我，都没有存他电话。"杨鸣柳耸耸鼻子，不屑地说。

Rainy 一听，只得无奈摇头。"行，那我自己去找。"

不过这种小儿科的绯闻，事态远远不及娱乐圈那些丑闻严重的。Rainy 和杨鸣柳做了点早餐，边吃边倚在沙发上想对策。

"奇怪，碰到这种事情，我竟然比想象中要冷静一些。"杨鸣柳分析道。

"倒也是，这也不是你第一次碰到这么头版的新闻了。"她故意逗她，把重音放在头版两个字上。

"Rainy 姐你可知道负鼠？"杨鸣柳突然思维跳跃地问。

"负鼠？澳洲常见的那种有袋动物？是那个吗？看起来超级萌蠢的。"

"对，就是负鼠！它们习惯独来独往，常常深夜出行，看起来毫无防备能力。它们的天敌可是能将动物活吞的毒蛇哦！蛇释放毒液就能捕获动物！"

"所以呢？"

"哈哈，厉害了，因为蛇的存在，负鼠们在千百年来基因转变进化神速，身体里催生出一种凝血剂，可以抵抗毒蛇的黏液。"

"真的？很神奇呀！基因突变？"

"总之动物界的事情是会让人大吃一惊的！我现在，就要生产出一种抵御闲言碎语的细胞来，怎么被侵袭也不怕。"杨鸣柳说着说着笑起来。

而那位陪她一起上头条的男主角，那位看起来成熟稳重的年轻人，却是真的乱了阵脚。对于留言，他并没有培养出免疫力。为了保护心爱的女孩，他主动找到报馆自首，"是我的错，我喜欢她。"在记者面前，文异这样陈述道。

❻

古池塘，青蛙跳入水中央，一声响。

杨鸣柳觉得自己的处境如同松尾芭蕉的这句俳句，荒诞尴尬得要命。而生活真是一波未平，一波又起，惹人发笑。

不是吗？报纸上的"看图说话"风头未过，文异同学就不经大脑地发表恋爱申明，搞得杨鸣柳被动不已。正想着怎么跟郑诺章解释，郑家的反应速度倒快，两天后的一大早就爆出：郑诺章和林逸即日订婚，鲜花、场地、礼品都准备妥当。这串连锁反应，仿佛一个臭鸡蛋陡然扔进泥塘，溅得塘边的人平白无故染一身泥污，还一个踉跄栽进塘，挣扎也无益。

什么爱情？真是可笑又可怕的东西。

杨鸣柳唯有躲在家里重温伍迪艾伦的旧电影，*Whatever Works*，秉持着悲观主义隔离人世过活的老学者与一个未经涉世的小女孩在同一屋檐下，老人一如既往地絮絮叨叨。谈不上多精彩的片子，却绝对适合用来麻木失恋人的心情。不过和郑诺章，恐怕连正经的恋爱也算不上吧。那些隐秘的小心思，根本不足与外人道。所以失去之后，杨鸣柳只能默默吞咽所有不快，找不到一个可以诉苦的人。

现实往往就是这样冷酷：你所心向往之的地方，一来没有道路通往那里，二来那里实则空无一物。而烦琐的生活终究要继续。

只是，如果说此前在一座偌大城市，想起某个人会觉得自己置身温暖小角落，现在这个角落也穿透了凉风。

人世间，流浪人归，亦若回流川。

第十一章　舞台妆

❶

　　郑诺章从不相信从天而降的好运气。在他看来，一蹴而就的成功背后，一定遍布漏洞，就等人去戳穿。Ronnie 的盈正都火速中标正给了他一个绝好的机会。

　　"这个 Ronnie 有意思，原本是浪荡子一个，稳坐太子之位从不忧心的，在你变成他的假想敌之后，他便自乱阵脚，不择手段起来。简直是自毁前程。"Steven 笑着向郑诺章报告，"就怕他不出手，现在，我们已经掌握了地产那边的几笔重要资金去向，是去往政界人士的公司，仅凭这一点，立案调查不成问题。"

　　"但断事不可只断一步，就像下象棋，五步之外的棋局、对方的对招得先想好，如果不能一击致对方到死地，还不如不要开始。"

　　"说的是，如果向廉政公署举报，他们一定想办法遮掩这些资金的来路和由头。"

　　"到那时又怎么办？"

　　"你这是明知故问啊！证据我们早就有，只不过还在郑源昌那里。他这个人就像有收纳癖一样，每次秘密交易和约会的内容，都会记载在册。而他的秘书黄帆，恰巧又招惹上桃色逸事，什么都逃不过他那办公室小女友的眼睛。已经将那位女孩打点好了，现下是万事俱备，只欠东风。"

❷

　　从挥斥方遒地打造新型地标式楼盘盈正都，到走上被告席，Ronnie 的身份和心态发生翻转性变化，只花费了两个半月的时间。他的办公桌上，还堆积着新楼盘发布会上、参加秀场表演的女模特们的靓照。

检察院证实，对 Ronnie 涉嫌通过大伯郑源昌向政务司司长崔李华行贿的指控成立。指控他向崔李华夫人名下的公司"万利信托"赠予股份 400 万股，以及支付崔李华 300 万港币是行贿贿款。这笔款项也是近三年来涉嫌违法地产开发商行贿的最高金额。

第一次上庭，Ronnie 藏在大口罩后面，穿过围堵法庭入口的媒体，一改平日的放肆霸道口出狂言的态势，变得沉默不语，引得媒体纷纷慨叹。而他随后进了庭内也低头向法官解释因为呼吸道过敏病症发作，才戴口罩。三位辩护律师轮流发表意见，而 Ronnie 则坚称对行贿不知情。"公司行贿罪的指控不存在，我虽然是大伯的直接主管，但对于公诉人指控的事情，我完全不知情。"

辩护律师的说辞也和 Ronnie 完全一致。"他既没有直接策划、组织、指挥或批准上述所谓的公司行贿行为，也没有直接实施、积极参与这样的行为，Ronnie 不是此次案件的责任主体。"

另一被告人也就是郑源昌，郑源启的堂兄，Ronnie 的伯父。他为人一向低调，不太爱出席公众场合，外界都不当他是盛远集团的接班人，只道他是持有 14% 的集团股份，却老老实实待在地产部分扶持侄儿，想不到这位隐身人意外被卷进了这桩案子。作为盛远地产的副总经理，他口里也振振有词，只咬定崔李华夫人名下公司的股份赠予是因为对方有意不保障盛远地产发展有限公司方面信托在其名下的投资利益。"双方的股份渗透，您可以去跟我们的律师、财务核对。协议书的签署是不得已而为之。而且我从来没想过要真的兑现。实际上这份协议书已经作废。"他表示是对方的某些说辞，让他忌惮之下不得不承诺给予对方一定的收益权。而这承诺并未兑现，也不打算兑现。

而另一边，崔李华的夫人崔许长卿也否认受贿。她长了一张不漂亮、毫无表情的呆滞的脸，看起来即像是公务员娶的那类青梅竹马的朴实太太，语气也极为平静，号称自己并没有通过自己或丈夫的职权为郑源昌及盛远地产谋求不正当权益。"对方承诺的权益，对方没有兑现，我们从来没催促对方兑现，对400万股股票的收益权，只是询问过，没有索要。"

"那么三个月前，也就是7月18日的300万港币呢？以现金支票支付的那笔。"

"我不否认。确实向我的账户转过300万港币，那是我做顾问的顾问费。"

面对审讯崔太太对答如流，她也是波士顿大学毕业的高智商商业精英。可任谁都看得清，盈正都地块轻松被盛远标下，和崔李华的暗中协助不无关系。

两次上庭，律师们唇枪舌剑，始终找不到突破点。盛远地产的罪名似乎就缺少一个实质性的证据。在这当口，检察院警员在一个下午，突然袭击了盛远总经理以及副总经理的办公楼层。

盛远大厦坐落在上环，外墙或内装修，都保留着金碧辉煌的20世纪90年代老式公司的风范，连摩登公子Ronnie的办公室也不例外，并未大刀阔斧地改造过。Ronnie的办公室很容易搜查，基本没什么文件物品。"他确实不怎么来。"警员询问的时候，Ronnie手下的员工说。

倒是郑源昌的办公室焕然一新，黑白两调简约利落，且不说屋内挂着的几幅画作，单是正东朝向摆着的一张色调深沉的紫檀木桌，就十分引人注目。桌两边均立着绿植映衬，桌子呈现绞丝年轮，纹理纤细浮动，一看便知是难得一见的老檀木。"啧啧，这位副总俨然一副正主架势啊。"有的警员小声交头接耳，这排场和郑源昌平素表现出的低调大不相同。

在郑源昌的工作区，《二十四史》《资治通鉴》一类不太受港人欢迎的典藏书籍，他倒是妥妥摆了一排，其他文件，不过是些公司的流程性文档。

"不如连带把秘书、财务的文件也检阅一次吧。"负责这次案件的检察官提议说。

忙乱之中开始了新一轮的翻箱倒柜，秘书的办公室在总经理旁边，小小的一间，资料却是老总的五六倍。

不到十分钟房间已经一片繁乱。郑源昌的秘书黄帆这天一直在，看起来亦是木讷书生气的男人，搜索自己的房间他当然不情愿，不过表现的也算配合。书桌和书柜都检查过，检查员指着门边的原木立柜，"怎么这么大一个衣橱？"

"对啊，老板经常出席各种场合，衣服鞋帽也是我在准备。"打开柜门，里面果然挂着西装、风衣、高尔夫套装等等。

"需要看吗？不过你们负责给我整理好哦。"他平静地说。

"还是看看吧。"检察官眼神直勾勾地盯着衣柜说。

大家掀开那些衣帽，什么都没有。

"下面那层呢？"

立柜的下层是独立空间，打开，里面全是鞋，柜里飘出干燥球的味道，有点刺鼻。"拉开鞋子也看看。"警员们有点不乐意，不过也照办了，果然鞋子里面，一只小小的带锁收纳盒显现出来。

检察官胜券在握地看了看黄帆，这男人竟然还稳稳站在一边。"怎么？不打算打开给我们看看？"

逃是逃不过去了，黄帆只得开了锁，里面不是现金、不是珠宝，是一摞女人的照片。几个富商聚在一起赌钱，看谁最近交往的女人更大牌。

说到底有些有钱人就是道德沦丧的典范，不过事情毕竟是私事，和此次的案件并无关联。警员们只得悻悻撤出办公室。没露出破绽，黄帆应该高兴才是，不过他可不是喜形于色的人，仿佛打完一场有准备的仗，结局都在意料中。他礼貌客气地送这些不速之客到电梯口，助理室的美女文员 Cindy 刚巧从楼道出来。也不管周边的人事，只甜甜地冲黄帆汇报道："黄先生，早上您吩咐的，工位储物箱我已经给您快递回家了，明早就到。"

"什么储物箱？"检察官连忙追问。

黄帆重重横了 Cindy 一眼，这样的表情于他而言已经很强烈了。Cindy 这会儿不说话了，而他则抖了斗嘴角说道："都是些郑先生海外留学的小女儿的东西，不值一提。"嘴里这么说，心里也知道，这次是躲不过去了。

第二天警员陪着黄帆一起签收了他的包裹。小小的 LV 储物箱很结实，里面收着一摞按年限编号的笔记本。本子上，有条有理、密密匝匝地记满了郑源昌的出行会客纪录，八月的纪录里明明白白写着：8 月 23 日，地点，湾仔堤翠港顶层贵宾间，出席人，郑源昌、崔李华、崔夫人，商讨事宜，2016 年 009 地块招标，等等。

❸

第三次上庭，已经是第三次了。这完全超出了 Ronnie 的耐心。刚开始他好歹压着脾气、保持有条不紊的态度，依照律师说的做。可一次两次上庭，处处小心掂量，却还是在众人鄙夷的目光里被炙烤成灰，这感受他从未经历过。

十一月阴雨绵绵的一天，Ronnie 依旧从停车场足道法庭底层电梯处，300 米的距离似乎已经太长。记者们七嘴八舌的问话，他一概不能作答的。莫名的很想大声喊叫，还是憋着一颗怦怦跳的心脏。

"Ronnie 你是知道伯父支付贿款的事情对不对！"媒体跟着主人公快步移动，大都是想拍下他窘迫的样子。有了画面，才可上新闻做文章，谁知道商报网的摄像记者在人群中一个跟跄，戴着标示的摄像机原本高举着，突然砸到了 Ronnie 头顶。

其实也只是轻轻一下，未必有多严重，但导火索猛地被点燃。Ronnie 满满回转身，指指脑袋突然大骂起来："泼街！"他大叫，一把抓落口罩这闷死人的道具，"拍，拍什么拍！让你们拍！"他揪住方才那位商报网记者的衣领，狠狠往后一推，虽然人多拥挤，但人群一让，记者也当即摔倒在地。

　　"Ronnie 冷静点。"两位助理连忙拉住他。不过一连串动作太快发生，此时为时已晚，他那副狰狞的模样已经被二十多枚镜头牢牢锁定。

　　直至走近休息间，Ronnie 的情绪都久久不能平复，不间断骂着脏话。他的律师是郑源启的英国御用大律师，平时从容得很，面对暴躁的当事人却也无奈了："你可不能这样上庭，没有直接证据，你会没事。等一下少说话，按我指示的说，其他一句不说。"

　　庭上肃穆，Ronnie 不敢乱来，不过气咻咻蛮横的神色无法遮掩。律师结案陈词，他表示支付给崔李华夫人的 300 万港币，是由郑源昌上报的顾问费，Ronnie 只是协助走流程，并不知道内情，这笔顾问费连 Ronnie 的助理都知道，如果 Ronnie 要行贿，完全无必要告知助理。律师同时要求陪审团谨记，除非他们有证据证明 Ronnie 对郑源昌与崔许长卿的交易清楚知情，否则必须裁定 Ronnie 罪名不成立。

　　最终，郑源昌一项罪成，同为被告的 Ronnie 则脱罪。叱咤一时的郑源昌也辞任盛远集团副主席、盛远地产副总经理，实时生效。其儿子接任盛远地产副总经理。

4

　　像一串乱中有序的爵士音符纷纷跌落，世上的事情一桩桩、一件件，对郑诺章来说，太可爱了。

　　盛远集团的大门终于只为他一个人敞开了。不喜欢的人全都跌倒在前行的路上，即使父亲再偏帮 Ronnie，这次也只得抛弃 Ronnie 而去。"这个不肖子，居然被拍到那样的丑态，真是丢脸！"郑源启在法庭裁决出炉后变得沉默。案件似乎打乱了他筹谋已久的大计，直到几天后他才渐渐恢复精神。一天早晨，在早餐餐桌上，他跟郑诺章恨铁不成钢地唠叨起 Ronnie 的事。"记住！我可以容许你们犯错，但绝不容许你们脆弱和不堪一击。"

"好在 Ronnie 没什么大事，是郑源昌栽到这次的案子里。"郑诺章安慰地说。平日三个男人一起围坐吃饭，Ronnie 总活泼地跟爸爸东扯西聊，至少不尴尬。剩下两父子，才各自觉得需要没话找话，亲人其实是陌生人。

"是啊，不过话说，这件事也不无蹊跷。"郑源启目光一转，炯炯的双眼盯住小儿子。他在商场混迹多年，早已练就火眼金睛，嗅着气味都能将藏在隐晦暗处的线索拆解一二。而郑诺章，正专心致志的往新烤出炉热乎乎的面包上、涂抹一层厚黄油。

绊脚石一块块消失，可谁又能指责自己呢？他心里暗笑。早就明白父亲会作疑，可即便父亲再生气，也不能迁怒到自己身上。他那颤颤巍巍的老态已经掩不住，得知生病之后，他从没抱怨一句，整个人却愈发枯瘦。生活里还好说，叱咤多年的商界和职场中，唯一能指望和依赖的，现在只剩下郑诺章一个人。集团的经营权，只能交到小儿子的手中。且不说盼着 Ronnie 能重整旗鼓，就算盼他正常平安、规规矩矩地出现在自己的视线里，都相当难办。Ronnie 自从判决之后就消失得无影无踪，香港这灯红酒绿的世界里，他要遁地隐形，也是分分钟的事。

"其他的都好说，只一件事，伯父被免职，爸爸，您这下可以彻底放心了。"外人或许不知道这些年郑源启的丑闻为何总适时地爆出，但郑源启心如明镜，郑源昌和媒体的交情太好了。况且人们越愿在人前展露什么脸孔，往往自己跟这副脸孔越是背道而驰。郑源昌，表面上谦逊和气，说话都比旁人慢半拍，句句审慎、步步小心，让人捉不住什么马脚，私下却买通其他股东，默默收购集团股份，从原本的 8% 到 14%。这次郑诺章能一击之下让他爬不起来，到底是亲生子，手段比父亲有过之而无不及。

于是郑源启语气放缓："难得你明白。爸爸也不会差别对待。

你也回来两年多了，是时候接手一些集团股权。以后管起公司也顺手些。和 Ronnie 好好配合。"

"我去找找 Ronnie 吧。总不回家也不是事儿。"郑诺章不回应快要到手的股份，却说起爸爸最爱听的话——把他的宝贝儿子找回来。

"算了，公司还不够忙。他呀，指不定去日本还是去古巴晃悠了。倒弄雪茄和女人，没用的东西！"

"不会的。说是护照并没带走。我问过李伯了。"郑诺章朝正在端沙拉的管家李伯努了努嘴。

❺

"午后有空吗？我来找找你。"郑诺章在公司安排 Steven 查证股权的事，快到正午时分，便传简讯给林逸，他的未婚妻。

就像一直死盯着手机屏幕一样，林逸回复的不知有多神速。"OK呀，今天中午请了几位好朋友在家吃饭，女生啦！你要不要一起？"她用语音回复，声音活泼开心。

"午饭我约了人，饭后吧。"郑诺章永远保持着自己的步调。

"好，那你要来的时候便来，我没打算出门玩儿。"林逸一点也不生气。

林宅是一座略带东洋和风的院子，门口看起来不壮观，仅设了一方小水池，进门之后却是别有洞天。郑诺章开车从公司楼下的餐厅到此地，不过花了二十多分钟。来的次数不多，每次却都想起一年前第一次跟父亲和哥哥来时的场景：他被院门口的一只鹤吓了一跳，倒吸一口凉气。

"一只小动物，也值得这样？"Ronnie 当时坏坏的取笑。"来过千遍万遍了，它站在门边或园子里，总是很乖的！这你也怕！"

Ronnie 向来对郑诺章冷一句热一句，对此郑诺章已经习惯。其实郑诺章怕的不是鹤，这只鸟原本一动不动，他远远看去以为是个为门廊做陪衬的雕塑。走到近处，恰逢仙鹤脖子一伸，布偶般的机械动作咔嚓一下，让他本能地退了一步，一晃眼，发现水池边上躺着一条皮开肉绽的青鱼。

"乖巧的如同玩偶，实际却是啄虫叼鱼、哺食时绝不心慈手软，凶得很。"他当时就想。这天再次进园，穿过美且洁净得显露妖气的庭院流水，绕行于通往美人闺阁的小径，郑诺章想起了那只静立的鹤。

林逸和几个姐妹正在半地下的家庭影院里看美剧，浪漫惊悚的"吸血鬼"故事是女孩们这段时间的心头好。"来啦，快坐！"林逸歪在最靠边的长沙发上。她扬扬脸，暗房里只有一只小窗射进光亮，即便是这样也能看见林逸唇上的一抹橙色蜜釉，以及一身洋绉纱长裙鲜奶油般的鹅黄。

"这么多朋友啊。"郑诺章拘谨地坐在沙发边沿，"我不该来打搅你们休息的，不过，确实有些事。"

"不打搅，一起玩嘛，自己拿东西喝。"林逸不起身，看着屏幕，也没有要逐一介绍好朋友给未婚夫认识的意思。

"我是想问，Ronnie 这几日联系你了吗？他待在哪里？"

"我怎么知道啊？"林逸声音甜甜软软，脸上毫无表情。

"Ronnie 跟你都没说吗？他已经好几日没回家了。"

"呵，诺章哥哥，你从来不来看我，一来就是有麻烦事，对不对？"林逸娇滴滴的嘟了嘟嘴。懒懒的从沙发上起来，拉着郑诺章外放映室外走，上楼梯，出大厅，开门进了庭院。"大家在看片，我们还是外面说话啰。"

"嗯，我就是想好好问问你，Ronnie 不见了，我必须得找找他。其实也是我父亲着急。"

"可是连亲兄弟都不知道的事，我怎么会知道？"林逸看了看郑诺章那略带尴尬的表情，歪了歪嘴。"自从上庭起，Ronnie 都没跟我联系过！你们家这躲猫猫的游戏到底什么时候才要结束啊。"

"哦，连你都不联络，想必是他真的难为情，心灰意冷。"郑诺章瞧着她，说道。

"作为我的未婚夫，这么说我跟你哥哥，这样好吗？"

"没什么不好，他最喜欢你。如果要联系什么人，一定是你。"

"哈？你知道？这也不奇怪。我跟他的事也被传了很久了。"林逸打量着郑诺章，抬了抬眉毛。"既然如此，为什么还愿意跟我订婚？"

"他喜欢你是他的事。如果我没猜错，你也喜欢他吧。"

"跟我说，为什么愿意跟我订婚？"

"那么你呢？你为什么愿意跟我结婚？即使喜欢 Ronnie？"

"因为你适合结婚，爸爸这么说，我也这么觉得。"面对林逸睁着明亮的眼睛，阳光下使劲眨了眨。

"呵呵，那你是不否认你喜欢 Ronnie 啰？"

"你这摆明是给我设了个圈套让我往里钻嘛。既然都提起了，有什么可回避的，喜欢就是喜欢！不过 Ronnie 哥适合做情人，还是你，适合做老公多一点。"林逸依旧是洋娃娃般端庄优雅地注视着他，仿佛自己从未口吐那些世俗话。

郑诺章却还是小小地震惊了一下。意料之中的事实，没想到来得如此直白，面对自己，林逸从始至终毫不顾忌。骄傲的小公主在大庭广众之下尚能做到礼数周全，但私底下，她绝不把冒冒失失闯进童话的乞丐当回事。郑诺章突然感到一股怒气窜上喉咙，强忍着不在林逸面前表现异样。她还是甜笑如旧，她的笑容永远这般轻蔑轻佻。

她面对 Ronnie 的表情可是另一个样子。恋爱中的女人，见到自己钟情的男子，目光骗不了人，且那份洋溢的快乐情致收不住。郑诺章同 Ronnie 还有林逸常常一起出席在各种场合，几个人也一起出游过好几次。Ronnie 和林逸之间的热情默契，郑诺章完全无法企及。自己的这场订婚，乃至日后的结婚，不过是在父母亲朋面前逢场作戏。

回香港工作，是做郑家的棋子，和林家联姻，同样如此。世上被困笼中受人摆布之人，仿佛唯他一人。

许是看出郑诺章的小情绪，林逸竟然也善良起来。"别担心，我也不是不喜欢你。"她补上一句。

突如其来的安慰更让他难以置信。不知张口该说什么，他便疑问的"啊"了一句。

"奇怪吗？否则订婚来得这么爽快，你以为呢？"她接着说。

郑诺章心底原本是莫名其妙的酸涩，突然又畏惧起来。有些东西抓不住的时候心里隐隐不平，待到送上门来，反而让人躲闪退让。细细思量，毕竟自己对林逸没有半点感情，这女人的爱就连满足自己的虚荣心都不能够吧。不喜欢的洋娃娃，再美再抢手也是徒然。况且他从来没想过真的与她结婚，结婚了迟早也是离的。

末了就像布施一样，林逸瘪了瘪嘴说："好啦，虽然 Ronnie 没有电话我，有一个地方我猜他会去的。"

"哪里？"

"海城大厦 14B。他母亲的旧居。"

海城大厦靠海，郑诺章抱着试试看的念头按了电梯 14 层按钮。谁知从电梯一出来便看到一个长相俏丽、衣着暴露的女孩子坐在公寓门口的地板上，大眼睛黑眼珠和尖瘦的锥子脸搭配在一起不太协调，她满脸懊恼的模样。郑诺章环顾走廊细细一瞧，一层两户人家，女孩正是坐在 14B 的门口。

郑诺章只得缓缓走过去，示意要按门铃。"不好意思。"

女孩子哆哆嗦嗦地站起来，大厦冷气开得足，她只穿了一件雪纺无袖衫，一条短得可以的条纹短裙，个子小小的，双手环抱手臂。

郑诺章按了两次门铃，都没有人应。但直觉告诉自己 Ronnie 一定在，这姑娘肯定也和 Ronnie 相关。只是他不愿理她。

"别按了，他不会开门。"女孩子怯怯地说。

"哦？Ronnie 在里面吧。"郑诺章顺势问。只见女孩点点头，一个喷嚏抑制不住地打出来。

"你这是？"郑诺章话说到一半，向大门扫了一眼。

"我……等他开门。外套和包包忘在里头了。"女孩子有点脸红。

郑诺章认真看看，她的脸年轻又憔悴。"你怎么出门不带外套？"如果不是在 Ronnie 门口，郑诺章怎么也会把外套借她披一下。

"我……我是被他突然推出来的……"

"怎么这样？你们闹的哪一出啊？"

"里面，还有一个女人，英视传媒的 Sandy 江。"她压低声音，难为情地说。

"啊？哎！"郑诺章吃了一惊。Sandy 江，不就是杨鸣柳的室友吗？不久前的晚宴上才见过的。他叹口气，又按了按门铃，依旧没人应门，屋里一点动静都没有。

女孩子接着说，"他不开门的，按了好多次门铃，敲门好多次他都不开。"

郑诺章于是冲着大门喊起来。是我，Ronnie，我知道你在里面，开开门。

仍然是一片死寂。

Ronnie，爸爸担心你，总不至于要我一通电话叫他来，找人撬门吧。快开门。

郑诺章坚持不懈地敲门，每隔半分钟来一次，他倒也不着急，一直持续着。这样耗了大约十分钟，门砰的一下开了，开门前连脚步声都没听见，仿佛主人一直躲在门背后，屏息凝神。

"吵什么吵？"Ronnie 堵在门口，没有请弟弟进门坐会儿的意思。他头发蓬乱，满身酒气，披着一件深棕色长睡衣，赤着双脚踩在冰冷的大理石地板上。

"怎么？这么想我？还是想看我笑话？" Ronnie 咧嘴说。

"好几天没回家了，今天回去吧。"

"不用你教我！你直管乖乖禀告一下父亲大人，就说我没事。"

此时门外的女孩默默靠了过来。站在微胖敦实的 Ronnie 面前，她显得愈发娇小可怜。"我能进去，拿一下东西吗？" Ronnie 也不为难她，抬起撑在门框上的胳膊，让女孩钻进房间取东西。女孩片刻也就出来了，已经套上时髦的格子长衫，拎起新一季 Dior Lady，去电梯间接了电梯，恨不能赶紧撤离是非之地。

"你就不请我进去坐坐？"郑诺章说。

"我疯了吗？"

"我们真的得好好聊聊。"

"我跟你没什么好说的！郑诺章，你当我不知道为什么会突然在董事会前发生这些乱七八糟的事？你当我是白痴吗？我还有什么话跟你说？"

"如果是关于林逸的事呢？"

Ronnie 听到林逸的名字就瞪大了眼睛。背过身走进客厅，并没有关房门。要治这个叛逆的家伙，果然是林逸最管用。

公寓内，一派老旧的八九十年代装修风格。棕色皮沙发雕花镶金，墙壁上也铺满"典雅"的大花图案。客厅一片狼藉，酒瓶、杂志、外卖食物的杯盘残渣甩得满屋都是。电视机和沙发之间的地毯上，还有一双女式白色高跟鞋。卧室房门紧闭。

"不要考验我的耐性，你到底要说什么？"没等郑诺章收回好奇的眼神，Ronnie 便直截了当地问。

郑诺章看他已不像方才那副潦倒不羁丢了魂的样子，仿佛重新燃起了斗志，提起林逸的名字他就好像打了鸡血，两个人还真是真爱啊。"林逸，我今天见过她了，就是她告诉我你在这里。"

"废话。你去找她干吗？"

"作为未婚夫，我去找她很正常吧。"

Ronnie 气得鼻头通红，火气窜上头。"你真的要和她结婚？你凭什么？她怎么可能答应跟你结婚？"

"别忘了，我们已经订婚，订婚宴也不是别人押她去的，她也笑得开开心心。今天她说，觉得跟我结婚是个不错的选择。"

"怎么可能？你也配跟香港最漂亮的名媛结婚？一个从小在乡下长大、没见过世面的小子，你有什么资格？"

"我没什么资格，高攀不起，不过，以你现在的处境，难道比我更有资格？公司、林逸，全是你的，这话你曾经说过，我每时每刻都记得清清楚楚。Ronnie，你现在还有底气这么说吗？"

Ronnie 被郑诺章这么一激，狠狠地靠近郑诺章，拽住他的领口。"告诉你，公司就算了，林逸你休想。别以为我不知道你在背后玩的那些花样，都是你耍阴招害我，否则叔叔的事怎么会败露？我又怎么会被带上法庭？警告你，不要逼我。香港一向不是个太平的地方！不要挑战我底线！"

"Ronnie，这么说可不大合适，有什么证据说是我把你带上法庭的？是你做的那些脏事害了你，自己给自己挖了坑，还要乐此不疲往里跳。"郑诺章音量不大，声音却十分坚决。他一把将 Ronnie 推开，自己整了整衣领。

"我知道，爸爸肯定不会原谅我，公司我是没指望了，你不能拿走林逸。更何况，你不爱她不是吗？"Ronnie 这个彻头彻尾的醉汉，突然又哭丧了脸乞求起来。

"我知道你们相爱，她也是最爱你。不过没办法，她爸爸和我们的爸爸早就对这桩婚事拿定主意了。我呢，爱不爱的无所谓，这场婚姻对我只有大大的益处。"

"呵呵，你跟你妈妈都没什么分别，觊觎人家钱财的人，有什么分别呢？"Ronnie 干笑几声，"可是杨鸣柳呢？她那样的小艺人，不是都仰仗着你吗？就忍心把你喜欢的女孩子抛开？"这时候房间里冷不丁出了些声响，仿佛是一件衣服窸窸窣窣落到木质地板上的声音，果然卧室还有人。

郑诺章歪嘴笑了一笑。"Ronnie，我可不像你这么得闲，成天围着几个演员转。你知道我们和林家未来的商业版图联系得多紧密？得了林述这位老丈人，我的根基才能稳固起来。何况这也是双方家长想看到的结局。在我们家，你我都说了不算，林逸家也一样对不对？所以，你可不能怪我。"

"到底承认了，你不爱她！她也不可能爱你呀！郑诺章，利用女孩的感情和婚姻，你有没有脸？"

"呵，"郑诺章冷笑一声，"如果要脸面，我就不会回香港。我们这样的家庭，你难道还讲究什么面子里子？"

"你到底要什么？"

"很简单，集团的主持权。实实在在的主持权。"

"为了稳稳得到点权力，你就这么不择手段？现在公司已经是你的了，全都是你的，公司除了你，还能给谁？怎样才能放过林逸？"

"哈哈，其实放过她是很容易的事情，毕竟又不是什么喜欢的宝贝。"

"那是要怎样！"Ronnie 突然高声喊起来。

"我已经说了，我要公司。只有她能稳固我的管理权。"

"呵呵，不是只有她。"Ronnie 突然惨然一笑，"还有我，我那些没用的股权，你想不想要？"Ronnie 自知得不到公司的管理权，手里那 17% 的股权已经成了废物。留着何用？况且无论对朋友还是青梅竹马的女人，他自始至终保有一股愚昧的义气。于是无所谓、傻乎乎地说："放过她，我可以帮你达成心愿。"

❼

17，真是个吉利的数字。人们看到 17 通常会想到豆蔻年华，可是郑诺章的脑袋已经太久太久未充斥过那些纯白清亮的浪漫想象。17，是 Ronnie 提供的筹码，他用手中 17% 的集团股份，换一个青梅竹马的娇妻。这笔交易，他们谁也不吃亏。

郑诺章摆弄他办公桌上的一小副拼图，画作是莫奈的《睡莲》，大概颜色太婉约，这副拼图仅有 100 块图形。"你看，我有了17%。"他耐心数出十七个小方块，拨到一旁。

"爸爸已经给我 17%。而他自己只有 36%，这意味着什么？"

"一是你叔父，他手上 14% 股份兴不起风浪了。"

郑诺章颔首微笑。

"第二，我们已经在零散股东里争取到 9%，再争取 7% 的股份，就 Game Over 了。"

"对！"郑诺章声音里透露着一丝志在必得的味道，就像豹子扑倒飞奔的羚羊，血腥的欲望即将四散。但很快这点血腥气就被吞咽下去。"不能疏忽，股权结构的变化在父亲那边，一定要死死保密。"

他眼中已经看到未来自己的经营版图，无论哪个男人，对这样的权力都会为之兴奋。尽管如此，却还是一心记着在 Ronnie 那里发现 Sandy 江的事儿。于是不管多生气，也还是发简讯给杨鸣柳。"快搬出现在的房子，不要跟 Sandy 同住，这女人太不自重，居然出现在 Ronnie 的公寓。"

话不能不说，他的过去和现在没有她，但他始终把这个女孩纳入自己的未来。

第十二章 断离舍

❶

　　是靠近大海的原因，还是地处南方的原因，或者是空气被洗刷得太干净的缘故呢？香港的云就是这么低，天空和地面挨这么近，阳光偶尔穿过云层也被天地一片灰笼罩。阴涩冷峻，没有一点人情味！杨鸣柳录完嘻嘻哈哈乐成一片的综艺节目，心里却快活不起来。她已经郁郁寡欢很久了。以前听一首歌，看一场电影，放肆地吃一杯最喜欢的香草芝士树莓冰激凌，就足以让自己满心欢喜。可这会儿自己却躲到公司西餐厅一角，点一杯甜不甜苦不苦的港式冰奶茶。没事的时候就喝杯奶茶吧，这是香港文化；而奶茶喝下肚，胃里凭空冒出一种想吐吐不出、想哭哭不出的酸楚。这时她便自嘲地想：就让胃装满不适合的饮料吧，谁叫我来到不适合的圈子呢。

　　杨鸣柳这阵子无精打采，早晨总磨磨蹭蹭赖在床上直到日上三竿。一个月来，白天想出门却不敢出门。因为工作，晚上录完影回到家里至少深夜十二点，搭乘公司的班车到楼下，亮堂堂的街道空无一人，看着旷野般的街道，她反而觉得陌生又安心。紊乱的作息，狗仔的追踪，让她连饭也不能像样地吃上一顿，人变得瘦且憔悴。她生性爱那些精致软和的新鲜美食，倘若总要吃一些冷冻食品或速食，不能尽兴地享用丰盛的早中餐、下午茶和晚餐，便仿佛淋不到雨露的花花草草，形貌都枯槁了许多。

　　在公司，总算甩开追逐而来的媒体了，可还是觉得抑郁又抑郁。大家大概都在背后指指点点吧，这片土地上，似乎没人能跟自己轻轻松松说话聊天，即便迎面碰上认识的化妆师、主播们，大家都是忽然堆出一脸笑，转脸笑容便收缩起来，仿佛前一秒不曾笑过。大概是冷气开太足，大家都成了冷冻室里的僵硬之躯。

　　杨鸣柳心里清楚，表面的客气，是因为自己的知名度以及 Rainy 的庇护。确实并没熬太多个年头，自己就摆脱了在片场客串赶场子的小演员处境，不用为了上戏低声下气，为了等戏通宵达旦，别的女艺人对自己羡慕不已，自己的心却空落落地不踏实起来。

　　那些好姐妹呢？全都悄无声息退出历史舞台。实际上杨鸣柳因为新片声名大噪之后，经纪人就向公司提议单独为她租一间公寓。"现在你接的商演和广告那么多，身价大涨，怎么好还待在合租屋呢？"

　　"没什么不好的，我住惯了。"杨鸣柳总想着，跟室友江欣照的关系也许还有转圜余地。一星期前，她还苦口婆心地提起江欣照去到 Ronnie 公寓的事。她劝她不要跟 Ronnie 走太近，称自己深受狗仔之苦，没事都会被狗仔的照片拍出事来，若欣照被拍到跟 Ronnie 同回公寓，后果不堪设想。"女孩子处事必须格外小心。"杨鸣柳肚里藏不住话，好心好意地说。不料这番劝解，却换不回江欣照的好脸色。江欣照在秘密被戳穿后大发雷霆，越难堪，越是用大嗓门掩饰自己的心虚和不安。"大小姐，世上只许你靠绯闻上位，不许别人也炒炒绯闻？"

　　"我并不想炒作啊，整件事我是受害者。"

　　"别得了便宜还卖乖好吗？日久见人心。看不得我跟 Ronnie 好，我跟他在一起有问题吗？别以为你有富商男友捧，到头来他还不照样成了别人的老公？至少 Ronnie 只是有女友，还没订婚，更没结婚！"说完她就摔门而去，激烈的言辞让杨鸣柳气红了眼，拼命忍住没掉下泪来。此后江欣照每天回家后紧闭房门，两个人一周都打不了一次照面。杨鸣柳也觉得灰了心，搬去了另一间公寓。白芸芸因和江欣照常来常往，自然也跟杨鸣柳疏远起来。唯一在心里惦念着的，只有鹰子了。只可惜连她也离开这片是非之地，和公司解约，回了老家昆明。

　　天下无不散的筵席。短短几个月，人生似乎过了好多个年头。

人们对自己说"我爱你"，腔调醉人又逼真。忽而又喊"我鄙夷你"，也就是一夜之间的事。在这片维港灯火般璀璨无比的土地上，不缺美丽的容颜，不在意智慧与才情，所谓文化更是一种矫情，多数人自顾自低头看着方寸间的路，不是要名，就是要钱。

下班的时候文异打电话过来。这段低落的日子只有他来嘘寒问暖，电话里跟杨鸣柳聊聊天。不过这位从前的恋人被杨鸣柳顺顺当当变成一位"好朋友"，至少在表面上。因为女方的心里坦坦荡荡。

"我们今天出去坐坐吧，透透气。"文异在电话里边嚼口香糖边说，声音洋溢着南方的开朗气息。

"你怎么还在香港待着？不是广告都拍完了吗？"

"一支广告拍完了，还有另一支啊？更何况，我还要找新片的投资呢。"他表现出一种赖在香港不走的姿态。

"我忘了，你现在这么有名了。"杨鸣柳说到这里，不由自主地撇了撇嘴。

"那也是托你的福。我给你带点好吃的，看看你去？"

"别别别，害我害得还不够吗？警告你千万别在我家附近转悠。"

"那怎么办？"

"我们去喝酒吧，兰桂坊 Kid Blue 酒吧，你查查地图。"

"居然要去兰桂坊？丫头，那里人多眼杂的……"

"这样才好，鱼龙混杂，乱象横生，谁还会注意得到我？"杨鸣柳执意要去喝一杯。

因为要喝酒，文异放弃开车，风尘仆仆从九龙塘转地铁赶到港岛这间街边小酒馆。杨鸣柳已经喝起来了。她点了一杯 Brandy

Alxander，一半一半的鲜奶和奶油，包裹住白兰地的醇和香气，就像饮用入口即化的雪糕一样。这女性化的甜腻和她中性的打扮实在不相称。她头上斜扣一顶男装样式的鸭舌帽，脂粉未施，不带口罩和墨镜，简单套了一件白色中袖 T 和一条麻质背带裤，并没被人认出来。兰桂坊的街头巷尾，浓妆艳抹的精致女人太多，个个是引人注目的焦点。杨鸣柳坐在窗边幽暗处，这般朴素的扮相，自然不会被留意。

"现在要见你一面真不容易啊。"文异说。他坐在低矮的沙发上，身长腿长，仿佛大人陷进小孩子的道具。

杨鸣柳则乐吟吟地歪着脑袋，"怎么样，有没有点对暗号接头的意思？"

"还说我出名，你才是真正地出了名。实现梦想的感觉好不好，得意不得意？"郑诺章学她歪过头，正视着她的眼睛说。

"话说，我现在变成这副德行，不是没有你的功劳。当时你在伦敦……我可以说你朝三暮四吗？"

"那我是帮了你呢，还是害了你？我跟你说过不要入这行，你不听，闯出名堂了，又不见得高兴。"

"对，我特别有名，现在的我就是个大麻烦。你们都离我越远越好。"杨鸣柳借着酒意，话语里添了几分骄横。

"不会的吧，现在每天估计都有无数人围着你转。讨你欢心还来不及吧。"

"可是你知道那感觉吗？有时候恶心得真的很想吐。"杨鸣柳说起下午在录制现场，节目冠名公司的总裁来录影厅观摩的事儿。"那个矮胖猥琐的光头瓢，我真的很不想以貌取人，他还假模假样戴副眼镜，跟我握手握了足足十几秒不愿意放开，滴溜溜转着眼睛，要邀请我去吃西餐。想到他那眼光是怎样把我从头到脚地打量，恨不得要去换身衣服洗个澡。"

"哪个公司？冠的哪档节目？是找抽吗？"文异还不等杨鸣柳

讲完，就气咻咻地说。

　　"可别人看来都觉得没太大关系的。"杨鸣柳漫不经心地用小勺子搅了搅高脚杯里的乳白色饮料，"可能这个圈子就是如此，只有我是异类，我不习惯。"

　　"那你就是要去习惯啰？你也要变成那样啰？要去应酬，去陪酒赔笑？"文异瞪大眼睛问。

　　"文异，你这么说话可就没意思了。我再怎么也用不着你管。"虽然话说得硬生生地，她也知道文异出发点是好的，语气还算柔和。

　　"是，我管不了，我现在管不了你了。"文异深深叹了口气，灌了一大口威士忌，也不吃沙拉和坚果压一压苦涩，接着说，"你变了。"

　　"因为坏人。"杨鸣柳满不在乎地说。

　　"我是坏人，我知道最初也是因为我。"

　　"bingo！谁叫你抛弃我的？"她嚷道。话赶话说到这里，索性今天就翻翻旧账。但是正因为心里不在乎，嘴里才会蹦出"抛弃"这种词，就连杨鸣柳自己也吓了一跳。

　　而文异竟突然眼圈发红，似乎快哭出来。"是吧，我知道，我知道。"他一仰脖子喝空了一杯，转过脸大声冲服务生叫道："再来一杯，杰克丹尼。哦不，一瓶！"文异扬起手。

　　一杯就好，一杯就好了。杨鸣柳拉住文异的衬衫袖管，对服务员说。

　　"我管不了你，你又管我做什么？"文异委屈得眼眶里滑出泪来。

　　杨鸣柳实在哭笑不得，"喂，你约我过来，是让我来看你哭成少女吗？别装醉，这点酒哪至于醉倒你！"

　　"求你了！小柳你离开经纪公司，从今以后你要演什么，我就去拍什么，你只接我的戏！"

　　"傻不傻，签约五年期内，我都不可以解约的，除非不做这行当。

这公司的霸王条约，你不是知道的吗？"

"都是我不好！"文异这下子哭得更厉害了。杨鸣柳还是第一次见到他哭，从前热恋的时候，文异总是一副帅气威风、北方男人的霸道样，连一句丧气话都未曾说过。现在两人毕竟是认识得久了，他浑身盔甲剥落，竟也袒露出柔软的一面。

"好了，我是开玩笑的。虽然最初去参选华人选美是为跟你赌气，但我不是发展很顺利吗？"

文异边哭边喝，边听边喝，一大杯威士忌又全都倒入腹中。"我那时候和 Salina 在一起是故意气你的，我想跟你分手，实在找不到理由！"

"那为什么要分手？你嫌我烦了？"杨鸣柳好奇地拧着眉毛问。

"当然不是。我一直多喜欢你啊！"郑诺章双手支在桌子上。

"那为什么？"

"因为，没什么……哎，告诉你也无妨，因为，我爸爸和你的母亲。"

"啊？"杨鸣柳惊讶地张大嘴，这可真够稀奇的。

"他们也算是师兄妹。我妈妈为这，跟我爸吵了半世纪。"

"吵架也算是家常便饭啦，哪个家庭不吵啊！"

"我们北方人吵起架来，可不是动动嘴皮子那么简单。"

"那要怎样？"

"说来你可能不信，他们经常动手。"文异眼光露出一丝狠劲儿。"我爸妈连刀子都动过。看我额头的伤，你不是问过我吗？就是我七岁，他们打架时把我从沙发掀到墙角，落下的疤。"

杨鸣柳很难想象一个家庭怎么能闹成这样，她的父母吵起来，至多不过是以某一方摔门而出收场，吵得快，怨气散得也快，过去就过去了；这样激烈的"打架"她从未见过。然而看文异一脸苦相，也不能不表现出一副理解且惋惜的姿态。"不过，关我妈什么事啊？"她突然恍过神来，"不就是个师妹吗？她不可能掺和到你父母之间呀？"

"是的。我小时候也专门调查过，整件事跟别人无关，都是我妈妈的心魔作祟。不被爱的已婚女人精神多少有些异常。我妈妈，病得比较重罢了。"

"那你为什么迁怒于我妈妈，还有我？"杨鸣柳追问。

"父母天天打，吵的街坊邻里都用异样眼光看我，我的心理也未必健康。好不容易逃到了欧洲，伤疤明明结了痂，可是看到你，想起你妈妈，就想起以前……"

"啊？"杨鸣柳又好气又好笑地端详文异的眼睛，"那你快别看我，看别人看别人。不要琼瑶小说情节泛滥……"她伸手把帽檐压得遮住半张脸。

文异真是举双手投降。明明在进行伤感的陈述，却被面前的女孩引得分分钟出戏。不管怎样的难事苦楚，在她那独特的小宇宙里都变了味。但她眼神明明又透着可心的赤诚，并非看人笑话，只是让人忘忧。文异抬手撩了撩她的帽子。"好啦，这下都告诉你了。"

"嗯嗯，当时分手也好，眼不见心不烦；没有你，哪有我的今天？"杨鸣柳咧嘴说。

"嗯，那时是我错了，现在可不可以……"

"不可以！"没等文异说完，杨鸣柳就大声喊话道，"只能做朋友哦！因为真的只是朋友。"拒绝的时候，她从不给人留下任何商量余地。"想到你呢，就像生吞了一只小白鼠，一辈子带着那种五脏六腑翻江倒海的感觉。我可不喜欢那种多愁善感。而且，我们肯定不是爱情了。"因为，爱情赏给了别的人。想到这里，她难过地垂下眼帘，发现桌上的果绿色透明烛盘精致漂亮，取出手机，以街道为背景"咔咔"来上一张美图，直接上传到 Instagran 空间里。

这天酒吧里演奏的是 Jazz，主唱只有一位 30 左右的成熟女人，黑衣黑发，眉眼间透着世故，唱 Jazz 也十分合适；文异和杨鸣柳沉默良久，专心听歌。这位歌者不仅仅只演绎经典的英文曲目，就连老掉牙的流行歌都改编得如此传神。唱到彭佳慧的一首《喜欢两个人》，一个男人冷不丁搬来第三张椅子，和文异、杨鸣柳同坐一桌。

文异看了看这位怪人，原来是郑先生，郑诺章。若没有他，杨鸣柳也不可能频频"上头条"。此刻他西装革履、一本正经的样子，真不像是来泡吧的。文异打量郑诺章，郑诺章也打量文异，两个人一对视，马上不屑地收回眼神。倒是杨鸣柳见了郑诺章，便抓起挂在椅背上的手提包，起身要离开。

"小柳，你去哪儿？"郑诺章连忙问。

"惹不起，我躲还不行吗。"她冷冷看他一眼就要走。

"你呀！你还没给我一个合理的解释，反倒是先生气了？"郑诺章瞟了文异一眼，又按住杨鸣柳的手袋说。

杨鸣柳听了他的话，无语地翻了个白眼，"给你什么解释？你怎么找到这里的？"

"你的照片下面有分享地址，我赶紧过来了，刚好今天能抽点空。"他说着话，同时又迅速认真地看了文异一眼。

"哈，不劳您抽空了。"杨鸣柳拽开郑诺章的手，拎着随身物品大内高手一般神速闪出小店。文异还在着急忙慌地叫服务生结账，郑诺章已经跟了出去。

在港岛老城区，再繁华的地方也窝藏着不少穷街陋巷。杨鸣柳钻进其中一条，郑诺章也不紧不慢地追。杨鸣柳素来不喜运动，需要拍打戏才临时抱佛脚，多日不练，不一会儿就气喘吁吁。

"别跟着我！"她索性停下脚步。

郑诺章不但不听，反而轻轻松松跑上前去。他每天健身，要捕获面前的猎物简直不费吹灰之力。"以后不要朝这样的小巷里跑。不安全的。"

"呵呵，居然摆出这副教训人的样子。"杨鸣柳心里想着。然而听了他的话才仔细观瞻，这条街道两侧，偶尔冒出几幅花花绿绿的荧光招牌，"绿柳莺啼""花花世界"这类字眼和衣不遮体的女人画像印在招牌上，怎么闯到这个鬼地方了！她束手无策地看着郑诺章。

郑诺章双眼却并不看周遭的乱境，直接问她："你怎么又和他喝起酒来？你们两个……是要气死我？你真的爱他？"

杨鸣柳不说是，也不说不是，不想说谎，也不想让郑诺章得意，于是怔怔地蹙眉不语。

沉默了一会儿，郑诺章憋不住又开了口。"算了，不管你怎样，你就等等我。"他眉头紧锁，顿了一下，艰难地说："以前的事，我可以不计较。"

杨鸣柳心里暗暗不平，觉得郑诺章越来越爱摆谱。大概领导当惯，跟谁都爱"下命令"，我才不吃这一套呢，于是冲着郑诺章说："可笑不可笑？你都是要结婚的人了，还来跟别人说什么爱不爱的，有这个资格吗？"

"你等我就好，过几个月，一切问题都会解决。"

"不等。"杨鸣柳斩钉截铁地说。

"不管你当街吻了谁，我爱你，所以你也不必解释，最后问你一次，要不要待在我身边？"郑诺章看着她的眼睛，认真说。突然后悔说"最后"这两个字，她百分之九十九会拒绝，而自己百分百不会放弃她。既是如此，怎么没给自己留个台阶下！

"呵呵！"杨鸣柳笑了，"你要结婚了！以前我们如果算是浪漫爱情故事，以后就是作风问题，道德沦丧！"

"已经说了，我可以到你身边，只要你愿意等等我。"

"我不相信，也不等。"她摇摇头，"我承认我确实有点喜欢你了，可是你却跑去跟林家大小姐订婚。"

"我那不是真心的，是权宜之计。是被你气坏了！"郑诺章扳住杨鸣柳的肩膀，不愿她闪得远远的。

"婚期将近，别大费周折了。忘了告诉你，我这人，最讨厌的就是等。"这一刻，她目光毫不闪避地看着心上人，不热烈、不羞涩，更不是撒娇，眼中钢铁铸就的理智让郑诺章松了手。在冲撞的语言和氛围里，她感到自己被逼到墙角，无处遁形，只能爆发。但她最不喜欢歇斯底里的样子，依旧冷冷道："喜欢是曾经喜欢过，现在不爱，以后也不会爱了。"

在知道对方真实想法、本该狂喜的一刹那，却发现自己将永远失去眼前的爱人，这无异于当头一棒。女人果然是最绝情的动物啊。郑诺章攥紧拳头，他此刻羡慕哥哥，能死皮赖脸不顾一切地追女孩，唯有自信，能让人无所顾忌地蹲下身子卑躬屈膝。而卑微的他，只能学杨鸣柳冰冷的口气："你不爱我我相信，可你这副无所谓的样子，什么都无所谓，跟谁接吻无所谓，被拍无所谓，也无所谓哪天跟了谁……你谁都不爱。"他越说越口不择言，声音越来越大。普通女人也许会甩给他一记耳光，而杨鸣柳，只是不屑地笑了一下。

又静默良久，幽暗鬼魅的小巷里，四周的人声、喇叭声、乱入的音乐声，把这方小天地隔成沉闷无形的笼。他们什么都不说，因为明白怎样的语句都不能扭转乾坤。末了杨鸣柳从郑诺章身边走开，不哭不怒，面无表情，仿佛从来不曾和他亲近一样。走到路口，恰好一辆的士驶过来，正好把她带离他身边。

郑诺章也掏出手机，低声叫司机开车过来。"在松金路路口，快来，我要送 Miss 杨回将军澳。"

出租车在高架桥上飞驰，车窗紧闭。杨鸣柳坐在后座的黑暗里，数手机上文异的未接来电，一通、两通、三通……一共十四通电话。她低头看着看着，眼泪就掉下来。她抬手揉揉眼睛，给文异回了电话过去。

"听说北京下雪了，我们去北方看看雪吧。"杨鸣柳垂着眼帘。

郑诺章的车就跟在她的出租车后面，他当然不知道她要去北方，只知道自己就像身处热带，却感受着一片冰天雪地。

❸

　　不管每一场婚礼的背后暗藏着什么，当新娘牵手父亲走在阳光下，大家都一厢情愿地认为这是一个童话的开端。

　　凛冬已至。冬天向来被视为最不宜举办婚礼的月份，冷酷的天气和蜜恋显得格格不入。而林逸和郑诺章的婚期偏偏定在一月。

　　一月六日，正是依照新郎新娘的生辰八字以及两位亲家公的生辰八字共同测算出的良辰吉日。"两年内，都不会有比这一天更优的好日子了。对你们来讲！"港岛声望最高的风水大师住在太平山上一处金碧辉煌、雕龙画凤的院落。林述和郑源启登门造访，又让属下奉上不少礼物酬谢，这卜算出的结果，对两位商场大鳄来说犹如圣旨。在南方，何时楼盘开盘，何时新店开业，何时儿媳怀孕产子，甚至确凿到几分几秒嘱咐医生开始剖腹产手术动刀子，大师都掐算得一清二楚，生怕选错日期便错过了良辰，触了霉头。就连大小姐林逸吵闹着要在海外办婚礼，也被父亲一口回绝。"如果不去马埃岛，我一定会再结婚一次！"林逸当着父母的面打电话给未婚夫叫嚣道。她和姐妹们说好的，要去白沙滩举办婚礼，不过这次无论如何都不能如意了。

　　那么婚纱首饰戒指就一定要最好的。卡地亚玫瑰金婚戒是标配，郑老先生为儿媳寻到一枚 12 克拉粉色梨形钻石戒指作为礼物，婚鞋则选用 Jimmy Chao 镶满天空蓝水晶的灰姑娘款水晶鞋。来不及去欧洲寻觅小众品牌，婚纱用了 Vera Wang 高定系列。林逸钦点的抹胸款婚纱，胸前和腰间是繁复的银色刺绣，下摆以丰满的褶皱和几不可见的薄纱，把新娘围成一朵轻灵的白牡丹。光是要穿上这件纱裙，就需要四个姑娘折腾一个小时，还好新娘早已习惯这种众星捧月的感受。

　　"太美了！"试婚纱的当天，新娘走出更衣室就引起一阵惊呼。她确实美得像个精灵公主，冲着未婚夫粲然一笑。要是换个男主角，早已经得意忘形了吧。郑诺章却冷静地看着她，举起手机来拍了张照片。"看，多漂亮。"他将照片发给 Ronnie。

　　婚礼仅剩下一个月筹备时间，郑诺章每天尽心尽力写请柬、定制礼物、布置会场，还要安排公关部人员邀请宾客、做好接待，提前走仪式流程，同时要满足林逸各种各样的要求，安抚她的小情绪。一切都处理得相当完美，连他父亲都感叹他的配合度竟如此之高。他原本担心儿子不会乖乖答应这场婚姻，这下所有担心都变成了多余。郑诺章还在婚期到来前，和未来的岳父签订了战略合作协议，定下了新一年的好几项合作条款。"你的效率太高了。"看儿子每日每夜地置办各种公事私事，郑源启都忍不住赞叹。其实所有私事也都是公事。

　　终于到了吉日，盛大的豪门婚礼如期而至。婚礼场所选在郑源启购置多年、刚刚翻新的石澳大宅。每逢此类盛事，海内外媒体就齐刷刷守候在新娘新郎的大宅和婚礼现场。负责现场直播的主播举着麦克风，正对镜头介绍现场人员动向、会场布置情况，摄像机在人头攒动的场外追着到来的亲朋名人录祝福，或许还要采访采访风水大师。乔东华和 Rainy，商场上的老将新秀，来时都满脸堆笑，说的不过是"百年好合、早生贵子"这样的客套话。而郑源启的商场好友兼竞争对手程运青到场时，却眯着一双笑眼道："当然要恭喜啦，恭喜两位新人，不过这场结婚嘛，更多是两个家族的事！马虎不得！"

　　自然是马虎不得的。在郑家大宅的开阔的后院，白色支架支起漂亮的花棚，现场是 6666 朵紫丁香、白玫瑰砌作的城堡，衬着海湾碧蓝的水色，显得格外悦目。亲朋好友会集一堂，婚礼后大家将班师酒店，宴席大设 300 桌。

　　进餐前先进行婚礼仪式。现场乐声奏起，新郎与父亲、哥哥、证婚人站在仪式台前，等着美丽的新娘手捧捧花，挽着爸爸走上前来。

宾客们纷纷举着手机，拍照或录像，记录这神圣一刻。

在爸爸的陪伴下，林逸每一步都走得极为优雅，像迈着舞步似的，轻盈上前。而林父也对这位准女婿相当满意，向郑诺章点了点头。一对璧人站在证婚人面前，两边是伴娘和伴郎 Ronnie。

"除去身份、金钱、地位、职业，你们是世上千千万万男女中，普通又不寻常的一对。对你们来说，今天无疑是一生中最美妙的一天，因为你们即将结为夫妻。郑先生，你愿意娶林小姐为妻，不论贫穷、富贵、灾难、疾病，一辈子疼爱她，与她白首偕老吗？"证婚人字正腔圆，缓慢深重地问道。

所有人都屏住呼吸，听新郎那惯常的回答，态度也许情深意切，也许激昂迫切，但总归会是"我愿意"这句。这时候突然台边 Ronnie 向中间走了两步，"我，愿意。"他朗声说。郑诺章则向后退了一步。

亲友宾客们瞬间张大了嘴，讶异得不得了，但还是鸦雀无声，就连林父和郑源启都没想到会迎来这样一幕。准新娘更是轻声"啊"了一句，转脸看 Ronnie，他也是一身黑色，把戒指拽在手心里，略带紧张地向林逸笑了笑。

证婚人却顿在这里，这，接下来要如何是好？两位新人就要在用餐结束的午后，去正式登记了。仪式是继续进行，还是需要征询双方亲友的意见呢？

这时候林逸看了看 Ronnie，又看了看郑诺章，表情无奈又可爱的努了努嘴，打心底里笑了起来。像是在说，这个状况真是太有趣了！于她而言，反正都是嫁进郑家，都是嫁给自己心仪的男子。究竟是哪个儿子，有什么关系呢？证婚人还愣在原地，她就开心地说道："我也愿意！"

Ronnie 一直觉得林逸的答复在自己的意料之中，不过真正在众目睽睽之下娶走弟弟的新娘，他还是抑制不住地抖动双手。直到打开首饰盒，取出戒指，将戒指亲手套在林逸戴蕾丝手套的无名指上，Ronnie 才略略平静了些。林逸也依样为 Ronnie 戴上了戒指。

仪式眼看着就完成了，现场也不知道是谁带头鼓起了掌。观众席上，人人都是一口气跟着新娘新郎提到嗓子眼，这下也轻轻松松地呵呵一乐。从没见过这样的婚礼啊！兄弟二人互换当新郎，新娘竟然也开开心心地一口答应！台下的两位父亲，则是气得吹胡子瞪眼，没来得及吱声仪式便草草结束。也难怪，生意伙伴、竞争对手、政府要员都在台下，大家都只能硬着头皮撑完全程，不管这过程多么儿戏。

Ronnie 知道父亲会勃然大怒的，便一刻也不放开新娘的手。两个人黏在一起入席，换礼服，敬酒，就像这场婚礼未经任何变故一样。郑诺章单独退下来坐到父亲身边，却被父亲默不作声地甩了一个耳光。

"回去收拾你们这帮，逆子。"过了一阵，郑源启依旧怒不可遏地说。他还不知道，更大逆不道的，是二儿子郑诺章已经拿到了53%的集团股份，稳稳当当把集团攥在手里。

都是生意人，拱手让出一个美貌却并不中意的新娘，换得公司，这笔生意怎么算都是超值。郑诺章终于能轻轻松松地舒口气了。可是怎么才能轻松自在地呼吸呢？在过去的三十一年，时刻揣度母亲的心思，丈量旁人的目光，算计爸爸的股份和财产，夜夜不能有踏实的睡眠，这才是属于他的生活。

直到在罗马，看到一个女孩子不修边幅地在陌生人房间沉沉睡去，他对她又讶异又羡慕，自己的习惯却难以纠正。所以在达偿心愿、略有所成的时刻，郑诺章第一个想到的，就是整天嘻嘻哈哈、无忧无虑的小柳。虽然那女孩再也不想见自己，可是就连她的名字，叫起来也是好听又古怪呢。

第十二章　原点

❶

雪花为什么要叫雪花呢？

怕是天寒下了雪，大家便把它错当作花来赏看。

小时候遇到雪天，奶奶这样给杨鸣柳解释。

南方的雪一来极为罕见，二来往往在空中势头强劲，落地即融，积不下来。于是每逢下雪天，她不是趴在窗边观雪就是放下课业全副武装地出门玩雪。

北京的雪一定大不一样。看到社交空间里那些移居北京的同学发布的雪景照，一下雪，北京果真变成了北平。杨鸣柳一直想亲临其境地看看，尤其在整个香港都为某人的婚礼亢奋激越的时刻。她可不想加入这无聊的狂欢行列。

香港到北京飞三小时，杨鸣柳和文异重温了一遍《蒂凡尼的早餐》。飞机即将降落北京机场，文异在身边突然说："别仗着我喜欢你，就随随便便使唤我，让我为你做任何事。"

"哈哈，哪敢。"杨鸣柳干笑了一声，心里想，那你不也陪我来北京了嘛。面对男性她又骄傲又气馁，十几岁开始，身边便不乏心甘情愿取悦她的男人们。不过情感这东西就像阳光里的灰尘，无处不在却总抓不住，哪怕把拳头攥得再紧。说到底，自然万物才最忠诚。比如眼底那片未化的积雪，今年来了，明年冬天也照例如约而至，让人备感踏实。

二环内，胡同里的雪，甬道的雪，光秃秃树干上凝结的冰，老房子檐下挂着的冰溜儿，就连小杂货店门口堆的残雪都别有韵味。黄昏时，故宫角楼的景致就更不消说，引得杨鸣柳频频惊呼："太美啦！"不过灌进几口寒风，她心下还是一片不能与外人说的荒凉。她这段日子甚至开始失眠，这是从未有过的事。睡不着的时候，黑暗里瞪着两只眼睛想到大众给自己贴的标签：森系、冷感，Miss 无所谓，后现代新人类。真好笑。他们揭示的都是表象，自己仿佛被捧得超凡脱俗，永远还不了俗了。有些世事，看得再透彻也照样无法坦然面对。

杨鸣柳爱吃辣，香港的辣菜馆少之又少。为此，文异把自己的哥们儿聚会也安排在湘菜馆，为的是让她吃得畅快。而这一天，正是郑诺章大婚的好日子。

北方干涩严寒，餐厅却比香港的食肆设计得有情调。这家湘菜馆坐落在东二环附近的一处小院里，仿着江浙古风建筑建造，灰瓦白墙，墙上爬着一两枝绿植。

文异领着杨鸣柳进了包间，时间还早，已经有两位哥们儿到了，一见面，他们就站起身来。"好久不见！兄弟！"几个人亲热地拥抱。看见杨鸣柳，大家便惊呼："大明星啊！久仰大名，你好你好！"然后朝文异不怀好意地笑笑。接下来，陆陆续续又来了五六位好朋友，他们不是带着二锅头，就是拎着五粮液。学生时代起他们便开始背着爸妈，在穷街陋巷的小酒馆一起偷着抽烟喝酒，长大了，但凡这几个人聚在一起，还是带着一股突破禁忌的意味。这天除了杨鸣柳，只有一位来客是女生，她叫苏哲，是文异的初中同学，在电视台做主播。

上了菜，年轻人围坐一桌，吃吃喝喝，大快朵颐，聊起的无非是毕业后各自的工作经历和少年往事。

"没想到文异真做了导演，以前，对文学艺术很不屑来着。结果大一就转到国外念戏剧。"在金融界上班、天天与股票数字打交道的赵宇说。

"这有什么奇怪的，他爸爸也是大导演。"

"他是天天跟他老爸唱反调吧。下了课不是踢足球就是打篮球，记不记得初二那年大雪，我们在北师大的场子跟 X 中球队踢雪地足球？爽爆了！"

"是啊。"念及学生时代，除了糟心的家事，还有很多快乐值得纪念。他转头跟杨鸣柳说，"你知道吗，零下10摄氏度的天气，赢了那场球，我们穿着单衣，就浑身发热地倒在雪地里，第二天不感冒才怪！"男生们聊起运动总是特别起劲。

"玩归玩，文异的作文向来就是很好的。"苏哲说道。她是标准的美女，巴掌脸，大眼睛，一头长发十分迷人。

"对哦，小哲是语文课代表。"有人应和道。

"嗯，我有时候帮语文老师批周记本，老师嘛都是走个过场批个阅字，我还得模仿他的字迹！可是特别愿意读文异的作文，他文章总是引经据典，表达的观点也让人眼前一亮。"

"是吗？我还想着这周记都是没人看的……"文异睁大眼睛说。

"以为没人看，所以反而好好写了，是吗？"苏哲嗲嗲地冲文异一笑。

赵宇看了看两人，突然诡异地一笑："话说小哲那会儿跟文异上学放学都是走同一条路。"

"啊？"苏哲突然脸红了一下，"你们这些好兄弟，今天酒怎么下得这么慢！"

"不要转移话题啊，苏小姐，知不知道咱们以前体育课，文异是怎么帮你的？"赵宇接着说，"女生投篮，如果五个球一个都进不了，便会站在篮筐下，由男生投篮来砸。"赵宇说起了篮球课上的魔鬼规则。其实篮球砸脑袋并没多大杀伤力，真正可怕的，是这个惩罚的无情和决绝，以及惶惶然等待的那十几秒，等待一个完完全全未知的结局。

"对啊对啊，小哲你篮球最差，每次你站在篮筐底下，文异都嘱咐我们不许进球砸你脑袋呢！"有人补充说。

苏哲听了这话愣了一下，紧跟着说："别瞎编啦。"她的脸愈发红起来。

"哪有胡编乱造,有一次陈胖子投篮投准了,你记得吗?是文异一把推开你的哦。"

"扯什么犊子哪!"文异和赵宇中间隔着杨鸣柳,他探过身子,狠狠拍了一下赵宇的肩膀。

大家才想起还有杨鸣柳在场,打马虎眼似的大笑着,张罗起举杯喝酒。杨鸣柳知道大家的意思,也不说话,只是跟着大家一起笑一起喝。如果时光倒回几年前,她还是那个在伦敦读书,和文异谈恋爱的女孩,跟着文异一起来参加同学聚会,被他的同学们取笑也罢、敌对也罢,相信他都会在桌子底下握紧她的手。那场景一定和偶像剧一样甜。可如今听着文异的陈年旧事,杨鸣柳却想起在片场,郑诺章推开她、代替她被摄影器材砸伤的情景……跟郑诺章的每一次相遇、每一次对视,都远得恍如隔世。

白酒一杯杯下肚,小小包间仿佛被朋友们的热情点燃,明明是冬天,这里比夏天还暖。杨鸣柳出了一身汗,第四瓶白酒打开的时候,服务员也进来为大家换热手巾。杨鸣柳擦擦额头,不知不觉弄乱了额前几缕头发,文异喝得再投入,也不忘时刻照顾着她,帮她拨一拨头发。一个看起来粗枝大叶的北方男人,对她却心细如针,这让她的心着实颤动了一下。她很努力地把注意力放在文异身上,一晚上专心听文异和他的朋友们讲段子,可还是忍不住分心。晚上八点多了,郑诺章应该已经带着他的富贵美人回家了吧。

为了避开他的大喜之事,杨鸣柳整整一天都没看手机,也不曾刷朋友圈,这会儿酒劲上了头,她终于忍不住拿起手机刷了刷朋友圈,果不其然,平日秀猫秀狗秀美食的朋友们,今天都不约而同地关注着同一个新闻焦点。其实看都不用看,今日重大新闻必然是两大财团联姻、才子佳人结为连理……她忽然联想到古代婚礼中八人大轿、高头大马、红衫红袍红盖头的意象,仿佛某人的婚姻也是封建余孽,可悲可笑。

可是新闻报道却偏偏来了个大逆转:郑诺章婚礼现场为哥哥让

路，浪荡子 Ronnie 迎娶林氏集团独女！喝过酒后的脑袋本来就变得晕晕乎乎，这则爆炸消息直接让杨鸣柳重重地趴倒在桌子上。闭上眼睛，房间里回荡着推杯换盏的声响、多情放肆的笑声，飘散着烤鱼的香辣酱汁味儿。也许谁的酒杯无意间被碰倒，高度白酒在空气里挥洒出醉人的浓香。一股神奇的喜悦涌上心头，同时造访的还有脚底升腾的莫名的哀凉。

　　不知是否已过午夜，朦胧中，一个男声温柔地唤着："鸣柳，小柳……"有人为她披上外套，驮着她晃晃悠悠地走起来，那感觉似曾相识，就像小时候在大操场玩累了，趴在表哥的后背上打瞌睡，安稳安然。

　　突然迎面一阵冷风灌进脖子，整个人仿佛被扔进冰箱，瞬间恢复了意识。杨鸣柳抬了抬头，自己真的趴在一个男人的背上，他灰色的羊毛毛衣质地柔和又温暖。当然是文异。

　　杨鸣柳双手拍拍文异的肩，"嘿，放我下来。"她折腾着跳下来。原来文异背着她从二楼下来，又背着她在餐厅门口拦车。

　　"你的朋友们呢？"杨鸣柳睡得声音沙哑。

　　"他们这帮不讲义气的，都醉得不轻，三三两两叫代驾走了。冷吧！"文异伸手拢了拢杨鸣柳的大衣，"北方太冷，我在这里拦车，你进去等。"

　　杨鸣柳整个人还有点迷糊，觉得自己一回温暖的室内便会继续睡去，反而是待在室外清醒点好，于是坚持和文异站在一起。无奈夜已深，街道上一辆计程车都拦不到。想想若是在香港，这个时候热闹才刚开场。

　　"咱们这儿离酒店远吗？不是都在二环附近吗？"杨鸣柳问。

"不算远。"

"那就步行回去吧。"她把包斜挎在身上，双手插在口袋里。

"天气太凉，今天零下呢！这会儿估计有零下十度。"文异担心地说。

"来北京，吃了饭，总得在大街上遛遛弯儿。"杨鸣柳强调着"遛弯儿"几个字，这是地道的北方话。她执意要走回去。

"可是你鼻子都冻红了。"像父亲关爱女儿一样，文异捧了捧杨鸣柳的脸，嫌弃地看着她那条随意搭在肩膀上的围巾，继而摘取下围巾，好好裹住杨鸣柳的脑袋和脖颈。"这里可不比你们南方，别冻感冒。走吧。"

北京二环内全是矮楼平房，一抬头，大片完整的天空就铺在头顶，要不是这几日云层厚重，应该能清楚看到北方冬季的星图。杨鸣柳仰起脸望望天空，又看看清冷的午夜的街，她并非不记得睡倒前阅览的劲爆新闻，也并非对这新闻心存怀疑，只是心中的万般感慨被凉风一吹，都瑟瑟蜷进潜意识，脸上只表现出出人意料的平和。

"真羡慕你和你那些哥们儿啊。我就没有这样一帮铁哥们儿。"走了一段路，杨鸣柳才打破沉默说。这时候天空忽然零零星星飘起了细雪。

"哪有什么可羡慕的，认识的日子长一点而已。"文异说。他时不时打量杨鸣柳，她只穿及膝羽绒服，腿上裹着一层羊毛袜。他生怕她会冷得发抖。而她却淡淡地说："我不像你，现在在北京，在香港，快没朋友了。嗯，还就只有你这个朋友。"

"我……我们其实并不是真正意义上的朋友吧。"文异言语里略带犹豫。

"不算朋友，那是什么？旅伴？"

"你这么聪明，心里一定知道，我还是喜欢你的。"

"可是你曾经不要我哦。"话虽直白痴傻，可是杨鸣柳的态度一点也不像被感情伤透的痴男怨女，反倒是平静得过头。

　　"那件事，我已经解释过。"文异难过地垂下头来，"如果你不能原谅我，我也认了。本来我也是一个心智不健全的人，没资格爱你。"

　　"没有，没有，你很好的。老实说，我也很想再爱你啊！"杨鸣柳说了句发自肺腑的话。相较于去爱郑诺章，爱上文异显然是比较容易走的路，人们都应当理智地选择容易的路才对。不过她怎么就不能够呢？她无奈地笑了笑说："没办法，就像脑袋无法为心做决定，那时候的事情不重要，重要的是，很多事，错过了一小时，也就错了一辈子了。"她边往前走边抿了抿嘴。

　　听了这句话，文异放缓脚步，沉默片刻，带着一种悲戚的腔调说："鸣柳，这么冷酷的话，你真能轻轻松松地说出口。"

　　杨鸣柳转过头，凝视着他的侧脸，他侧面的轮廓硬朗又熟悉，比起上学时候，他头发短了，皮肤粗了，嘴边的胡须也变得更有力了，长相比从前更敦厚些。智慧才学教养，这些东西后天可以养成，可是热情或冷酷的个性，是每个个体与生俱来、无法改变的吧。就像桌子很冷酷，椅子却很温暖一样，德国人给万事万物分阴性阳性，约莫也透着这层含义。自己呢，大概真算是很冷酷的人吧。不过那也没什么可感到抱歉的。"你忘了，我也曾满腔热忱地待你啊，我也希望现在依旧能这样啊，可惜，已经没有那个 timing 了。而且明明是你们这些男生更决绝，只在某时某地假装温柔，实际上冷酷到骨子里好吗？"说起来都是泪，她忽然鼻子一酸好想哭。

　　"好了，都是我的错。怎么办呢！你是我的克星啊！"文异原本是满肚子气恼和纠结，见杨鸣柳难受便一把将她揽在怀里，还不敢搂得太紧，只像拥抱至亲的人，在凉薄人生里传递一丝暖意。

　　"可是没关系，我没事的。"杨鸣柳挣脱出文异的怀抱，认真地看着他说，"其实要谢谢你这段时间陪着我，你知道我有多难过。文异，无论如何，我那时候也不应该离开英国，终止学业的。"

　　不该离开英国，难道是说不该离开我吗？当然不是。文异这样想着，不知不觉苦苦地笑了。他已十分明白，爱的逝去，就像一只水灵灵的橘子离开低温恒湿的冰箱，不知不觉蒸发掉所有水色，变成一只干巴巴、令人提不起一丝欲望的干果。而她补充说："我想我是时候回去把书念完了。"

❸

文异的父亲体检查出高血压，却固执地不肯吃药就医，他母亲无论如何都奈何不了丈夫，只得打电话向儿子哭诉求救。作为独生子，文异眼看着以往掌控整个剧组像带领一支军队的父亲一夜之间英雄白头，也心生感慨，不得不留下来。而杨鸣柳在北京玩了三天之后，必须飞回香港工作。

旅行是一剂麻药，越临近归途的时刻心里便越是惶恐茫然。离飞机起飞还有一个多小时，杨鸣柳一个人在机场瞎转悠的时候，Rainy一通电话打过来，愉悦地告诉她郑诺章会去赤腊角机场接机。

"为什么？不需要。不是说好Jason来接我的吗？"Jason是公司艺人组的司机。

"你也不是没看新闻啦！正是你现在提升名誉的好时机。"Rainy故意压了压声音，"郑诺章都对你这样了，还有什么好说的？有些人，你不踩着他们的肩膀往上走，就真是傻女。"

"不需要，Rainy姐还是派司机来吧。"杨鸣柳坚决地说。

看杨鸣柳这么坚持，Rainy支支吾吾算是答应了。不过当杨鸣柳抵达香港机场，拎着箱子和北京特产大包小包地走出到达大厅，她一眼就看见郑诺章站在大厅苦等。见到她，他殷勤地靠拢来，想要接过她手中的行李。

她头一次后悔自己没戴墨镜，因为霎时间不知该表现出怎样的眼神，该看他还是不看他，是冷漠点还是显露出疏远的友善。郑诺章想夺她的旅行箱，她则很生硬地握紧拉杆，不让他碰。

"给我吧，飞三个小时够累了。"他说得理所当然，仿佛什么事情都没发生过。

"你不是想逼我喊人吧！"杨鸣柳低声道。听她这么说，他才把抬起的手缩回去。而杨鸣柳依旧快步向北出口走去。

"车子，停在南门。和我往那边走吧。"他皱着眉头。

杨鸣柳这才正眼看他一下，不耐烦地说："你走你的呀。"

"别这样小柳，你的司机没来。"

"知道呀，郑总好厉害。"杨鸣柳鼻子哼了一哼，"不过，我是去搭地铁。"

"你……搭哪门子地铁？这样你去坐我车，我自己想办法回去还不行吗？"郑诺章一着急只好出此下策。而他眼前的女孩子根本不理他说什么，径直朝地铁口走去。看她傲慢的样子，郑诺章脸一沉："是连我的车都讨厌？"

"坐你的车回去？几日不见郑公子是彻底鸟枪换炮了？都配司机了。"她迅速地眨了眨眼睛，丝毫不减缓脚步。

走到地铁站，杨鸣柳买了机场快轨的车票，郑诺章也飞快地买一张。站在月台，杨鸣柳朝着车来的方向张望，车到了便上车坐下，不说一句话，但已经是好风景。郑诺章一直目不转睛地看着她，紧跟她。

待到走进车厢坐下，他突然说："做我女朋友吧。"

"为什么现在提起这个？不要。"

"为什么？你说爱我啊？呵，对，是曾经爱过？"他自嘲地叹了口气，"不过我不在乎。我只要你。"

"你爸爸不会同意的。你知道我父母亲的背景啰。如果不是豪门之后，怎么配得上郑家二少爷？"

"不要讽刺我，每次在你面前，我都自卑得有时候恨不能时光倒流，想要重新活一遭，变身另外一个人，而且，"他郑重地说，"现在我们已经完全不用顾及我父亲的想法了。"

"为什么？"

"我持有的集团股份已经超过了50%。你知道这意味着什么吗？"他略有些小激动。

"哦，哇哦，像偶像剧里的那样，厉害！恭喜篡位成功。"杨鸣柳用严重的语句和轻飘飘的语气说，仿佛说着一件并没什么了不起的事。

"我不想再这么跟你说话了。我们能不能好好说话！"郑诺章突然气呼呼地大声说。

"不想说你可以走啊。"杨鸣柳还是冷冷地控制着音量。我是不会跟别人大声吵架的，她抑制住愤怒，心里想。

沉默片刻，郑诺章"砰"地一下把给杨鸣柳买的罐装气泡水狠狠砸到地上。机场快轨人不多，但也不少，大家都注视着这对男女，当然有人认出他们是谁，偷偷举起手机来拍。

杨鸣柳沉着一张脸，不说话，也不看郑诺章一眼。郑诺章则呼哧呼哧喘着粗气，心情略微平复之后，很可怜地小声说："小柳，对不起，我刚才不该发脾气，对不起，都是我的错。"

杨鸣柳看周遭人都注视着他们了，也觉得不好意思，瞟了郑诺章一眼，发现他垂着眼睛，眼里竟然有点湿润了，心里突然觉得心疼又生气。不过顾虑到人们的眼光，她连忙打哈哈，"哎呀，脾气可真大呀。"然后干笑了两声。

"对不起，对不起。"

"你现在，可真是愈发厉害了！"

"对不起，其实我属于精神有疾病吧，可能。"他还是饱含着情绪，瞪大眼睛，怒火并未消除，但眼睛里又分明渗出温柔的悲观。

"你知道，我爸爸当我是什么吗？"

"什么？"

"夜壶，知不知道？"

"什么意思？"

"呵呵，里面也是有典故的，杜月笙说，蒋介石蒋公当他是夜壶，用的时候想得起来，不用的时候，放着都嫌臭！"

听到这样的比喻，杨鸣柳瞬间惊呆。她从未听过这则奇闻逸事，更一直以为父子间的情谊最为深重，可是听郑诺章说来，他爸爸对他除了利用，就是嫌弃。哪怕是恨，也比嫌弃好得多啊！她怔怔地看着他紧握的拳头，血管从皮肤下面突了起来。

"你可怎么办呢？"她郁闷地说，"以后，可不可以不要老想着你爸爸的不好？该你得到的，不也都得到了吗？他一定还是有对你好的地方，就算是特别不起眼的细节，也要记下来，多想想。自己才会好过些！"

是怎样的细节呢？回想起来，父子俩最多的独处，便是早晨上班前碰到一起，沉默平和地享用早餐。而对于男孩来说至关重要的青少年时期，父亲在他生活里完全缺席。当然，这个男人偶尔也被母亲或者旁人提起，每每提起总让幼小的他感到无地自容。父亲，在漫长岁月里形成一团巨大的阴云，永远悬在他头顶上，时不时便让他的生活雷电交加。只是记得，家庭相册某一页的角落粘着一张小照，照片上，中年的郑源启趴在地上，背上驮着一个约莫两岁的男孩，孩子仰着脸，眼睛笑成弯弯的月牙。

那真的是我吗？郑诺章有时候怀疑地问。自己还曾拥有过这般温暖的笑脸？这副开怀无忧的样子？这模样陌生得连自己都不敢认……

郑诺章将那些他能记起的小细节一五一十地道出，讲完的时候，已经送杨鸣柳到家，他也已经安然坐在她铺着格纹软垫的沙发上。终于不用顾忌人们的目光了，他的眼泪淌到嘴边。

"我想你能理解，小柳，在这个世界上，我从不在别人面前暴露自己，除了你。我毫无保留！我知道你为什么生气，可是我必须要达到母亲的凤愿，我们不想要别人看不起，我们要权力！"

"我理解。"杨鸣柳早早握住他的手，"我知道你受了很多苦，越理解，就越绝望。你知不知道，你这条路没有尽头。"

"就连世界都没有尽头啊，哪件事情是完全受人掌控的呢？你又何必纠结？我尝过苦头，所以会努力，不会让你吃一点苦。"他挂着眼泪，说着誓言。

"是吗？你可以吗？我从小到大，还真是一点苦都没吃过。"杨鸣柳异常冷静地说。

"我发誓！"

"可是今天，你会为了权力跟某某订婚，明天，依然会做一些不在我承受能力范围内的事。"杨鸣柳抽出手，拍了拍他的肩，"而且我理解你，还不能拦住你！你是男人，应该要找到越来越大的权力、越来越多的认同感。跟我在一起，你总是需要这样那样的前提，比如，50%以上的股份。为什么我们的感情要别的事物来加持？为什么我只是你的退路之一？"

"未来我再不会让你失望的。我不会。"

"可是你跟你爸爸那样的人，走的是一条路，追求的东西一模一样，然后渐渐就会变成一个你爸爸那样的人，权力、金钱，完完全全蒙住眼睛。做任何一件事，都不是由内心出发，都要讲条件。"

"不不不，你不能这么说。"郑诺章急切地摆着脑袋，"你不懂，根本不知道我，我不想谈这个，也不打算说服你，我们的成长经历完全不同，在这些观点上自然难以达到融通！"

"是吗？你不承认，你跟他追逐的东西相同吗？商场如战场，你为了达到目的，也像他一样使出过不少伎俩。"她看着他，好像面对一个情绪紧绷的小孩，虽不忍心但还是拿言语刺激他。而郑诺章却转而轻声说："但满世界的人都这样，你何尝不是？你追逐的东西有什么不同？否则为什么要当演员，为什么要上头条？"

这句话让一向伶俐的杨鸣柳愣住了，为什么呢？我并没有想要上头条啊。可是从结果来看，我确实当了演员，上了头条，因此片酬大涨,名利双收。女人被美丽的舞台诱惑、驱使,就如同男人被金钱、权力驱使。看起来真的没什么不一样。

"可是我们的目的地一开始就不同。获得钱和权力,从来不是我的目标,仅仅是有钱,就会像港岛大多数富家子一样,醉心于声色犬马,一辈子不懂得什么是真挚,什么叫真心,到头来空空洞洞地过一世。我可以无条件地放下一切,哪怕最后还是孑然一身,一无所有,你可以吗?"她朗声说。即便内心已将眼前这个男人否定了100次,第101次,她还是盼望他们是同类。

他也确实给出了肯定的回答。"当然可以。谁叫我这么痴迷于你呢?"他说话的样子严肃得近乎神圣,"我每次都能忍受你直截了当的批判和争论,因为你说的对,我往往难以做到,但举双手赞同。"

"哈哈,真的吗?喝口水,我都说累了。"杨鸣柳走到冰箱边,取了两瓶气泡水出来。"好,说到做到,下个月我回英国念书。你也回你妈妈身边去?"杨鸣柳挑衅似的望着他。

"你知道有一部电影叫《空房间》。永远都把我往死角里逼,这对你有什么好处?"他顿了顿,"现在,我还不能离开香港。我早晚会在自己的道路上倒下,没关系,一路有好风景。就像希腊的海滩,就像罗马的广场。"

"那里真的很美。"

"美吗?我们夏天再去!其实冬天夏天都很好。"

"不过你说一路好风景,我是好风景之一吗?"

"你不是之一,你是最美的。"

"你没能活过一辈子,怎么能轻易说出这个最字?而且到头来,我只是风景啰?"

"哎呀,你怎么挖坑给我跳?抓住我不会说话的漏洞吗?"

"哈哈,谁是你的优乐美?"杨鸣柳粲然一笑。郑诺章也跟着呵呵笑了笑,一边笑一边看她,心里还纳闷,话题本来挺严肃,两个人怎么突变画风,像一对最和谐的情侣一样说笑起来。

　　而杨鸣柳又在一边面带笑容地说："你知道吗，你不是不会说话，是最聪明，最会说话，最知道审时度势，懂得评断周遭人事物的；你也知道自己生活里什么重要，什么不重要，懂得如何抉择，你是牛人哪，而我太笨，一点也不会周旋，也不会留余地。如果不能变成两个平等的人，自自然然地遇见、牵手，如果是需要对方承诺各种条件，打消风险，才在一起，"她打开瓶盖，喝了一口水，然后说，"还是原地散伙吧。"

　　她用了散伙这个词，不是分手，不是离别，不是说出那些郑重伤感的字眼，而是轻易地讲起一个飘忽如云翳般的词，散伙吧。面前这个女人的真心，也曾仿佛一朵巧云横挂天边，初一抬头觉得清澈纯美极了，再一抬头，已然飘散无踪。听了她的话，他似乎真的明白了什么。

　　这次他终于颔首不语，直到放下手中的茶杯。他深深地望着她的眼睛，习惯性地皱皱眉，默默地转身走出门去。

　　初来香港这片新天地，杨鸣柳满怀欣喜，离开的时候到了，走的也义无反顾，仿佛丢弃的不是满城摇曳的星辉，而是燃烧殆尽的废墟。对 Rainy 她说，我不是要离开影视圈，从来不想将这份工作和某个圈子画等号，我只是不想活在别人的目光里，不想被人成就，也不希望说被毁灭就被毁灭。

　　她本以为自己可以淡泊到底，但还是在踏入机场航站楼的出发层，平白无故念起一个人，于是便挂起墨镜，失控流泪。

　　哽咽到无助的时候，必须找人说说话。打开微信就看到文异的留言。"睡得好吗？早安！"简简单单的话语饱含热情，和那个冷得快结冰、对自己不闻不问的男人形成鲜明对比。

　　"早啊，马上要上飞机了。"

"去哪儿拍戏？我怎么不知道？"

"我是回学校去。"

"是吗？太好啦！"

透过这语调，她简直能看到他眉飞色舞的样子。没想到跟文异聊上几句，眼泪却涌得更凶猛。她赶紧打开鹰子的对话框。"在机场出发大厅跟文异发微信，只是说平淡的话，却哭得稀里哗啦……"

"哎，"鹰子在那头说，"你这是心里有多委屈啊，可惜，都是因为另一个男人啊。"

鹰子果然明白自己。面对旧爱可以尽情发泄，站在爱人面前却格外吝惜眼泪，连交谈都无以为继。因为即使付出代价失去他，也不要没入这戏剧化的时代里，要像留白一样留存住满纸尊严，不低眉，不仰脸，安然平视才能封存所有回忆。

圣诞假期的学校向来冷冷清清，欧洲的冬天，又最是阴冷潮湿，连墙壁、被褥都开始返潮出汗。杨鸣柳又一次带初中好友重游罗马。回来念书这一年，已经是第三次到此地当导游了。第一次，爸爸妈妈和舅舅舅妈来看她，顺便旅行。第二次，院系组织的艺术欣赏实践课，由教授带队出征，专攻罗马、佛罗伦萨、梵蒂冈一带的博物馆，绘画基础好的学生能在同一个场馆里临摹大作、泡上好几天。罗马，真是座毫不设防便会到访一次的城市，无论如何都绕不开它。

这一次还是陪朋友。不过与前几次大不相同，她见到熟悉的街道、店铺或广场时，已经不会分分钟泪目。拒绝失控，让一切情绪重回收敛的范围，自己也就慢慢被时间治愈了吧。她这样想着。即便在看到那家和郑诺章一起去过的普绪克咖啡店，也不避讳，跟朋友轻快地走进去点了两杯意式浓缩然后介绍说，这家店在18世纪就存在了，和国内的徐福记一样——百年老字号。Psyche，神话里爱神的妻子，美貌不输维纳斯，人们称她：灵魂。

　　原以为喝东西的时间不同、心境不同，味道也会发生改变，可是热乎乎的咖啡端到嘴边，仍是一样的香醇浓厚，亦苦亦甜。喜欢喝咖啡，就是喜欢这种喜忧参半的感觉，这正和她二十多年不长的人生如出一辙。

　　她走出店门到街对面去拍这间古老咖啡店小而精致的门脸，雨刚停住，路面抹了油似的酥润，半圆形拱券式玻璃橱窗泛着哑光，厚实的砖墙不知已沉淀了多少年。建筑有多老旧，年代有多久远，故事就有多长。她认真将手机端得正正的，透过镜头跟建筑对话，将未经调色处理的原图发上 facebook。很久没有这样好兴致地上传过新图了。

　　图片好美，她满意地看着手机轻盈一笑。漫漫世界，多的是无疾而终的爱情，相比之下，凝固的线条勾出实实在在地存在感，让人忍不住想要伸手触碰，甚至想化身一只懒猫，依偎在阳光照得到的墙根下，软绵绵沾着风尘土腥睡上一觉。还有，像这样子在手机上暴露行踪，他不消一刻便会站在不远处吧。

　　蓦地想起他的身影，怎么又这样呢？郑诺章，这个冰冷遥远的名字忽地兜上心头。曾经，他总在身边徘徊，许愿池、西班牙广场、兰桂坊、公寓楼下、电视城的餐厅……他频频出现，多数时候都不笑、不说话，只怔怔地看着她，满脸痴傻。甚至有时候不看她，只是像个游弋的幽灵环绕在她周遭。冷峻的脸，却在生生灭灭的每一天，用陪伴和切切的注视，在她的世界里燃起暖色调火种。

　　21 世纪变幻太快，吹起光鲜斑斓的泡沫梦想，迅疾碎了，不要紧，永远有新的梦和无穷的欲念舞动在后，直到眼底直达心底的喜悦渐渐隐没，纵情的欢闹炙热蔓延整片城市森林。惶惶然中有人呓语，社会浮躁啊，人情凉薄啊！奇妙的是，这样的世界又永不会让人绝望至死，它总在你最落寞、最难挨的时刻，出其不意地献上脉脉温情。就像那夜，在兰桂坊的小巷与郑诺章分离，杨鸣柳坐上出租车便泪流不止，年长的司机在后视镜瞧着年轻的姑娘落泪，于是故作轻松地聊起来：一路拥堵啊，港岛天天这样，没事啦，一觉醒来又一天。他的语气格外温暖。

末了又聊起最近的乘车轶事。最近的孩子啊，不给车费就跑，遇到好几次啦，中学生模样的孩子，等车一到地方，拉开车门拔腿就跑，不付钱啊！

是没有钱付车费吗？杨鸣柳抽抽搭搭的，还是感到好奇。

也不是，十几岁嘛，都这样啦！还怕我去追他。追什么追呢，讲真，我怕他们跑太快，摔到不安全啰。我的孩子也这般年纪，叛逆期，都一样的。他说这事的时候满面的淡然宠溺，区区车资，完全不是问题。

就这样听着司机有一搭没一搭地聊天，眼泪竟默默止住了，感觉好治愈，内心仿佛接上电源，又有了继续前行的力气。那温暖不在几句漂亮的问候，不是来自一杯咖啡的热度，而是源于自然万物以心换心的诚意和善意。它让你有了坚硬的外壳，同时内心温软如初。

此时此地想起这些，对过往的纠缠怨念全部消散。只记得一次电影散场，她还沉浸在电影情节里，郑诺章跟在她身后脚步很轻。

那时候他说，以前，我是个不看明天的人，每天埋头努力做事，有目标，没有理想，不设希望，不憧憬未来。但跟你在一起，开始觉得满怀期待，每一晚都期待明天。

现在的他，是否还对即将到来的每一天，充满期待？他还会不会依照着她的地标追过来，亦步亦趋……